AF552153

Leia Stone

# Celestial City – Akademie der Engel

Jahr 2

**Über die Autorin:**

Leia Stone ist eine USA TODAY Bestseller-Autorin, die schon zahlreiche Bücher veröffentlicht hat. Wenn sie nicht gerade mit ihren zwei Kindern durchs Haus tobt, schreibt sie neue Geschichten oder vergräbt ihre Nase in einem Buch. Zusammen mit ihrem Mann, den Zwillingen und dem Hund der Familie lebt sie in Arizona. *Celestial City – Akademie der Engel* ist ihr Debüt bei ONE.

# CELESTIAL

## AKADEMIE DER ENGEL

JAHR 2

Übersetzung aus dem amerikanischen Englisch
von Michael Krug

Dieser Titel ist auch als E-Book erschienen.

Titel der amerikanischen Originalausgabe:
»Fallen Academy: Year Two«


Textredaktion: Elena Bruns, Lingen
Umschlaggestaltung: Sandra Taufer, München unter Verwendung von Motiven von © faestock / shutterstock; Sergey Nivens / shutterstock; run4it / shutterstock; Kawin K / shutterstock; Chones / shutterstock; HS_PHOTOGRAPHY / shutterstock; YummyBuum / shutterstock; Ihnatovich Maryia /shutterstock; Allgusak / shutterstock;
Satz: 3w+p GmbH, Rimpar
Gesetzt aus der Adobe Caslon
Druck und Einband: GGP Media GmbH, Pößneck

Printed in Germany
ISBN 978-3-8466-0112-9

5 4 3 2

Sie finden uns im Internet unter one-verlag.de
Bitte beachten Sie auch luebbe.de

*Für meine Schutzengel: Ich liebe euch, aber was habt ihr euch dabei gedacht, mir diese Tätowierung zu erlauben, als ich achtzehn war? <3*

# 1

»Bewegung, Atwater!«, schrie Lincoln mir ins Ohr, während ich über die Laufbahn hinter der Schule rannte.

Nachdem ich ihm einen vernichtenden Blick zugeworfen hatte, beschleunigte ich und schaffte es ganz nach vorn, wo Tiffany wie eine verdammte Gazelle lief, ohne auch nur einen Tropfen Schweiß erkennen zu lassen. Ich warf einen Seitenblick auf meine blonde Nemesis. Kurz einen Fuß ausgestreckt, schon würde sie stolpern – und sich bei der Geschwindigkeit wahrscheinlich die Nase brechen. Vielleicht sogar einen Zahn verlieren.

»Halt und runter auf den Boden!«, brüllte Lincoln.

Ich knurrte und kam schlitternd zum Stehen. Meine Pläne, Tiffanys Visage umzugestalten, fielen ins Wasser, als unser Ausbildungstrupp von zwanzig Kadetten zu Boden sank und damit begann, Liegestütze zu machen. Der Kies bohrte sich in meine Handflächen, aber ich war schlau genug, nicht darüber zu klagen.

Shea war ein Stück hinter mir zu Boden gegangen. »Dein Lover hat 'nen Schaden«, flüsterte sie.

Mir fehlte schlichtweg die Puste, um etwas darauf zu erwidern.

Wir befanden uns seit einem Monat im Ausbildungslager. Die siebenundachtzig Schüler, die den Spießrutenlauf bestanden hatten, waren in vier Gruppen aufgeteilt worden und hatten Lincoln, Noah, Blake oder Darren als Ausbilder bekommen.

Wer will raten, in welcher Gruppe ich gelandet war?

»Schneller!«, blaffte Lincoln.

Das Ausbildungslager sollte uns auf den Eintritt in die Engelsarmee vorbereiten. Die ersten Lohnschecks waren bereits eingetrudelt, und ich will nicht lügen: Ein festes Gehalt zu bekommen fühlte sich verdammt gut an. Wir gehörten zu einer Art Reservearmee. Unsere schulische Ausbildung an der Fallen Academy konnten wir beenden, aber ein Wochenende im Monat verbrachten wir draußen im Kriegsgebiet und halfen, Dämonen zu beseitigen, die den Menschen dort zusetzten. Und natürlich griff man auch bei Notfällen auf uns zurück.

Langsam fand ich mich ganz gut in den Sommer ein. Es hatte ein paar Wochen gedauert, bis die starrenden Blicke auf das Teufelsmal auf meiner Brust nachgelassen hatten. Tiffany nannte mich inzwischen sowohl Prinzessin der Finsternis als auch Erzi. Unsere Rache für die Durchfall-Donuts, die sie uns vorm Spießrutenlauf hatte unterjubeln wollen, nahte – Shea arbeitete an einem Trank, der Tiffany hoffentlich die Eingeweide verknoten würde.

»*Auf!*«, brüllte Lincoln, und ich sank zu Boden, ließ meine brennenden Arme einen Herzschlag lang ausruhen.

Lincolns Stiefel tauchten in meinem Sichtfeld auf. »Brielle Atwater, du bist für den Rest des Tages entschuldigt.« In seiner Stimme schwang Besorgnis mit.

*Was zum …*

Ich sprang auf in der Annahme, ich hätte etwas ausgefressen, und wollte mich schon verteidigen, da erkannte ich meine Mutter ein Stück hinter Lincoln. Neben ihr stand mein kleiner Bruder Mikey. Er krümmte sich vornüber und hielt sich die Seite. Sein Gesicht schien zu bluten.

*Oh nein.*

»Vorzugsbehandlung«, grummelte Tiffany neben mir und handelte sich damit einen finsteren Blick von Lincoln ein.

»Zwei Runden für unaufgefordertes Reden, Woods«, befahl er knurrend.

Mit einem Schnauben setzte sie sich in Bewegung.

Dankbar sah ich meinen Freund an. »Danke, Sir!«, sagte ich und nickte zackig, dann lief ich zu meiner Familie.

Unzählige Gedanken schossen mir durch den Kopf. *Hatte Grim Mikey angegriffen? Er war Sheas ehemaliger Boss, den ich beinahe umgebracht hätte, und inzwischen der Boss meiner Mutter. Oder war eine Dämonengang über meinen Bruder hergefallen?*

Als ich mich näherte, bemerkte ich zwei Reisetaschen hinter ihnen.

»Was ist passiert?« Schlitternd kam ich zum Stehen und scannte die beiden mit prüfendem Blick von oben bis unten.

Meine Mutter sah gut aus. Müde, aber normal. Mein Bruder jedoch schien übel verprügelt worden zu sein. Das rechte Auge war zugeschwollen, die Nase gebrochen, eine Lippe aufgeplatzt, und wahrscheinlich hielt er sich angeknackste Rippen.

Meine Mom kaute auf der Unterlippe. »Er kann nicht zurück nach Demon City. Ein paar Kids der Tainted Academy haben ihn so zugerichtet.«

Diese Arschlöcher! Ich würde sie umbringen.

»Mikey«, stieß ich atemlos hervor und streckte die Hand aus, um ihn an der Schulter zu berühren, aber er wich zurück.

»Sie haben gesagt, wenn ich zurückkomme, bringen sie mich um«, brummte er.

Meine Augen wurden groß. *Was zum Teufel soll das? Haben sie es etwa auf ihn abgesehen, weil er mein Bruder ist?*

Meine Mom starrte verstört auf meine Brust und das Mal darauf. Nach dem Spießrutenlauf hatte ich mehrmals mit ihr telefoniert, ihr geschildert, was passiert war, und ihr die Sache mit dem Teufelsmal erklärt, trotzdem krampfte sich mein Magen zusammen, als ich sah, wie ihr bei dem Anblick Tränen in die Augen traten.

»Okay, uns fällt schon was ein«, beruhigte ich Mikey. Die Dämonen hatten meine Familie eindeutig ins Visier genommen.

Mikey schwankte leicht. Er musste dringend ärztlich versorgt werden.

»Komm, bringen wir ihn in die Klinik«, wandte ich mich an unsere Mom.

Mikey war mittlerweile achtzehn. Das bedeutete, er würde an der Erweckungszeremonie im August teilnehmen. Als freie Seele würde er in die Fallen Academy aufgenommen werden. Vielleicht könnte ich ihn etwas früher als geplant einschleusen.

Während meine Mutter den humpelnden Mikey auf dem Weg zur Klinik stützte, lief ich mit seinen Reisetaschen hinter ihnen her. Ich stellte ihnen Mrs Greely vor, die Leiterin der Heilklinik. Dann lief ich rastlos auf und ab, während sie ihre Hände an seinem Körper entlangfahren ließ, um weitere Verletzungen zu erspüren. Ich hatte diese energetische Abtastung noch nicht gelernt, die einem Heiler Aufschluss über innere Verletzungen wie Blutungen oder Tumore gab. Das stand erst im dritten Jahr auf dem Lehrplan. Und ich konnte es kaum erwarten.

Mrs Greely zuckte zusammen. »Drei gebrochene Rippen, aber keine inneren Blutungen. Für die Heilung der Nase und der Rippen brauche ich Noah, mit dem Rest kann ich anfangen.«

Erleichterung mischte sich in die Wut, die mich durchströmte. Wie konnten es diese Mistkerle wagen, über meinen kleinen Bruder herzufallen? Wollten sie so an mich rankommen? Was steckte dahinter?

»Ich hole Noah«, verkündete ich, rannte aus dem Raum und zog unterwegs das Handy aus der Tasche.

Noah war draußen auf dem Sportplatz. Zweifellos scheuchte er seine Ausbildungsgruppe gerade im Dauerlauf über den Rasen, deshalb rechnete ich nicht damit, dass er rangehen würde. Tat er aber.

»Hi. Lincoln hat's mir erzählt. Bin schon unterwegs.« Mehr sagte er nicht, bevor er auflegte.

*Was zum …* Verdammt, mein Freund war gut. Manchmal. Wenn er mich nicht gerade auf dem Sportplatz quälte.

Ich schaffte es kaum bis zum Ende des Ganges, bevor sich die Doppeltür öffnete und Noah in all seiner makellosen Pracht hereinmarschiert kam.

»Was ist passiert?«, fragte er.

Ich rieb mir die schmerzenden Arme, die noch von den Liegestützen brannten. »Irgendwelche Kids von der Tainted Academy haben ihn angegriffen.«

Noah knurrte. »Was für Scheißer. Keine Sorge, ich heile ihn«, versprach er und zwinkerte mir zu. Was sonst, zwinkern war Noahs Ding.

Ich nickte. »Danke.«

Er eilte den Flur hinunter. Ich blieb zurück und dachte nach. Meine Mom würde zurückmüssen, aber Mikey musste bleiben. Bis zur Erweckungszeremonie waren es noch fünf Wochen. Was sollte ich fünf Wochen lang mit ihm anstellen?

Durch meinen neuen Job bei der Engelsarmee verdiente ich zwar 2.700 Dollar im Monat, nur reichte das nicht für eine Wohnung in Angel City. Vor allem, da fünfzig Prozent an Steuern abgezogen wurden, außerdem meine Krankenversicherung, die für mich als Armeeangehörige verpflichtend war. Einen Teil des Geldes brauchte ich für meinen eigenen Kram – Uniformen und militärtaugliche Stiefel musste man sich selbst besorgen, was nicht billig war. Im Überschusslager der Armee gab es für Schüler zwar Preisnachlässe, aber …

»Bri?« Die leise Stimme meiner Mutter unterbrach mich beim Grübeln.

Ich drehte mich um. Als ich ihre ausgebreiteten Arme sah, warf ich mich hinein. Der vertraute Geruch meiner Mom umfing mich, und ich merkte, wie sehr sie mir hier fehlte. Ich hatte Heimweh. Für meinen Geschmack sah ich sie entschieden zu selten. Sie bei mir zu haben war trotz der Umstände beruhigend.

Als ich mich von ihr löste, sah sie mich mit müden Augen an.

»Ich muss zurück. Das war meine Mittagspause«, erklärte sie. Ihr Blick fiel erneut auf Luzifers Tätowierung auf meiner Brust. Allerdings verlor sie kein Wort darüber. Sie hatte geweint, als ich am Telefon davon erzählt hatte. Aber meine Mutter war nicht der Typ dafür, sich lange mit negativen Gedanken aufzuhalten. Sie kam einfach darüber hinweg und sah nach vorn. Eine nützliche Überlebensstrategie.

»Wie ist es bei der Arbeit?«, fragte ich sie. Seit Lincoln ihren Boss, Burdock, getötet hatte, um meinen Sklavenvertrag aufzulösen, war Grim ihr neuer Chef. Ihm gehörten sämtliche Striplokale in Demon City und nach Burdocks Tod auch die Reanimationsklinik, in der meine Mutter Leichen wieder zum Leben erweckte.

»Ganz okay. Die Einnahmen in der Klinik fließen nicht mehr so wie zu Burdocks Zeiten. Das gefällt Grim nicht.« Sie zuckte mit den Schultern.

Panik erfasste mich. »Tut er dir weh?«

Sie schüttelte den Kopf. »Nein. Er lässt mich in Ruhe, aber kürzt mir wegen jeder Kleinigkeit den Lohn. Bei ihm dreht sich alles um Geld.«

*Dieser Mistkerl!*

Plötzlich kam ich mir egoistisch vor. Jedes Mal, wenn wir uns unterhielten, redeten wir über mich. Brauchte meine Mutter Geld? »Du, hör mal, ich bin jetzt Berufssoldatin der Engelsarmee und bekomme einen Sold. Ich kann dir also beim Zahlen der Rechnungen helfen«, bot ich ihr an.

Das schlaffe blonde Haar fiel ihr über die Schultern, als sie den Kopf schüttelte. »Nein, Schatz. Ich komme zurecht. Seit ein paar Monaten vermiete ich dein und Sheas Zimmer an Mrs Conner. Kümmere du dich einfach um Mikey, ja?«

*Mikey. Kacke. Was soll ich mit ihm machen?*

Ich nickte. »Klar, Mom. Mach ich.«

Sie lächelte wieder, diesmal matter. »Hab dich lieb, Bienchen.« Der Spitzname aus meiner Kindheit überraschte mich. Bienchen hatte sie mich nicht mehr genannt, seit ich zehn war.

»Hab dich auch lieb, Mom.« Ich zog sie für eine weitere Umarmung an mich, doch allzu bald löste sie sich wieder von mir.

»Bernie und Maximus vermissen dich«, fügte sie hinzu, bevor sie ging. Einfach so. Sie ließ mich zurück mit meinem kleinen Bruder und mit Sehnsucht im Herzen nach ihr, nach Bernie, nach allen. Zum ersten Mal wurde mir bewusst, wie schlimm Demon City in Wirklichkeit war – und wie schlimm das Dasein als Sklavin.

Ich strich mir ein paar verirrte Strähnen aus dem Gesicht, verließ den Heiltrakt und begab mich auf die Suche nach dem Einzigen, der Mikey helfen konnte und würde.

* * *

Leise klopfte ich an die große Doppeltür und betete stumm, dass er in seinem Büro sein würde.

»Herein!«, hörte ich Raphaels vergnügte Stimme.

*Gott sei Dank.*

Erleichtert und gleichzeitig nervös betrat ich den Raum. Er saß an seinem Schreibtisch und betrachtete etwas, das ich für Karten und Dokumente hielt. Der Erzengel wirkte überrascht, mich zu sehen.

»Brielle? Ist alles in Ordnung?«, erkundigte er sich, stand auf und kam mir um den Schreibtisch herum entgegen. Seine riesigen weißen Flügel empfand ich jedes Mal wieder als atemberaubend. Ich ertappte mich dabei, wie ich sie gebannt anstarrte.

»Ist jemand verletzt?« Seine Besorgnis steigerte sich.

Verdammt, ich hatte die Sache mit dem Gedankenlesen vergessen.

»Ja, mein Bruder. Der eine freie Seele ist!«, fügte ich schnell hinzu. »Ein paar Kids der Tainted Academy haben ihn zusammengeschlagen, und jetzt … kann er nicht zurück nach Demon City.«

Ich ließ den Satz in der Luft hängen. Raphaels Brauen zogen sich besorgt zusammen.

»*Aber* es sind nur noch fünf Wochen bis zur Erweckungszeremonie«, fuhr ich fort, »und als freie Seele kommt er ohnehin an die Fallen Academy.« *Es sei denn, er ist ein Knorpler. Oh* Gott, *bitte lass ihn kein Knorpler sein.*

»Also …« Ich konnte es nicht. Ich brachte die Frage nicht heraus.

Raphael schmunzelte. »Du möchtest, dass er in der Zwischenzeit hierbleibt?«

Wieder durchströmte mich Erleichterung. »Ja. Bitte. Wenn das in Ordnung ist.«

Der Erzengel rieb sich das Kinn und las etwas in den Unterlagen auf seinem Schreibtisch nach. »Wir sind noch in der Übergangsphase. Die Schüler, die beim Spießrutenlauf durchgefallen sind, dürfen den Sommer über in den Wohnheimen bleiben, während wir ihnen Jobs und eine dauerhafte Unterkunft besorgen. Deshalb habe ich im Moment nichts frei.«

Meine Hoffnung sank. Zwar könnte ich vermutlich bei Lincoln schlafen, dann könnte Mikey theoretisch mein Bett im Wohnheim haben. Allerdings bezweifelte ich, dass er als Junge ins Mädchenwohnheim einziehen durfte.

»Aber …« Raphael hob die Hand. »Wäre er damit einverstanden, Gartenarbeit zu erledigen? Den Rasen der Sportanlage mähen, Hecken schneiden? Mein bisheriger Platzwart hat gerade sein letztes Jahr hier beendet und danach die Academy verlassen. Sein Häuschen und seine Arbeit sind derzeit zu haben. Dein Bruder könnte den Job den Sommer über machen. Das würde mir Zeit verschaffen, einen Ersatz zu finden.«

Eine Fünfzig-Kilo-Last hob sich von meinen Schultern.

»Ja! Danke, Sir! Er wird alles tun, was es zu erledigen gibt. Er kann superhart arbeiten.«

Das stimmte zwar nicht ganz, aber das konnte mein Brüderchen lernen. Vielleicht.

Raphael strahlte. »Wunderbar.« Er ging zu einem Schrank und nahm einen Schlüsselbund heraus. »Das sind die Schlüssel für das Platzwart-Haus. Es ist hinter der Sporthalle.«

*Dafür also war das Häuschen.* Ich hatte es schon gesehen und mich gefragt, wozu es diente. Das winzige Steinhaus sah aus, als hätte man beim Bau der riesigen Schule vergessen, es abzureißen.

»Vielen Dank, Sir.«

* * *

Auf dem Weg zurück zum Heiltrakt fühlte ich mich schon etwas leichter. Wenigstens hatte ich eine vorübergehende Lösung für Mikey gefunden. Er durfte sich bloß nicht als Knorpler entpuppen.

Als ich in seinem Krankenzimmer ankam, war er weggetreten und schlief tief und fest. Noah zog seine verrückte Heilnummer mit der orange leuchtenden Hand ab.

»Geht's ihm gut?«, fragte ich, als ich mir die beiden Reisetaschen meines Bruders über die Schultern hievte.

Noah nickte. »Ich habe ihm ein beruhigendes Schmerzmittel gegeben. Knochen zu heilen tut ziemlich weh.«

*Armer Mikey.*

»Vielen Dank. Ich bin gleich wieder da, bereite nur schnell seine neue Bleibe für ihn vor«, teilte ich Noah mit.

Unterwegs war ich mir nicht sicher, was ich härter fand – Lincolns Schinderei beim Teamtraining oder zwei riesige, schwere Reisetaschen quer über den Campus zu dem kleinen Steinhäuschen zu schleppen.

Als ich ankam, zitterten meine Arme vor Erschöpfung. Rasch schloss ich die Tür auf und ließ die Taschen unsanft zu Boden fallen. Bei einer riss der Reißverschluss in dem Moment auf, als sie landete, und die Sachen meines Bruders kullerten heraus.

*Was für ein Chaos.*

Ich bückte mich, um seinen Krempel wieder in die Tasche zu stopfen, da fiel mein Blick auf ein grelles orangefarbenes Flugblatt, das herausgefallen war. Zuerst sprang mir der fettgedruckte Betrag von einer Million Dollar ins Auge, dann das Wort »Kampfnacht«.

*Was zum …*

Ich hob den Zettel auf und überflog den Text.

KAMPFNACHT - $ 1.000.000 für die Sieger
(ohne Bedingungen)
Teams aus jeweils zwei Kämpfern treten gegeneinander an.
Wer am Ende noch steht, gewinnt.
Ausstrahlung im Fernsehen.
Altersbegrenzung 18 – 21 Jahre.
$ 100 Anmeldegebühr pro Team.
Die Gewinner werden eingeladen, der Armee
der Verdorbenen beizutreten.

Bei der letzten Zeile wurde mir übel. Armee der Verdorbenen? Was zum Teufel sollte das sein? Klang verdächtig ähnlich wie Engelsarmee, aber … benutzten die Dämonen neuerdings Schüler der Tainted Academy, um sie jenseits der Mauer für sich kämpfen zu lassen? Das war ekelhaft.

Mir wurde schwindlig, und ich setzte mich aufs Bett. Als ich mich in die Kissen zurücklehnte, drehte ich das Flugblatt um. Die krakelige Handschrift meines Bruders ließ mein Herz einen Schlag aussetzen.

*Geld gewinnen. Mom aus dem Dämonenvertrag herauskaufen. Ihre Seele befreien.*

Ich setzte mich auf. Konnte mein Bruder etwa die Lösung gefunden haben, um unsere Mom zu befreien? Würde Grim sie für eine Million aus ihrem Vertrag entlassen? Immerhin hatte sie eben erst erwähnt, dass sich bei ihm alles nur um Geld drehte …

Mit wild klopfendem Herzen stand ich auf. *Ich* würde bei der Kampfnacht antreten und meine Mutter befreien. Aber ich würde Hilfe dabei brauchen.

Mit einem Blick auf den Zettel stellte ich fest, dass der Kampf im Februar stattfinden sollte, noch Monate entfernt. Mir blieb Zeit zum Planen.

*Halt durch, Mom. Ich hol dich da raus.*

# 2

»Kommt überhaupt nicht infrage!«, tobte Lincoln. Er klang umso lauter, weil wir uns in seinem winzigen Wohnwagen befanden. Es war spät, und ich wollte nur noch, dass dieser ereignisreiche Tag endlich endete, aber ich konnte Lincoln nicht anlügen. Außerdem würde ich seine Hilfe brauchen.

»Schatz.« Den Kosenamen hatte ich noch nie benutzt, und ich hoffte, Lincoln dadurch milde zu stimmen. »Ich werde es so oder so tun. Ich bitte dich nur, mich für den Kampf zu trainieren.«

Lincoln war außer sich vor Zorn. Die Adern an seinem Hals traten hervor, sein linkes Augenlid zuckte. »Du weißt doch nicht mal, ob er das Geld nehmen wird!«

»Er wird«, meldete sich Shea zu Wort, die während unseres Streits geschwiegen hatte. »Geld ist seine Motivation. Ich hab fast sechs Jahre lang für ihn gearbeitet. Wenn die Nekro-Klinik nicht viel abwirft, wird er die Million als faire Ablöse für den Verlust einer Mitarbeiterin betrachten. Er wird eine neue Nekromantin einstellen und zufrieden mit dem Deal sein.«

Lincoln warf ihr einen vernichtenden Blick zu. »Noah und ich werden antreten«, verkündete er schließlich.

Ich zuckte zusammen und zeigte auf das Flugblatt. »Hier steht *nur von achtzehn bis einundzwanzig*. Ihr seid dreiundzwanzig.« Trotzdem fand ich es süß von ihm, dass er anbot, für meine Mutter zu kämpfen. Das würde ich ihm nie vergessen.

Er presste die Fingerspitzen gegen die Schläfen und massierte sie. »Nein, du machst es nicht. Wir sammeln Spenden oder so.«

Ich stieß ein schnaubendes Lachen aus. »Eine Million an Spenden? Die Leute mögen mich noch nicht mal! Sie halten mich für böse. *Niemand* wird was spenden, um meine versklavte Mutter aus Demon City rauszuholen, Lincoln.«

Er seufzte. »Es ist trotzdem eine miese Idee. Du könntest sterben.«

Ich trat näher an ihn heran und berührte ihn am Arm. »Es geht um meine *Mutter*, Lincoln. Um meine Familie. Um die Frau, die mir das Leben geschenkt hat.« Jetzt hatte ich ihn so weit. Lincoln gab sich geschlagen.

»Du bringst mich noch ins Grab«, seufzte er.

Ich grinste. »Also, trainierst du mich?«

Brummelnd nickte er. »Wer ist dein Kampfpartner?«

Shea stand auf und knackte mit den Knöcheln. »Die Ghetto-Bitches der Tainted Academy können einpacken«, erklärte sie nüchtern.

Lincoln seufzte erneut und verdrehte die Augen in Richtung Decke, als wären dort Antworten zu finden. »Das werden wir ja noch sehen. Wir treffen uns jeden Tag nach der Grundausbildung in der kleinen Turnhalle. Jeden Tag. Auch an den Wochenenden. Und wenn die Schule wieder losgeht, will ich euch jeden Tag nach dem Unterricht dort sehen.«

Shea stöhnte. Lincoln warf ihr einen finsteren Blick zu.

»War bloß Spaß«, sagte sie schnell und fügte ein gefaktes »Yeah« hinzu.

Lincoln massierte sich weiter die Schläfen. »Jetzt raus hier, bevor ich's mir anders überlege.«

Wir wandten uns zum Gehen. Seine Hand schnellte vor und zog mich zurück. In dem Moment, als seine Lippen meine berührten, spürte ich, wie all meine Sorgen dahinschmolzen. Lincoln stand hinter mir. Wenn er uns trainierte, konnten wir das Ding locker gewinnen. Wahrscheinlich.

Als er sich von mir löste, sah er mich mit seinen tiefblauen Augen durchdringend an. »Ich liebe dich, Brielle. Aber bitte hör auf, ständig zu versuchen, dich umzubringen«, bat er mich.

Ich grinste. »Geht klar. Gleich nach dieser einen Sache.«

Schmunzelnd verdrehte er die Augen. »Gute Nacht.« Er küsste mich noch einmal und ließ meine Knie damit schwach werden.

»Nacht.« Ich grinste wieder.

* * *

Shea warf mir einen schiefen Seitenblick zu, als wir zu Mikeys Häuschen gingen, um nach ihm zu sehen. »Wir schaffen das doch, oder? Ich meine, gegen die Kids aus Demon City zu kämpfen. Die sind ja dort schon wirklich krass drauf …«

Shea hatte zwar nur eine kurze Zeit an der Tainted Academy verbracht, aber ich wusste, dass sie es dort schwer gehabt hatte. Ich durfte nicht zulassen, dass sie die Hoffnung verlor. Also blieb ich stehen, drehte mich zu ihr und sah ihr fest in die großen braunen Augen.

»Wir sind in der gleichen Gegend aufgewachsen wie sie. Wir wissen, wie man schmutzig kämpft, aber wir bekommen hier eine wesentlich bessere Ausbildung. Mit Sera und deiner Magie können wir gewinnen, das weiß ich. Für Mom.«

Shea nannte sie zwar nie »Mom«, sondern immer Kate, trotzdem war sie auch Sheas Mutter.

»Für Mom«, pflichtete sie mir lächelnd bei.

Familie war Familie. Das Blut spielte dabei keine Rolle.

Ich umarmte sie, bevor wir weiter zu Mikeys neuer Bleibe gingen.

Als wir an seiner Tür ankamen, klopfte ich laut, noch bevor mir der Gedanke kam, er würde wegen der Medikamente, die Noah ihm gegeben hatte, wahrscheinlich schlafen.

»Herein!«, rief er. Mein Bruder klang benommen.

Shea und ich traten ein. Mikey lag im Bett und scrollte auf dem Display seines Handys. Er legte es weg und setzte sich langsam auf, hielt sich dabei aber immer noch die Rippen.

»Danke, dass du mir die Unterkunft hier besorgt hast, Bri.« Lächelnd deutete er auf den Raum, aber seine Züge fielen in sich zusammen, als sein Blick an dem Blatt Papier in meinen Händen hängenblieb.

»Erwischt.« Ich hielt das Flugblatt hoch. Obwohl er nur ein Jahr jünger war als ich, bemutterte ich ihn noch immer.

Er schaute zu mir auf und seufzte. Die Spuren der Schlägerei in seinem Gesicht waren deutlich zu sehen, aber zumindest sah seine Nase wieder normal aus.

»Haben dich diese Kids deshalb angegriffen?«, fragte Shea und verschränkte die Arme vor der Brust.

Der Gedanke war mir gar nicht gekommen.

Er nickte. »Ich bin hingegangen, um mich anzumelden. Sie haben gesagt, ich wäre dafür viel zu verweichlicht, und sind über mich hergefallen. Meine hundert Mäuse haben sie mir auch abgenommen.«

*Oh, verdammt.* Schlagartig empfand ich zugleich Mitgefühl für ihn und heiße Wut auf die Penner von der Tainted Academy, die meinen Bruder angegriffen hatten.

»Mikey, du kannst nicht einfach solchen Mist abziehen! Du musst zuerst zu mir kommen. Mit wem wolltest du eigentlich kämpfen?«, fragte ich aufgebracht.

»Wollte ich mir noch überlegen«, antwortete er schulterzuckend. »Du bist ja nicht mehr da, deshalb weißt du nicht, wie schlecht es Mom geht. Dieser Arsch kürzt ihr jede Woche den Lohn mit der Begründung, dass sie nicht genug Aufträge an Land zieht. Aber sie ist kein Dämon! Sie hat nicht Burdocks Verbindungen.«

Sofort packten mich Gewissensbisse. Lincoln hatte Burdock im Kampf getötet, und ich hatte keine Ahnung gehabt, dass dies so weitreichende Konsequenzen für meine Mutter haben würde. Grim kürzte ihr den Lohn *jede Woche?* Kein Wunder, dass sie mein Zimmer vermietet hatte.

Oh Gott, auf einmal machte ich mir echt Sorgen um sie. Von meinem nächsten Sold würde ich ihr Geld schicken. Wenn es sein müsste, würde ich sie zwingen, es anzunehmen.

Shea legte den Arm um Mikeys Schultern, als sie sich neben ihn setzte. »Keine Sorge. Bri und ich gewinnen die Kohle und holen Mom da raus.«

Sie ging immer so sanft mit ihm um, fuhr den totalen Kuschelkurs. Ich knuffte ihn normalerweise bloß in die Schulter und forderte ihn auf, die Klappe zu halten.

Grinsend schaute er zu mir auf. »Im Ernst?«

Ich nickte. »Wann ist Anmeldeschluss?«

Er deutete auf das Kleingedruckte unten auf dem Flugblatt. Letzte Anmeldemöglichkeit war der Tag der Erweckungszeremonie.

Also hatten wir noch Zeit. Ich würde diese Kampfnacht so was von gewinnen.

* * *

Nachdem wir sämtliche Informationen über die Kampfnacht aus Mikey herausgequetscht hatten, teilte ich ihm mit, dass er der neue Platzwart war. Zumindest über den Sommer.

Er fand sich damit ab, dass er für seinen Lebensunterhalt tatsächlich arbeiten musste, und uns allen gefiel der angenehme Alltagstrott der nächsten Wochen. Mikey kümmerte sich um das Schulgelände, Shea und ich trainierten wie blöd. Ich erzählte Raphael von der Sache mit der Armee der Verdorbenen, doch er wirkte nicht überrascht, bloß traurig.

Mittlerweile war der Sommer fast vorbei, und morgen fand die Erweckungszeremonie statt.

Shea stand in der Sporthalle und umklammerte ihre scharfen Rundklingen. Schweiß lief ihr über die Brust, während ihr düsterer Blick fokussiert auf Lincoln ruhte. Mein Freund stand vor ihr, das blaue, feurige Schwert hoch erhoben.

»Greif an!«, brüllte er, und Shea tat es. Ihre Fäuste umklammerten die flachen Griffe der Klingen, als die scharfen Halbkreise vorschnellten. Lincoln war so schnell, dass ich seine Bewegungen kaum verfolgen konnte und ihn nur verschwommen wahrnahm.

Die Jungs und er hatten uns hart trainiert. Während ich noch abgelenkt auf Shea und Lincoln starrte, nutzte Noah die Gelegenheit und trat meine Beine unter mir weg. Ich knallte auf den Boden. Bevor ich wusste, wie mir geschah, hatte ich seine Klinge am Hals.

*Verdammt.*

Noah blickte auf mich herab. Schweiß glitzerte auf seiner perfekten Porzellanhaut. »Bei einem Kampf zwei gegen zwei musst du deinen eigenen Gegner im Auge behalten. Wenn du dich davon ablenken lässt, was Shea macht, gehst du drauf.«

Er hatte recht. Wenn es so weit wäre, würde ich mich völlig auf meinen eigenen Kampf konzentrieren müssen.

Mit einer schnellen Drehung wirbelte ich von seinem Schwert weg und nutzte den Schwung, um nun ihm gegen die Beine zu treten. Geräuschvoll ging Noah zu Boden. Sofort wälzte ich mich auf ihn. Doch als ich mich auf ihn kauern wollte, um ihn am Boden zu fixieren, schoss seine Handkante vor und gegen meine Kehle.

*Heilige Scheiße …*

Schmerz breitete sich explosionsartig in meinem Hals aus, als ich röchelnd versuchte zu atmen. Meine Kehle fühlte sich wie zugeschnürt an, und meine einzige matte Verteidigung bestand darin, wegzukippen.

Noah warf mir einen Seitenblick zu. »Das war fies, tut mir echt leid, Bri. Aber die Kids von der Tainted Academy werden genauso kämpfen, also müsst ihr darauf vorbereitet sein.«

Während mir Tränen aus den Augenwinkeln liefen, konnte ich nur nicken. Er hatte recht. So recht, dass es wehtat.

Lincoln und Shea hatten innegehalten und eine Kampfpause eingelegt.

»Du hast recht, Noah«, meinte Lincoln. »Das bringt mich auf eine Idee.«

»Oh nein. Der Gesichtsausdruck gefällt mir gar nicht. Du hast *den Blick* aufgesetzt«, sagte ich zu ihm.

Er grinste nur, dann schaute er zu Shea. »Sag mal, wann rufst du ihn an?«

Schnaubend stieß Shea die Luft zwischen ihren vollen Lippen hervor. »Keine Ahnung. Bald mal.«

Wir hatten entschieden, dass lieber Shea den guten Meister Grim anrufen sollte. Wir brauchten von ihm die Erlaubnis, Demon City zu betreten, damit wir uns für den Wettbewerb anmelden konnten. Zumal ich ja versucht hatte, ihn umzubringen und so.

Lincoln schüttelte den Kopf. »Okay, besorg uns drei Pässe. Ich begleite euch Mädels.«

Noah verzog mürrisch das Gesicht. »Hey, ich bin noch nie in Demon City gewesen. Ich will auch mit.«

Sheas Blick begegnete seinem. »Glaub mir, du verpasst nicht das Geringste.«

»Frag einfach«, forderte Lincoln sie auf und hielt ihr das Handy hin.

Sie kaute auf der Unterlippe. »Mann, ist mir schlecht. Was, wenn er nein sagt? Dann haben wir die ganze Zeit umsonst trainiert.«

»Lass nicht zu, dass er nein sagt. Du kennst ihn. Setz alles ein, was du hast«, ermutigte ich sie.

Shea holte tief Luft, wählte mit eingeschalteter Freisprechfunktion Grims Nummer und begann, auf und ab zu gehen.

»Was willst du?«, fragte Grim knurrend in dem Moment, als er ranging. Da sie sechs Jahre lang seine Mitarbeiterin gewesen war, hatte er ihre Nummer natürlich in seinem Telefon gespeichert.

Abrupt blieb Shea stehen und wischte sich die verschwitzte Hand am Hosenbein ab. »Ihnen eine Million für Kate Atwaters Dämonenvertrag geben«, antwortete sie aalglatt.

Grim lachte schallend. »Verschwende nicht meine Zeit mit Märchen, Engelsfreundin«, entgegnete er kurz angebunden.

Wieder biss Shea sich auf die Unterlippe. »Tue ich nicht. Sie müssen mir nur vier Pässe für Demon City ausstellen, damit ich mich für die Kampfnacht anmelden kann. Wenn mein Team gewinnt, kriegen Sie das Geld. Die gesamte Summe. Im Gegenzug rücken Sie Kates Vertrag raus.«

Stille. Eine lange, beklemmende Stille. *Hat er aufgelegt?*

»Du kannst nicht gewinnen. Du bist in Angel City mit Sicherheit schwach geworden. Verschwende nicht meine Zeit.« Damit legte er tatsächlich auf.

*Was fällt ihm ein?*

»Mistkerl!«, schrie Shea das Telefon an. Dann setzte sie sich auf den Boden und begann, wie wild auf dem Display zu tippen.

Stirnrunzelnd ging ich zu ihr. »Was …« Meine Frage blieb mir im Hals stecken, als ich sah, dass sie Grims Foto von einer der Websites seiner Striplokale aufrief.

»Dem werd ich zeigen, wer hier schwach ist.« Sie wiegte sich vor und zurück, murmelte in einem leisen Singsang und bewegte die Hände über dem Handydisplay hin und her. Dunkelblaue Magie floss aus ihren Fingern und umhüllte das Telefon.

»Ist das Lichtmagie?« In Lincolns Stimme schwang Besorgnis mit.

Ich zog die Augenbrauen hoch, aber Shea ignorierte Lincolns Frage. »Es ist Magie, die ihm die Hörner abfallen lässt«, erklärte sie. Ich erbleichte.

»Shea …« Bevor ich sie von ihrem Vorhaben abhalten konnte, leuchtete das Display. Grim rief an.

Shea beendete ihren Zauber und grinste, als sie ranging und ein zuckersüßes »Na, so was – hallöchen!« ins Telefon flötete.

»Was machst du denn?«, tobte Grim. Ich konnte mir bildlich vorstellen, wie Spucke von seinem Mund spritzte.

»Wer ist jetzt schwach?«, fauchte Shea höhnisch. »Vor zwei Monaten habe ich dabei geholfen, vier Dämonen zu töten, also kommen Sie mir nicht damit, dass ich nicht gewinnen kann. Die Million gehört *mir*«, betonte sie mit einem Knurren.

Stille.

Noch mehr Stille.

»Nein, sie gehört mir. Du bekommst deinen Deal. Und jetzt hör auf, an meinen Hörnern rumzupfuschen«, brummte Grim wütend und legte wieder auf.

Shea lächelte, als wir uns alle zugleich verblüfft und erleichtert ansahen. Zwei Minuten später schickte Grim ihr eine Nachricht mit einem Pass für vier Personen aus Angel City, der uns eine Stunde Aufenthalt in Demon City erlaubte.

»Wir sind im Geschäft«, erklärte Lincoln.

# 3

Am nächsten Tag brachen wir auf, um uns für die Kampfnacht anzumelden. Nachdem wir die Grenze mit unseren Pässen passiert hatten, beschrieb Shea Lincoln den Weg zur Tainted Academy. Je länger wir fuhren, desto mehr rutschten Noah und Lincoln unbehaglich auf ihren Sitzen hin und her.

»Wieso geht es Shea und mir nicht schlecht, wenn wir hier sind, aber euch beiden schon?«, fragte ich Lincoln schließlich.

Er warf mir einen Seitenblick zu. »Shea spürt es nicht, weil es nur Celestials fühlen, und du nicht, weil …« Er beäugte das Mal auf meiner Brust.

Ah. Interessant. Weil ich keine vollwertige Celestial war, sondern ein Luzifer-Hybrid.

*Oh Mann. Tut mir leid, dass ich gefragt hab.*

»Nach links in die Gasse da«, sagte Shea und lehnte sich vor. Wir bogen zwischen zwei Backsteingebäuden ab und fuhren durch eine schmale Gasse. Als wir das Ende erreichten, erwartete uns ein Dämonensklave, der wie ein Profi-Wrestler aussah und ein schwarzes schmiedeeisernes Tor bewachte. In der überdimensionierten linken Pranke hielt er eine kompakte schwarze Pistole.

Lincoln ließ das Fenster runter. Die Nasenflügel des Wachmanns blähten sich, als er ihn mit finsterer Miene ansah.

»Was wollt ihr hier?«, spie er uns entgegen.

Lincoln reichte ihm sein Handy mit dem Barcode, der zeigte, dass wir eine Genehmigung für den Aufenthalt in Demon City hatten. »Wir sind hier, um uns für die Kampfnacht anzumelden«, teilte Lincoln ihm mit.

Der Wachmann warf einen Blick auf das Display und zuckte mit den Schultern. »Hier steht, ihr dürft in Demon City sein. Aber nichts davon, dass ich euch in die Tainted Academy lassen muss.«

*Verdammt.*

Ich wollte gerade etwas sagen, als Shea ihr Fenster direkt hinter Lincoln herunterließ. Der Blick des Wachmanns schwenkte in ihre Richtung.

»Was ist los, Schnuckelbär? Angst, gegen zwei Kids von der Fallen Academy zu verlieren?«, fragte Shea herausfordernd.

Mürrisch funkelte er sie an. Seine Augenbrauen zogen sich zu einer buschigen, zornigen Linie zusammen. »Nimmst du teil?«

»Meine beste Freundin und ich«, bestätigte Shea mit einem Nicken und zeigte mit dem Daumen in meine Richtung. »Wir werden mit euch Losern von der Tainted Academy den Boden aufwischen.«

Seine finstere Miene verzog sich erst zu einem Grinsen, dann lachte er laut. Er fasste nach unten und zog sein Walkie-Talkie hervor. »Ich brauch 'ne Eskorte für ein paar Deppen von der Fallen Academy. Behaltet vor allem den Dunkelhaarigen im Auge. Er ist einer der Anführer der Engelsarmee.«

Mit einem Blick auf Lincoln grinste er hämisch, dann klopfte er auf die Motorhaube.

Lincoln schaute finster drein, als wir durch das Tor rollten.

Noah wandte sich an Shea. »Woher hast du gewusst, dass es so funktionieren würde?«

Lächelnd schüttelte sie den Kopf. »Bitte. Männer werden von zwei Dingen gesteuert: ihrem Pimmel und ihrem Ego. Pimmel, Ego, Pimmel, Ego …«

Noah hob abwehrend die Hände, um sie zum Schweigen zu bringen. »Schon kapiert.«

Schmunzelnd spähte ich zu Lincoln, der hinter dem Lenkrad das Gesicht verzog. »Woher kennt er dich?«, fragte ich ihn.

Er schüttelte den Kopf. »Ich habe den Kerl noch nie zuvor gesehen.«

Noah lehnte sich von der Rückbank nach vorn und streckte den Kopf zwischen uns. »Ja, das war komisch. Sollten wir Raph erzählen.«

Lincoln nickte nur und lenkte den Wagen in eine Parklücke in der Nähe des Eingangs, wo zwei große Männer mit automatischen Gewehren standen.

»Scheiße, Mann, die sind hier bewaffnet. Das ist doch 'ne Schule, oder?« Lincoln drehte sich um und sah Shea an.

Ein Schatten huschte über ihre Züge, und sie nickte. »Eine total kranke Schule, ja.«

Die Kerle kamen auf unser Auto zu. Lincoln öffnete die Tür, stieg aus und richtete sich zu voller Größe auf.

»Keine Waffen auf dem Campus«, warnte einer der Wachmänner. Er sah brutal aus: groß, buschiges schwarzes Haar und eine rote Halbmond-Tätowierung auf der Stirn.

Lincoln schwieg ganze fünfundvierzig Sekunden lang, bevor er sich ins Auto lehnte und flüsterte: »Noah, du bleibst mit den Waffen hier. Wenn ich dir texte, fährst du auf den Campus und bringst mir mein Schwert.«

*Heilige Scheiße, rechnet er etwa mit Schwierigkeiten?*

Dann nahm er sein Schwert ab und legte es auf die Mittelkonsole.

Sehnsüchtig ließ Noah den Blick über den Campus wandern. Es war nicht zu übersehen, dass er gern mit hineinwollte. Aber er nickte nur in Lincolns Richtung, als Shea und ich ausstiegen. Ich wusste nicht, ob man uns durchsuchen würde, und ich konnte nicht riskieren, dass man mir Sera abnahm, also ließ ich sie auf dem Sitz zurück.

Als ich um den Wagen herumging und mich neben Lincoln stellte, sah ich, wie die Männer ihn auf Waffen abtasteten.

»Was ist mit ihm?« Sie zeigten auf Noah, der auf den Vordersitz geklettert war.

»Mein Chauffeur fühlt sich nicht gut. Er bleibt im Wagen«, antwortete Lincoln, ohne eine Miene zu verziehen.

Niemandem war entgangen, dass Lincoln gefahren war. Der dunkelhaarige Dämonensklave bedachte ihn mit einem letzten finsteren Blick, bevor er sich mir zuwandte. Ich trug ziemlich enge Kleidung. Er forderte mich auf, das Shirt zu heben und mich im Kreis zu drehen, damit er mich auf versteckte Waffen überprüfen konnte. Als ich wieder zum Stehen kam, stieß er einen anzüglichen Pfiff aus und glotzte auf meinen Bauch.

Lincolns Flügel fuhren schnappend aus, und er machte einen Schritt nach vorn, zweifellos um dem Kerl die Visage zu polieren.

Meine Hand schoss zur Seite und legte sich auf seine Brust. »Lass es«, murmelte ich.

Der Dämonensklave grinste von einem Ohr zum anderen.

»Jetzt du, Schätzchen«, wandte er sich an Shea. Meine

Freundin setzte ihr bestes Dauerzickengesicht auf, als sie ihr Shirt anhob und sich drehte.

»Ihr Mädels glaubt also, ihr könntet einen Kampf gegen unsere Besten gewinnen?« Er musterte Shea und mich von oben bis unten.

*Ignorier den Kerl.* Im selben Moment schossen auch meine Flügel hervor. Die Spitzen berührten die von Lincoln.

Beim Anblick meiner schwarzen Schwingen weiteten sich die Augen der Wachleute. Erst jetzt schienen sie die Tätowierung des Fürsten der Finsternis auf meiner Brust zu bemerken.

Shea trat vor. »Zeig uns einfach, wo wir uns anmelden können, Süßer. Die Kohle gehört uns.« Sie war unschlagbar darin, streitlustige Kerle von einem Kampf abzulenken.

Der Dämonensklave grinste. »Das werden wir noch sehen.«

Lincoln wirkte wie ein angriffslustiges Raubtier. Sein gesamter Körper war angespannt. Er schien nicht einmal zu atmen. Ich wusste, wenn einer dieser Kerle nach einer Waffe griffe, würde sich Lincoln sowohl Shea als auch mich schnappen und uns zurück nach Angel City fliegen.

Die Kerle warfen einen letzten Blick auf Lincoln, verdrehten die Augen und setzten sich in Richtung des Eingangs in Bewegung.

Ich trat näher zu meinem Freund, verhakte meine Finger mit seinen und zog ihn mit mir. Wir mussten uns für den Kampf anmelden, sonst könnte ich meine Mutter nicht retten.

Lincoln wartete, bis sich unsere Aufpasser einige Meter vor uns befanden, damit sie seine Worte nicht hörten.

»Er hat dich wie ein Stück Fleisch angeglotzt. Ich will ihm die Augen ausstechen«, presste er knurrend hervor.

Meine Brauen wanderten zum Haaransatz hoch. »Verdammt, die Vibes hier sind ansteckend!«

»Ich hab euch ja gesagt, dass der Verein hier total krank ist«, flüsterte Shea. »Wahrscheinlich lassen sie uns die Anmeldung ausfüllen, und wenn wir gehen wollen, fallen sie über uns her oder so.«

Lincoln schnaubte höhnisch. »Den Versuch würde ich gern sehen.«

Shea und ich wechselten einen Blick. Sie hatten halbautomatische Gewehre. Wir waren unbewaffnet, *und* Lincoln schien es nicht allzu gut zu gehen. Er schwitzte und atmete schwer. Wenn sie uns angriffen, würden sie uns fertigmachen, so viel stand fest.

Als wir den Innenhof betraten, stach mir auf Anhieb ins Auge, wie verwahrlost die Gebäude waren. Sie bestanden alle aus brüchigem Ziegelstein und verschiedenfarbigem Wellblech. Zwei größere Gebäude standen links, rechts davon befand sich ein kleiner Trakt mit Klassenzimmern. Der Campus musste wohl eine ehemalige Middle School gewesen sein. Nicht annähernd so schön wie die Fallen Academy.

Unsere Aufpasser hatten den kleinen Innenhof durchquert und standen mittlerweile vor einer offenen Klassenzimmertür.

Als wir näher kamen, schob Lincoln sich vor mich, ging zur Tür und spähte hinein. Die Typen mussten aus dem Weg gehen, um seinen Flügeln auszuweichen. Offenbar war Lincoln mit dem zufrieden, was er sah, denn er klappte die Schwingen ein und betrat den Raum.

Die Wachen schauten finster drein, als wir ihm folgten. Shea ging vor mir, als ich die eigenen Flügel einfuhr, um durch die Tür zu passen.

Ich warf einen Blick auf meine Armbanduhr. Wir durften uns nur eine Stunde hier aufhalten. Mein Bauchgefühl sagte mir, dass die Wächter jedes Recht hätten, etwas zu unternehmen, wenn wir länger blieben. Als Lincoln aus dem Weg ging, sah ich einen billigen Kartentisch mit einem handgezeichneten Poster davor. »Anmeldung zur Kampfnacht« stand in krakeliger roter Schrift darauf. Die rote Farbe zerlief und sah dadurch aus wie Blut.

»Ich wusste, dass du es sein würdest, Shelly.« Die junge Frau, die gesprochen hatte, saß mit einem großen, haarigen Kerl hinter dem Tisch. Sie starrte Shea an.

Meine beste Freundin knirschte mit den Zähnen und warf mir einen Blick zu.

Ich wünschte, ich könnte Gedanken lesen, denn ich hatte keine Ahnung, wer die Bitch hinter dem Tisch war.

Die junge Frau stand auf. Sie war groß, hatte pinkfarbenes Haar und am Handgelenk die Tätowierung des Todeszeichens, das sie als Dunkelmagierin auswies. »Als die mir gesagt haben, dass sich zwei verwöhnte Püppchen von der Fallen Academy zur Kampfnacht anmelden wollen, da wusste ich einfach, dass es das Miststück Shelly sein würde.« Sie zwinkerte.

Sheas Atem ging in abgehackten Stößen, und ich wusste, dass sie gerade alle Selbstbeherrschung zusammenkratzte, um nicht loszustürmen und die Dunkelmagierin K.o. zu schlagen.

Ich trat dichter an den Tisch. »Eigentlich heißt sie Shea. Und ich bin Brielle. Solltest du dir vielleicht notieren, damit du es nachher auf unserem Scheck über eine Million Dollar richtig schreibst.«

Einen Moment lang hatten meine Worte sie aus der Fassung gebracht, was sie jedoch geschickt mit einem Lachen und einem Blick zu ihrem Freund überspielte. »Oh mein Gott, sind die drollig. Ich kann's kaum erwarten, sie fertigzumachen.«

Bei den letzten Worten stieg schwarz-grüne Magie von ihren Händen auf und ließ mich erstarren.

Shea schien mittlerweile ihre innere Ruhe wiedergefunden zu haben. Sie trat vor und streckte der Dunkelmagierin unsere Anmeldegebühr entgegen. »Wo unterschreiben wir?«, wollte Shea wissen. Der widerlich aussehenden Magie, die aus den Händen der jungen Frau aufstieg, schenkte sie keine Beachtung.

Die grün-schwarzen Schwaden zogen sich zurück, die Magierin verschränkte die Arme vor der Brust und betrachtete mitleidig den Hundert-Dollar-Schein in Sheas Hand.

»Ach, Schätzchen. Das ist der Preis für Schüler der Tainted Academy. Wenn *ihr* mitmachen wollt, kostet es einen Riesen. Für jede von euch.« Sie grinste, als ihr Freund lachte.

*Miststück.*

»So viel haben wir nicht!«, brüllte ich. Was für ein abgekartetes Spiel. Sie wollten uns nicht mal teilnehmen lassen. Wie sollte ich jetzt meine Mutter aus der Stadt rausbekommen? Wir hatten umsonst trainiert!

Sie zuckte mit den Schultern. »Dann verschwinde mal lieber wieder in euer Engelsstädtchen, Süße. Dein Lover sieht nicht allzu gut aus.«

Ich folgte ihrem Blick zu Lincoln, der das Gesicht zu einer Grimasse verzogen hatte. Schweiß perlte ihm über den Hals. Ich hatte völlig vergessen, wie schlimm es sich auf ihn auswirkte, hier zu sein.

»Akzeptiert ihr Angel Express?«, fragte Lincoln und zückte seine Kreditkarte.

Meine Augen wurden genauso groß wie die der Pink Lady.

»Seid ihr echt *so* scharf auf 'ne Tracht Prügel?«, höhnte sie.

Shea und ich nickten, was sich in Anbetracht der Frage einigermaßen dumm anfühlte.

»Wie ihr wollt. Ist ja eure Beerdigung.« Sie lehnte sich vor, schnappte sich Lincolns Karte und zog sie durch ein an ihr Handy angeschlossenes Gerät. Außerdem hatte sie einen kleinen Drucker neben einer Geldkassette aufgestellt.

»Ich muss einen Ausweis sehen«, meldete sich ihr Freund grollend zu Wort.

Shea und ich holten unsere Angel-City-Ausweise heraus, auf denen unsere Namen, die Adresse unserer Schule und unser Alter standen.

Er zog sie durch irgendein anderes Gerät, und der Drucker sprang an.

Neben mir unterschrieb Lincoln gerade seine Kreditkartenquittung. Ich wollte ihn davon abhalten, weil ich ihm nie *zwei Riesen* zurückzahlen könnte, aber er sah mich nur an und zwinkerte mir zu.

Hach, dieses Zwinkern. *Seufz*. Es war das vierte Zwinkern. Jedes gravierte sich in mein Herz. Lincoln Greys Zwinkern ließ jedes Mal meine Knie weich werden.

»Brielle Atwater«, sagte der haarige Typ mit einem Blick zu seiner pinkhaarigen Freundin.

Sie musterte mich mit zusammengekniffenen Augen, bevor sie grinste. »Mikes Schwester, was?«

Schlagartig sah ich rot. Wenn sie noch ein Wort über meinen Bruder verlöre, konnte ich für nichts mehr garantieren.

»Lass den Scheiß«, fauchte Shea sie an und schnappte sich unsere Ausweise.

Dieses Miststück wollte mich zu einem Kampf provozieren. Obwohl ich sie durchschaute, gelang es mir nicht, mich zu beruhigen.

Der Freund überreichte uns vier glänzende Tickets mit einem Strichcode. »Jeder Kämpfer darf jemanden mitbringen, der nachher die Überreste aufsammelt«, erklärte er, als ich die Tickets in die Tasche steckte.

»Wir sehen uns in der Kampfnacht«, entließ uns die Dunkelmagierin mit geballten Fäusten.

Shea grinste. »Ich hoffe, du nimmst teil.«

Die Pink Lady nickte und ließ die Handgelenke knacken. »Zum Glück sind meine Hände wieder verheilt. Dein Bruder war echt ein harter Brocken.« Sie sah mich an und grinste.

*Ich werde ganz sicher wegen Mord im Knast landen.*

Meine Schwingen entfalteten sich schnappend. Mit einem Flügelschlag befand ich mich in der Luft. Ich würde ihr den Kopf abreißen.

Ein stechender Schmerz fuhr durch meinen rechten Flügel, und mir entwich ein spitzer Aufschrei, als ich mit einem Ruck zurückgezogen wurde.

*Lincoln. Verflu…*

»Genau das will sie doch! Heb dir deine Wut auf«, flüsterte er.

Der sengende Schmerz in meinem Flügel pulsierte, während Lincoln ihn mit eisernem Griff festhielt. Ich war gegen ihn geprallt, als er mich zurückzog. Sicherheitshalber hatte er auch einen Arm um meine Taille geschlungen.

Die Pink Lady grinste herausfordernd. Schwarz-grüne Magie brach erneut aus ihren Handflächen hervor. Sie war bereit für einen Kampf.

»Gehen wir«, sagte Shea barsch.

Nach einem weiteren tiefen Atemzug wurde ich etwas ruhiger und ließ es gut sein. Sie fertigzumachen, würde ich mir für den Ring aufheben. Meine Augen blieben starr auf sie geheftet, während ich mich von Lincoln wegziehen ließ.

Ich würde sie vernichten.

Rasch wurden wir zum Auto eskortiert. Noah wartete angespannt hinter dem Lenkrad. Als wir alle eingestiegen waren – Shea und ich hinten, Lincoln vorn – fuhr Noah los in Richtung Angel City.

»Wie ist es gelaufen?«, erkundigte er sich. Er sah mitgenommen aus – verschwitzt, kreidebleich, und er hatte während unserer gesamten Zeit in Demon City nicht ein einziges Mal gezwinkert.

»Gut. Sie sind angemeldet«, antwortete Lincoln.

»Äh, nicht gut«, widersprach ich und beugte mich vor. »Ich kann nicht glauben, dass du zwei Riesen dafür ausgegeben hast. Ich werde zwei Jahre brauchen, um das zurückzuzahlen.« Oder mehr, wenn ich meiner Mutter helfen wollte.

Schmunzelnd blickte er auf mich herab. »Gern geschehen.«

Ich stöhnte. »Tja, offensichtlich danke. Ich hoffe nur, das hat dein Konto nicht gesprengt.« Ich wusste nichts über seine finanzielle Lage. Aber dass er in einem Wohnwagen lebte, der Rest der Jungs hingegen in schicken Apartments der Engelsarmee, verhieß nichts Gutes.

Noah lachte. »Lincoln ist reich. Das passt schon.«

Lincoln warf ihm einen finsteren Blick zu.

»Oh«, murmelte ich. »Ich dachte … na ja, der Wohnwagen …«

Noah prustete los. Dann drehte er sich zu Lincoln: »Ich habe dir doch gesagt, der Wohnwagen lässt dich nicht gut aussehen, Alter«.

Lincoln knuffte Noah in den Arm. »Ich mag meinen Wohnwagen.« Dann drehte er sich zu mir um. »Ich bin jetzt nicht stinkreich oder so, aber meine Eltern haben mir durch die Lebensversicherung ein bisschen Geld hinterlassen, also …

ja. Macht mir nichts aus, etwas davon für euch Mädels auszugeben.«

*Oh mein Gott. Er hat das Geld vom Tod seiner Eltern für mich ausgegeben.* Liebe für diesen wunderbaren Mann breitete sich explosionsartig in meiner Brust aus. Und ich gelobte mir, dass ich eines Tages Lincoln Greys Kinder bekommen würde.

Shea quiekte ein »Oooh …«, und ich lächelte.

»Wer hätte gedacht, dass du die ganze Zeit nur den Pseudo-Arsch gegeben hast?«, grinste ich.

Skeptisch verzog er die Lippen. »Pseudo-Arsch? So was gibt's?«

Ich beugte mich vor, fuhr ihm mit den Fingern durchs Haar und drückte ihm einen Kuss auf die Wange. »Und ob.«

»Ich persönlich glaube ja, er ist ein *echter* Arsch, der bloß nette Momente hat«, warf Noah ein.

Womit er sich einen weiteren Knuff in den Arm einhandelte. »Aua.«

Shea schmunzelte. »Ein Arsch und ein Gigolo begeben sich auf ein Abenteuer nach Demon City. Klingt wie der Anfang eines schrägen Kinderbuchs«, stellte sie amüsiert fest.

Lachend erreichten wir Angel City.

Noah reihte sich vor den Toren der Stadt in die Schlange der wartenden Autos ein und hielt den Wagen an. Er schaute zu Lincoln. »Kann ich ein Gigolo sein, wenn ich seit fast einem Jahr keine andere Frau als Shea angefasst habe?«

Lincoln grinste. »Nein. Kannst du nicht.«

Beide drehten sich zu Shea um, die eine finstere Miene aufgesetzt hatte und den Jungs in einer Sprecht-mit-der-Hand-Geste ihre Handfläche entgegenstreckte. »Wie ihr meint.«

Ihre Unnahbarkeitsnummer würde nicht mehr lange gutgehen. Sie musste Noah endlich sagen, was sie für ihn fühlte, sonst würde sie ihn verlieren.

Aber zuerst mussten wir an der Erweckungszeremonie meines Bruders teilnehmen. Shea einen Schubs in Richtung Noah zu geben, damit sie ihr Liebesleben endlich auf die Reihe bekam, würde warten müssen.

# 4

»Was, wenn ich schwarze Flügel habe, wie du?«, fragte Mikey, als wir unterwegs zur Erweckungszeremonie waren.

Meine Kinnlade klappte runter. Daran hatte ich nicht gedacht. Bei allen Szenarien, die sich während der vergangenen Stunden in meinem Kopf abgespielt hatten, war mir *der* Gedanke nie gekommen.

»Dann werden wir damit fertig«, antwortete ich.

*Bitte, lass ihn nicht wie mich sein.* Ich könnte es nicht verkraften, wenn Luzifer auch hinter meinem Bruder her wäre.

Lincoln und Shea begleiteten uns, und Lincoln legte Mikey die Hand auf die Schulter. »Du bist eine freie Seele, also kommst du so oder so an die Fallen Academy zu deiner Schwester. Kein Grund, sich Sorgen zu machen, Bro.«

*Bro. Oh mein Gott.* Mein Herz schmolz bei Lincolns netter Geste gegenüber meinem kleinen Bruder dahin wie ein Gletscher im Höllenfeuer.

Mikey grinste ihn an und nickte.

Shea nickte ebenfalls knapp und kicherte verhalten. »Außer, du bist ein Knorpler. Dann bist du am Arsch, denn dann will dich die Academy nicht.«

Ich versetzte ihr einen Klaps auf den Hinterkopf.

»War nur Spaß. Es wird alles gut«, fügte sie hinzu und rieb die Stelle, an der ich sie getroffen hatte.

Schließlich erreichten wir den Eingang, vor dem auch schon andere Achtzehnjährige darauf warteten, zur Zeremonie hineingelassen zu werden. Ich kannte die Anspannung, unter der Mikey leiden musste – verdammt, erst letztes Jahr hatte ich dasselbe durchgemacht.

Ich beugte mich zu meinem Bruder und umarmte ihn fest. »Was immer herauskommt, es wird schon passen. Hab dich lieb.«

Er nickte knapp, dann winkte er Lincoln und Shea zu, bevor er sichtlich verlegen hinüberging und sich am Ende der Schlange anstellte.

Lincoln trug seine Uniform der Engelsarmee. Er würde wieder mit Raphael auf der Bühne sein wie damals bei meiner Erweckungszeremonie. Mich beruhigte das Wissen, dass er zur Stelle sein würde, um meinem Brüderchen zu helfen, falls irgendetwas schiefginge.

Nachdem wir hineingegangen waren, überreichten wir der Türsteherin unsere Eintrittskarten.

Anerkennend zog sie die Augenbrauen hoch. »Erste Reihe. Nobel, nobel.« Sie riss die Eintrittskarten ab und gab uns die anderen Hälften zurück.

*Erste Reihe!* Ich hatte gar nicht nachgesehen. Lincoln hatte die Karten für uns besorgt. Als ich zu meinem Freund hinüberschaute, zwinkerte er mir zu.

*Ah, das fünfte Zwinkern. Ruhig, mein Herz.*

»Wir sehen uns nachher. Mach dir keine Sorgen.« Er gab mir einen Kuss auf die Wange.

Als er davonging, hakte Shea sich bei mir unter und schleifte mich in Richtung des Saals.

»Erste Reihe. Verdammt, Bri, Lincoln liebt dich echt.« Sie klimperte mit den Wimpern.

Ich lächelte. »Ja, das tut er.«

Die erste Reihe war eigentlich Offizieren der Engelsarmee und wohlhabenden Familien mit Kindern, die an der Erweckung teilnahmen, vorbehalten, nicht Luzifers Stieftochter mit den schwarzen Flügeln.

Rasch vergewisserte ich mich, dass ich keine Blutflecken vom letzten Training an den Stiefeln hatte. *Vielleicht hätte ich mich schicker anziehen sollen.*

»Schade, dass deine Mutter nicht bei uns sitzen kann«, meinte Shea.

Mein Herz zog sich zusammen, als mich ein Anflug von Traurigkeit überkam. Suchend drehte ich den Kopf und hielt nach Mom Ausschau. Schließlich entdeckte ich sie auf den billigen Plätzen bei den anderen dämonenhörigen Sklaven. Sie sah unheimlich müde aus. Ich beschloss, ihr nichts von der Sache mit der Kampfnacht zu erzählen, jedenfalls noch nicht.

Sie bemerkte, dass ich zu ihr schaute, und winkte mir kurz zu. Mit einem verhaltenen Lächeln winkte ich zurück.

»Bitte nehmen Sie Platz, dann holen wir die Studenten zu uns«, dröhnte Raphaels Stimme von der Bühne.

Shea und ich eilten mit schnellen Schritten zur ersten Reihe und nahmen unsere Plätze zwischen ziemlich wichtig aussehenden Leuten ein. Rechts von mir saß ein älterer Mann mit einer Uniform der Engelsarmee und haufenweise Medaillen daran, neben Shea hatte eine Frau mit einem so fest geknoteten Dutt Platz genommen, dass die Augenwinkel seitwärts gezogen wurden.

Wir gaben uns alle Mühe, nicht zu kichern.

*Oh mein Gott, werde ich wirklich die Party nach der Zeremonie erleben? Den Schokobrunnen und die magischen Donuts und all den anderen Kram, den ich bei meiner eigenen Zeremonie verpasst habe?*

Als ich zur Bühne hinaufsah, bemühte ich mich, meine Wut auf Grim und einen anderen Dämon dort oben zu bändigen. Grims Knopfaugen musterten mich kurz, bevor er den Blick mit finsterer Miene in eine andere Richtung schweifen ließ.

*Ich hätte ihn umbringen sollen, als ich die Gelegenheit dazu hatte.*

Nach einer kurzen Weile der Stille hörte ich, wie sich die Türen hinten öffneten und die Teilnehmer der Erweckungszeremonie nacheinander hereinkamen. Mikey sah in seinem schwarzen Anzug super elegant aus. Ich zeigte meine erhobenen Daumen, er wurde rot und verdrehte sichtlich verlegen die Augen.

*Was soll's.* Ich war eine coole große Schwester.

Raphael hielt seine übliche reumütige Rede über den Krieg der gefallenen Engel und die mit besonderen Kräften infizierten Menschen, dann rief er den ersten Namen auf. *Atwater* würde ziemlich am Anfang an die Reihe kommen.

Oh Gott, war ich nervös.

Was, wenn mein Bruder ein Zentaur wäre? Dann könnte ich ihn nie mehr umarmen, ohne vorher auf eine Leiter zu steigen.

Shea musste meine Anspannung bemerkt haben, denn sie ergriff meine Hand.

Eine allerbeste Freundin zu haben, empfand ich als unheimlich tröstlich. Nicht nur eine beste Freundin für ein paar

Jahre, bevor man sich auseinanderlebte. Eine beste Freundin *für immer.* Shea und ich waren auf Lebenszeit miteinander verbunden. Was auch geschehen mochte, sie gehörte zu mir und ich zu ihr. Das Wissen, dass wir uns bis in alle Ewigkeit aufeinander verlassen konnten, nahm mir in dem Moment eine gewaltige Last von den Schultern. Was immer Mikey sein mochte, wir würden gemeinsam damit klarkommen.

»Melanie Anderson. Freie Seele«, dröhnte Raphaels Stimme, und ich stieß den angehaltenen Atem aus.

Als Erste dranzukommen war kacke.

Ein gertenschlankes, schüchtern wirkendes Mädchen mit mausbraunen Haaren schlurfte mit gesenktem Kopf auf die Bühne. Als sie vor Raphael stand, strahlte er sie an und hielt die Hände über sie. Ein feiner Sprühnebel aus Goldstaub rieselte auf ihre Haut, und wir alle erstarrten. Obwohl sie nicht mit mir verwandt war, spürte ich, wie mich Anspannung überkam. Es war, als sähe man sich einen packenden Thriller an.

Plötzlich fing sie zu weinen an und starrte auf ihre Finger. »Nein!«, entfuhr es ihr.

Raphael verzog die Oberlippe, und Lincoln, der hinter ihm stand, hielt sich diskret die Hand vor die Nase.

»Melanie Anderson. Knorplerin.«

*Oh Scheiße.*

Obwohl ich keine Lippenleserin war, glaubte ich zu sehen, wie Raphael »Tut mir leid« murmelte, bevor sie weinend von der Bühne flüchtete.

Ich drehte den Kopf und stellte fest, dass mein Bruder weiß wie ein Laken geworden war.

»Michael Atwater. Freie Seele«, verkündete Raphael als Nächstes.

Ich hatte nicht mit dem Anflug von Stolz gerechnet, der

meine Brust anschwellen ließ, als Raphael »freie Seele« an den Namen meines Bruders anfügte. Meine Mutter und ich hatten einige Fehler begangen, Mikey hingegen war ein unbeschriebenes Blatt.

Shea drückte meine Hand, und ich erwiderte die Geste.

Verdammt, nach der Offenbarung einer Knorplerin an die Reihe zu kommen war echt hart.

»Du schaffst das, Mikey!«, brüllte Shea, als wäre sie eine laute New Yorkerin, die nach einem Taxi rief.

Ich zuckte leicht zusammen, als uns die versnobten Leute neben uns missbilligend ansahen, aber es hatte etwas gebracht. Mikey lächelte verhalten, und etwas Farbe kehrte in seine Wangen zurück.

*Okay. Atmen. Einfach atmen. Gott, bitte lass ihn keine schwarzen Flügel haben und weder ein Knorpler noch ein Zentaur sein.*

Als ich den Gedanken abschüttelte und mich auf das Geschehen konzentrierte, hatte Raphael bereits angefangen, den magischen Offenbarungsstaub rieseln zu lassen – oder was immer der Staub sein mochte.

Mikey stand nur da, die Hände zu Fäusten geballt, die Augen stur geradeaus gerichtet. Total verängstigt.

*Der arme Junge*, meldete sich Sera unverhofft aus meinem Stiefel zu Wort.

*Du hast mich erschreckt!*, warf ich ihr vor. Ich hatte völlig vergessen, dass ich sie bei mir hatte.

*Entschuldige*, flüsterte sie, bevor sie verstummte.

Gebannt starrte ich hinauf zu meinem Bruder und wartete darauf, dass etwas passierte, doch es tat sich nichts. Raphael hatte allen Staub verteilt, stand nun vor Mikey und beobachtete ihn, genau wie Lincoln.

*Oh Gott. Er ist ein Infirmus. Ein verflixter, nutzloser Mensch!*

So würde er nicht in die Fallen Academy aufgenommen, würde keinen Job bei der Engelsarmee bekommen und obdachlos enden. Tränen traten mir in die Augen, und Shea umklammerte meine Hand so fest, dass es wehtat.

Plötzlich drang Geheul aus Mikeys Kehle. Er fiel nach vorn auf alle viere und keuchte vor Schmerz. Die feinen Härchen an meinen Armen richteten sich abrupt auf, und ich lehnte mich auf dem Sitz vor.

*Das ist kein menschliches Geheul.*

»Mikey?« Ich stand auf und streifte Sheas Hand ab.

Sein Körper verrenkte sich, und die Geräusche knackender Knochen waren mir so vertraut, dass ich Erleichterung verspürte. Ich setzte mich wieder.

Also war er ein Gestaltwandler wie Luke. Damit konnte ich umgehen. Kein Problem für mich.

Ich schaute zu Shea. Auch sie lächelte erleichtert.

Der Anzug meines Bruders zerriss. Schwarzes Fell lugte überall hervor, als seine Muskeln wuchsen und ihn immer massiger werden ließen. In der Regel wurden Gestaltwandler zu Tieren – zu Rehen, Bären, Pumas und so weiter, was immer sich während des Engelsfalls in der Nähe aufgehalten hatte. Zusätzlich hatten sie Hörner, was ihnen ein dämonisches Aussehen verlieh. Luke würde Mikey dabei helfen können herauszufinden, was es bedeutete, ein Gestaltwandler zu sein. Tatsächlich gefiel es mir sogar. Es fühlte sich richtig an.

Zumindest, bis sich mein Bruder in einen riesigen schwarzen Wolf mit ebenfalls schwarzen, samtenen Hörnern und gelb glühenden Augen verwandelte. Er sah aus wie besessen, als er eine tief geduckte Haltung einnahm und Raphael anknurrte.

Der Körper des Erzengels versteifte sich. Lincoln zog langsam sein Schwert.

*Was zum …*

»Ruft Clark!«, brüllte Lincoln jemandem abseits der Bühne zu. Dann schnappten die Anwesenden kollektiv nach Luft, als mein Bruder Raphael ansprang.

Ich schoss aus meinem Sitz hoch und raste zur Bühne.

»Mikey, nicht!«, schrie ich, doch es war zu spät. Raphael war gezwungen, Mikey an den Schultern zu packen und ihn in Notwehr zu Boden zu schleudern.

Lincoln hielt das Schwert hoch erhoben. Es leuchtete blau, und mein Bruder starrte es mit giftigem Blick an. Er hatte die Lippen zurückgezogen und knurrte, während Raphael ihn am Boden fixierte.

*Was zum Teufel läuft hier ab?* Das sah meinem Bruder gar *nicht* ähnlich. Ich wusste, dass Lincoln ihn nicht verletzen würde, aber wieso um alles in der Welt hielt er das Schwert auf ihn gerichtet?

Als ich die Bühne erklomm, traf Lincolns Blick den meinen. »Was stimmt nicht mit ihm?«, fragte ich leise.

Raphael drückte meinen Bruder immer noch zu Boden. Ich merkte dem Erzengel an, dass es ihn erhebliche Mühe kostete. Seine Arme zitterten, seine Muskeln spannten sich. Als mein Bruder zappelnd versuchte, sich zu befreien, verlagerte Raphael mehr Gewicht auf ihn und verstärkte den Griff.

Lincoln ließ den Blick über die Menge wandern und sprach mit leiser Stimme: »Er ist ein Rudeltier. Wenn sich Rudeltiere zum ersten Mal verwandeln, werden sie vom Jagddrang überwältigt. Wenn wir nicht bald einen Alpha herschaffen können, löscht er die Hälfte der Anwesenden hier aus.«

*Was zum …*

Ich schwankte, als ich auf meinen kleinen Bruder hinabblickte. Er war *riesig*, fast so groß wie Luke als Bär. Und mittlerweile war nicht mehr zu übersehen, dass Raphael seine gesamte Engelskraft einsetzen musste, um ihn festzuhalten.

*Ein überdimensionierter Wolf mit dämonischen Kräften, der Menschen jagen will. Super.*

»Mikey?« Ich kniete mich hin und versuchte, ihm in die Augen zu sehen. Das Knurren, das seiner Kehle entschlüpfte, als er den Kopf in meine Richtung drehte, trieb mir Tränen in die Augen. Er hatte den Kopf aus Raphaels Griff gewunden und schnappte wie ein tollwütiger Hund nach mir.

»Ich kann ihn nicht mehr lange halten«, presste Raphael zwischen zusammengebissenen Zähnen hervor.

*Oh mein Gott.*

*Zieh mich aus dem Stiefel,* verlangte Sera von mir.

*Was? Auf keinen Fall. Ich werde meinen Bruder nicht verletzen.*

*Mach schon. Wir werden ihn nicht ernsthaft verletzen, aber unter Umständen müssen wir ihn davon abhalten, die Menschen hier zu zerfleischen,* sagte meine Ewigkeitswaffe eindringlich.

Widerwillig zog ich Sera aus meinem Stiefel. Lincoln ließ sein Schwert fallen, kämpfte sich auf Mikeys hintere Hälfte und versuchte, ihn am Boden zu halten. Raphael wurde allmählich schwächer – jedes Mal, wenn mein Bruder sich herumwarf, verschaffte er sich mehr Bewegungsfreiheit.

»Wo bleibt Clark?«, brüllte Lincoln in den Bereich hinter der Bühne. Während ich den Blick auf meinen Bruder gerichtet ließ, fragte ich mich, wer dieser Clark sein mochte.

»Unterwegs!«, rief eine Stimme zurück.

In dem Moment riss Mikey sich los. Mit gesträubtem Nackenfell stand er knurrend da. Hinter ihm hatten die Dämonen das Geschehen die ganze Zeit aufmerksam beobachtet.

»Evakuiert das Gebäude«, befahl Lincoln einem Gardisten

der Engelsarmee, der mit einer Pistole in der Hand abseits der Bühne stand.

»Wir nehmen ihn euch ab«, bot uns der bei Grim sitzende Dämon mit einem Augenzwinkern an.

»Du kannst mich mal!«, spie ich der hässlichen Ausgeburt der Hölle entgegen.

Mikey hatte den Kopf gesenkt und funkelte mich mit diesen unheimlichen gelben Augen an.

»Mikey. Ich bin's, Bri«, sagte ich zu ihm.

Eine Bewegung zu meiner Linken erregte meine Aufmerksamkeit, aber nicht genug, um den Blick von meinem Bruder zu lösen.

»Ich kann ihn betäuben, falls er angreift. Die Wirkung wird zwar schnell nachlassen, aber es könnte kurzfristig helfen«, meinte Shea, die neben mir aufgetaucht war. Magie knisterte auf ihren Handflächen.

Ich bemühte mich, meine Tränen in Schach zu halten. Mein armer Bruder war zu einem Monster geworden.

*Lass es sie tun,* wies Sera mich an.

Kaum merklich nickte ich meiner besten Freundin zu.

Ein Abrus-Dämon, den ich nicht kannte, kam näher. »An der Tainted Academy könnte er mehr über seine Kräfte lernen«, meinte er.

Jäh fuhr ich zu ihm herum, Sera in der hoch erhobenen Hand. Sie leuchtete. »Ich bring dich um, wenn du dich meinem Bruder näherst.«

Der Dämon starrte mich finster an und kam einen Schritt auf mich zu, als wollte er mir drohen.

Bis dahin hatte ich Raphael noch nie mit einer Waffe gesehen. Rasend schnell stürmte er mit einem langen goldenen Dolch in der Hand auf den Dämon zu. Die gigantischen Flügel des Erzengels verursachten einen Luftzug, der mir die Haare aus dem Gesicht wehte.

»Er ist eine freie Seele. Freie Seelen unterstehen *meinem* Schutz.« Raphaels Stimme klang so tief und bedrohlich, dass ich sie kaum wiedererkannte.

Der Dämon zuckte zusammen und wich mit hängendem Kopf zurück. In diesem Moment griff Mikey an. Weder mich noch Raphael, sondern den Dämon.

Wortlos schleuderte Shea einen feurigen orangefarbenen Ball auf Mikeys rechte Schulter. Mein Bruder heulte schmerzerfüllt auf und klatschte erschlafft auf den Boden. Nur ein Stück vor dem Abrus-Dämon.

»Shea!«, herrschte ich meine beste Freundin an.

»Ist nur ein Betäubungszauber. Er wird …« Sie beendete den Satz nicht, denn Mikey stand schon wieder auf, wenngleich ein bisschen wacklig. Er schüttelte den Kopf, als wollte er ihn frei bekommen.

*Verdammt.*

Ich wollte meinem Bruder wirklich, *wirklich* nicht wehtun müssen.

»Wenn er sich noch mal auf mich stürzen will, mache ich ihn kalt!«, brüllte der Dämon, aus dessen Ohren Rauch quoll.

Ich bewegte mich einen Schritt auf die schwarz geflieste Bühnenseite der Dämonen zu. Seras Klinge pulsierte in einem grell gleißenden Licht. »Rühr meinen Bruder an, und ich beende dein Leben!« Meine Flügel fuhren abrupt aus, und ich konnte hören, wie einige der Anwesenden im Publikum nach Luft schnappten.

Der Blick des Dämons senkte sich auf meine Brust. Als er das Mal dort sah, grinste er breit. »Du hast Luzifers Temperament.«

Die Äußerung traf mich wie ein Tritt in den Magen. Tatsächlich? War ich wie der Teufel?

Ich taumelte rückwärts und senkte den Dolch ein wenig.

Mikey knurrte wieder, senkte den Oberkörper und spannte die Hinterläufe sprungbereit an.

»Keine Bewegung!«, dröhnte eine tiefe Männerstimme hinter mir. Mikey winselte, senkte auch die hintere Hälfte seines Wolfskörpers und duckte sich flach an den Boden.

Als ich herumwirbelte, sah ich einen großen Mann Anfang dreißig, der auf die Bühne sprang. Das schokoladenbraune Haar fiel ihm in wilden Strähnen ins Gesicht. Er war muskelbepackt wie ein Footballspieler, und seine honigfarbenen Augen empfand ich als … unheimlich. Sie leuchteten gespenstisch. Bei jedem Schritt behielt er meinen Bruder im Blick.

*Das muss Clark sein.*

»Das ist mein Bruder«, erklärte ich ihm. »Können Sie ihm helfen?«

Er ließ Mikey nicht aus den Augen. »Das hängt von ihm ab.«

Der Alpha näherte sich meinem Bruder bis auf wenige Meter, und Mikey begann zu knurren. Clark ragte über ihm auf, verschränkte die Arme vor der Brust und beugte sich vor. »Unterwirf dich«, verlangte er knurrend mit einer nur halb menschlichen Stimme.

Mikey entblößte die scharfen Reißzähne und knurrte lauter, als er dem Blick des Alphas begegnete.

*Oh Gott. Was bedeutet das?*

Clark sank auf ein Knie und sah meinem Bruder direkt in die Augen. Ich hielt den Atem an.

»Du *wirst* dich mir unterwerfen, sonst kann ich dir nicht helfen«, erklärte Clark.

*Heilige Scheiße.* Mein Bruder würde ihm das Gesicht zerfleischen, davon war ich überzeugt.

Nach einigen weiteren Sekunden des Wettstarrens verwandelte sich Mikeys Knurren in ein Winseln, und der Blick seiner gelben Augen richtete sich auf Clarks Schuhe. Dann senkte mein Bruder den Kopf, rollte sich auf den Rücken und entblößte seinen Bauch.

Clark streckte eine Pranke aus, packte meinen Bruder am Nacken und schüttelte ihn. »Braver Welpe. Gehen wir«, blaffte er und richtete sich auf.

»Was? Wo wollen Sie hin?« Meine Stimme zitterte, als Mikey aufstand und sich neben Clark stellte.

Clarks honigfarbene Augen nahmen zum ersten Mal mich ins Visier, und ich spürte, wie eine physische Kraft über mich hinwegschwappte.

»Ich nehme ihn mit auf mein Grundstück. Dort bringe ich ihm bei, wie man Wild jagt und die erste Lust aufs Töten stillt. Sobald ich mir sicher bin, dass er niemanden verletzen wird, schicke ich ihn zur Schule«, erklärte der Alpha.

*Äh, was zur Hölle hat er gerade gesagt?*

»Können Sie ihn nicht einfach zwingen, sich in einen Menschen zurückzuverwandeln? Dann wird er auch niemanden mehr verletzen.« *Oder?* In Gedanken versetzte ich mir einen Tritt, weil ich nicht aufgepasst hatte, als Gestaltwandler im Unterricht über die Geschichte der gefallenen Engel durchgenommen worden waren. Ich dachte, es würde bei allen so ablaufen wie bei Luke – verwandeln, irgendeinen Dämon fertigmachen, zurückverwandeln.

Clark schüttelte den Kopf. »Er wird sich erst zurückverwandeln können, wenn er seinen Jagdtrieb befriedigt hat.«

Ein ersticktes Japsen drang zu uns. Als ich mich umdrehte,

musste ich feststellen, dass meine Mutter unsere Unterhaltung mitangehört hatte.

*Na, ganz toll.*

»Und kann ich ihn besuchen?«, rief ich Clark hinterher, der sich dicht gefolgt von meinem Bruder entfernte.

»Vielleicht«, gab er zurück.

Mein Blick schnellte zu Lincoln, der nur mit den Schultern zuckte.

An der Tür wartete eine Gruppe von Männern und Frauen auf Clark. Als er sich näherte, neigten sie die Häupter und traten beiseite, um ihn vorbeizulassen. Nachdem Mikey und er außer Sicht waren, folgten sie ihnen. Wie Anhänger einer gruseligen Sekte.

*Oder wie ein Wolfsrudel,* merkte Sera an.

Im Augenblick brauchte ich keine Dosis ihrer Logik. Mein Herz hämmerte wild in der Brust.

»Nun, das ist nicht ideal gelaufen, aber Clark wird sich gut um ihn kümmern«, versuchte Raphael zu beruhigen.

Mittlerweile hatte der Erzengel den Dolch zurück in die Scheide gesteckt. Seine Flügel ragten ruhig hinter ihm auf.

Was für ein verrückter Tag. Aber »nicht ideal«?

Mein Bruder steckte in Monstergestalt fest und war gerade davongetrottet, um für ungewisse Zeit bei einem Kerl zu leben, von dem ich noch nie zuvor gehört hatte.

»Wohl eher *so was von nicht ideal*«, stellte ich trocken fest, bevor ich zu meiner Mutter ging, um sie zu trösten.

Wäre echt toll, wenn das Leben ausnahmsweise mal nicht nur Zitronen für mich bereithalten würde.

# 5

Um meine Mutter zurück nach Hause zu fahren, hatte ich die Erweckungszeremonie früh verlassen. Ich versicherte meiner Mom, dass ich mich um Mikey kümmern würde, dass wir diesem Clark vertrauen könnten und alles gut werden würde. Lincoln hatte mich gebeten, in seinem Wohnwagen auf ihn zu warten, er wollte mich dort treffen, sobald er seine Pflichten bei der Zeremonie erledigt hätte.

Nach fünfzehn Minuten im Wohnwagen langweilte ich mich zu Tode.

*Lass uns herumschnüffeln*, schlug Sera schelmisch vor.

Ich kicherte. *Oh mein Gott, wie kannst du eine Engelsklinge sein?*

*Gute Frage. Wahrscheinlich hat jemand Mist gebaut, als man mich gemacht hat. Deshalb wurde ich wohl auf die Erde geschickt.*

Ich kicherte. *Warte, soll das heißen, ich bin nur einer verstoßenen Ewigkeitswaffe würdig?*

*Hast du mich gerade als verstoßen bezeichnet?*, konterte sie.

Ich musste grinsen, und vorübergehend verflüchtigten sich meine Sorgen.

*Was ist das für ein Gedichtband?*, wollte Sera wissen.

Mein Blick fiel auf das kleine, ledergebundene Buch vor mir, und ich schüttelte den Kopf.

*Vergiss es. So was macht man nicht,* erklärte ich meiner Klinge.

*Sind doch bloß Gedichte. Es ist ja kein Tagebuch oder so,* ließ Sera nicht locker.

Ich stöhnte. *Na schön, ein kurzer Blick. Weil mir langweilig ist und ich neugierig bin, was er reinschreibt.*

Wenn ich abends hier lernte, kritzelte Lincoln in das Buch und spielte dazu Gitarre.

Ich blätterte durch die Seiten zum letzten Eintrag.

*Augen wie der Himmel, so voll von Macht,*
*Haar wie die Sonne, eine glänzende Pracht.*
*Ihre Liebe erfüllt mich, erfüllt mich …*

Der Türknauf drehte sich, und ich schob das Buch schwungvoll von mir weg. Es rutschte über den Tisch, prallte gegen die Wand und landete etwas unglücklich auf der Sitzbank.

»Hey«, begrüßte mich Lincoln, als er eintrat.

»Nichts!«, rief ich.

*Oh Gott, der Liedtext hat sich angehört, als könnte er von mir handeln …* Meine Wangen röteten sich.

*Was für ein Schnuckel,* gurrte Sera.

»Alles in Ordnung?« Lincoln legte die Stirn in Falten, als er auf mich zukam. Ich rutschte zur Seite, damit er sich neben mich setzen konnte.

»Ja, alles bestens. Ich mache gar nichts.« Ich lachte nervös.

Lincoln zog die Brauen zusammen. »Ich meine wegen deinem Bruder. Kommst du klar damit?«

Bei meiner Schnüffelei hatte ich meinen Bruder vorübergehend vergessen. »Oh. Nein, damit komme ich nicht wirklich klar. Er muss solche Angst haben, und ich kenne diesen Clark zwar nicht, aber er scheint echt ein Arsch zu sein. Meine Mom war auch total aufgelöst.«

Lincoln strich mit der Hand langsam meinen Rücken rauf und runter, wieder und wieder, während ich allem Luft machte, was mich beschäftigte.

»Weißt du, ich würde mir nur einmal eine verdammte Verschnaufpause wünschen!«, rutschte mir aufgebracht heraus. »Zuerst habe ich schwarze Flügel, dann erfahre ich von dieser verrückten Prophezeiung, dass ich Luzifer umbringen werde, und so nebenbei habe ich noch das Mal des Teufels. Ich dachte, das ist langsam echt genug.«

Er nickte verständnisvoll. »Das ist auch genug. Mehr als genug. Aber zusammen schaffen wir das.«

»Zu allem Überfluss hat mir mein Bruder auch noch erzählt, dass der Boss meiner Mutter ihr jede Woche den Lohn kürzt. Ich habe Angst, dass ihr nicht mal genug bleibt, um Lebensmittel zu kaufen. Und sie würde es mir nie sagen, auch wenn sie noch so hart zu kämpfen hätte.«

Lincoln sah mich nachdenklich an. »Ich habe vom Versicherungsgeld meiner Eltern noch zehn Riesen übrig. Das Geld kann sie gern haben, wenn sie es braucht.«

Eine Welle von Emotionen schwappte über mich hinweg. *Wer ist dieser unglaubliche Mann, und wie um alles in der Welt kann es sein, dass ich ihn verdiene?*

»Nein, ich schicke ihr etwas Geld von meinen monatlichen Schecks. Aber Lincoln … wow. Danke für das Angebot.«

Er sah mich an mit seinen intensiven blauen Augen, den zerzausten dunklen Haaren und diesen sinnlichen Lippen, und auf einen Schlag waren meine Sorgen wie weggefegt. Meine

Gedanken galten nur noch diesem unfassbar heißen Mann vor mir.

Er musste den Moment meines Stimmungsumschwungs bemerkt haben, denn er senkte den Blick auf meine Lippen, bevor er unter halb geschlossenen Lidern wieder zu mir aufschaute.

»Ich liebe dich«, flüsterte ich zärtlich und beugte mich vor, um ihn sanft zu küssen.

Er fuhr mir mit den Fingern durchs Haar, legte mir sanft die Hand in den Nacken und zog mich näher zu sich heran. Als unser Kuss leidenschaftlicher wurde, sammelte sich geballte Lust in meiner Mitte. Noch nie hatte ich mich sexuell so zu jemandem hingezogen gefühlt wie zu Lincoln. Allein wie er mich mit diesen wundervollen Lippen unter dichten dunklen Wimpern hervor ansah, brachte mich zum Schmelzen.

Ich stand auf und rieb mir das Kreuz. »In letzter Zeit habe ich da so ein fieses Ziehen im Rücken. Ich hätte zu gern ’ne Massage.«

Grinsend stand er ebenfalls auf und musterte mich von oben bis unten. »Wenn du Sex mit mir haben willst, kannst du’s auch einfach sagen.«

Gelächter platzte aus mir hervor. »Oh, das will ich aber sowas von.«

*Nehmt euch ein Zimmer,* drang Seras Stimme in meinen Kopf.

Ich ignorierte ihre sarkastische Bemerkung und verfrachtete sie neben Lincolns Schwert.

Dann legten sich seine starken Hände auf meinen Hintern, als er mich hochhob. Ich schlang die Beine um Lincolns Hüften, während ich mein Shirt auszog. Er betrachtete die Tätowierung auf meiner Brust, bevor er sich vorbeugte und sie küsste. Jedes Mal, wenn er das tat, wurde ich emotional und spürte einen Kloß im Hals. Er schien damit zum Ausdruck zu bringen, dass er mich wollte und liebte – *alles* von mir liebte. Auch die weniger wünschenswerten Teile.

Irgendwie schafften wir es zum Bett und fielen zusammen hinein. Lincoln entledigte sich mit einer fließenden Bewegung seines Shirts und drückte sein Becken gegen mich. Stöhnend schlang ich die Hände um seinen Nacken und bedeckte seine Schulter mit Küssen, als er anfing, meine Hose aufzuknöpfen.

»Morgen geht der normale Unterricht wieder los. Das Ausbildungslager ist vorbei«, brachte ich atemlos hervor. »Weißt du, was das bedeutet?«

Seine Augen leuchteten tiefblau, als er dabei innehielt, meinen Bauchnabel zu küssen, und zu mir aufschaute.

»Was?«

Ich grinste. »Dass ich dich nicht mehr ›Sir‹ nennen muss.«

Mein Grinsen verflog, und ich stöhnte auf, als Lincoln im nächsten Moment seine Zungenmagie an mir demonstrierte. Solange er damit weitermachte, würde ich ihn meinetwegen für den Rest meines Lebens »Sir« nennen.

* * *

»Danke, dass du Zeit für mich hast, Brielle.« Mr Claymore machte eine einladende Geste in sein Büro.

»Soll das ein Scherz sein? Als ich Ihre Nachricht erhalten habe, war ich so aufgeregt, dass ich kaum schlafen konnte.«

Der Unterricht hatte erst vor wenigen Tagen wieder begonnen, und Mr Claymore glaubte, er hätte vielleicht einen Zauber gefunden, um mein Teufelsmal zu entfernen. Ich stellte meine Tasche auf den Boden und nahm auf einem Stuhl gegenüber seinem Schreibtisch Platz. Der Unterricht würde erst in fünfundvierzig Minuten beginnen, aber ich war gern schon um halb sieben aufgestanden, um mich davor mit Mr Claymore zu treffen.

Als er lächelte, konnte ich nicht umhin zu bemerken, was für freundliche Augen er hatte. Abgesehen von den grauen Strähnen in seinem braunen Haar merkte man nicht, dass er kein ganz junger Mann mehr war.

»Also, vorab möchte ich dich warnen: Unter Umständen funktioniert es nicht. Mach dir also keine allzu großen Hoffnungen.« Er legte seinen dicken schwarzen Umhang ab, drapierte ihn über die Rückenlehne seines Stuhls und krempelte die Ärmel hoch.

Ich nickte. »Verstehe. Ich bin auf keinen Fall übertrieben aus dem Häuschen oder so.« Dabei wippte ich auf meinem Sitz und bemühte mich, mein Grinsen zu unterdrücken.

Er schmunzelte. »Herein!«

Ich zog die Augenbrauen zusammen, denn ich hatte niemanden klopfen gehört. Es überraschte mich, als Raphael eintrat, die Flügel so eng angelegt, wie es ging, damit er sich durch die Tür zwängen konnte.

»Hallo, Brielle.« Raphaels Stimme klang wie immer ruhig.

»Hi. Hätte nicht erwartet, Sie hier zu sehen.«

Er trat hinter Mr Claymores Schreibtisch und musterte mich mit seinen stechenden blauen Augen. Sein goldblondes leuchtendes Haar erinnerte mich irgendwie an die Heiligenscheine, die auf katholischen Heiligenbildern oft um die Köpfe von Engeln zu sehen waren. »Oh, ich bin nur hier, um ein bisschen Celestial-Magie abzuliefern. Was ihr zwei damit macht, geht mich nichts an.«

Er zwinkerte, als seine Hände plötzlich in einem so irre

grellen goldenen Heillicht erstrahlten, dass ich die Augen abschirmen musste. Zwischen den Fingern hindurch spähte ich über den Schreibtisch und beobachtete, wie er das Licht in ein großes Glas goss. Als es voll war, nickte er Mr Claymore zu, trat hinter dem Schreibtisch hervor und ging Richtung Tür.

»Schönen Tag noch«, wünschte er uns vergnügt, bevor er verschwand.

Ich brach in Gelächter aus. »Das war ja abgefahren.«

Mr Claymore schmunzelte kurz, bevor ein stoischer Ausdruck in sein Gesicht trat. »Raphael kann Menschen nicht direkt helfen, also tut er auf seine Weise, was er kann.«

Meine Lippen verzogen sich zu einer skeptischen Miene. »Warum nicht? Was würde sonst passieren?«

Mr Claymore zog ein Paar dicke Lederhandschuhe an. »Wenn er es tut … kann er nicht mehr nach Hause.«

*Nach Hause?*

*In den Himmel, du Blitzmerkerin*, meldete sich Sera zu Wort.

*Oh.*

»Warum nicht?« Ich wusste, mein Nachbohren war unangemessen, aber ich musste einfach alles darüber erfahren.

Der Lichtmagier ergriff das große Glas mit seinen dicken Lederhandschuhen und seufzte. »Das ist einfach seine Buße, sonst nichts. Keine Sorge. Also, das könnte ein bisschen wehtun. Hol lieber tief Luft.«

*Raphaels Buße wofür?*

Mr Claymore stand vor mir und hielt das Gefäß mit Raphaels leuchtender Magie über mich. Sein eigenes violettes Licht begann, sich dazuzumischen. Ich war mir nicht sicher, ob ich es trinken sollte oder so – bis er das Licht direkt auf meine nackte Brust kippte. Schlagartig entflammte auf meiner Haut ein brennendes Knistern.

Ich zog scharf die Luft ein, als das gold-violette Licht in meine Brust drang und unter die Haut sickerte. Dann breitete sich ein kühlendes Gefühl wie von Minze darüber aus.

»Entschuldige«, murmelte Mr Claymore.

Ich nickte, atmete ein und schwer wieder aus, während ich auf die Tätowierung hinunterschaute, die immer noch sehr deutlich vorhanden war. Meine Haut fing an, sich zornig-rot zu verfärben, und das Brennen kehrte zurück. Mr Claymore stimmte einen geheimnisvollen Singsang an und streute Salzkrümel auf mein Shirt.

Ich dachte gerade, es könnte funktionieren, als ich aus dem Augenwinkel eine Bewegung wahrnahm. Mein Kopf schnellte zur Seite, mein Mund klappte auf. Mitten in der Luft öffnete sich ein Portal.

»Äh …«, machte ich und zeigte darauf.

Der Lichtmagier stieß einen Fluch aus und hätte beinahe die gesamte Packung Salz über mich gestreut.

»Geh hinter mich«, raunte er.

*Warum kann nicht ausnahmsweise mal was gut für mich laufen?*

Ich stand auf, zog Sera und stellte mich hinter den Professor.

Das Portal vergrößerte sich, und ein baufälliges Gebäude aus Stein war zu sehen. Das Gebäude jagte mir keine Angst ein – der Schwefelgestank schon.

»Ist … ist das die Hölle?« Ich schnappte nach Luft.

Mr Claymore schleuderte violette Magiebänder quer durch den Raum, die sich an die Ränder des Portals hefteten und es zu schließen versuchten.

Meine Brust brannte nicht mehr. Ebenso wenig fühlte sich die Haut kühl an. Ich spürte schlichtweg gar nichts. Als ich hinabschaute, sah meine Brust, abgesehen von ein paar Salzkörnern, normal aus. Der bedrohliche Totenschädel mit den Flügeln und der schiefsitzenden Krone war nach wie vor da und starrte mich an.

Als ich wieder aufschaute, rang Mr Claymore gerade mit einem winzigen Eiben-Dämon, der mit seinen kleinen, fledermausähnlichen Flügeln in den Raum zu fliegen versuchte. Anscheinend hatte Mr Claymore ihm mit Magie den Mund geknebelt. Violette Ranken aus reiner Energie umschlangen ihn wie die Gummibänder, die man um Hummerscheren anbrachte. Gute Idee, zumal die kleinen Scheißer Feuer speien konnten.

*Hör auf, hier nur so rumzustehen, und richte mich auf ihn*, verlangte Sera.

*Oh. Richtig.*

Ich zielte mit der Spitze der Klinge direkt auf den Eiben-Dämon über Mr Claymores Schulter. Ein greller Strahl weißen Lichts schoss aus dem Dolch, schlug in die Brust der Kreatur ein und schleuderte sie zurück. Mr Claymore zog fest an den violetten Bändern, und das Portal schloss sich.

Nachdem sich der Lichtmagier vergewissert hatte, dass das Portal verschwunden war, wirbelte er herum und starrte auf Sera in meiner Hand. »Danke dafür.« Er nickte. Sein Haar war völlig zerzaust, als käme er geradewegs aus einem Windkanal.

Ich nickte nur knapp. »Das war ein Portal in die Hölle«, hielt ich nüchtern fest.

Er senkte den Blick auf meine Brust und legte die Stirn in Falten. »Brielle, es tut mir außerordentlich leid, dass ich dein

Mal nicht entfernen konnte. Wie es aussieht, hat der Fürst der Finsternis eine Art … Alarmanlage damit verknüpft.«

Meine Eingeweide krampften sich zusammen. »Soll das heißen, Sie wollten es entfernen, und …« Den Rest brachte ich nicht heraus.

Er sah am Boden zerstört aus. »Und dadurch hat sich das Portal geöffnet. Was bedeutet, dass ich es nicht entfernen kann. Es tut mir aufrichtig leid«, wiederholte er.

Es war, als ob sich eine Nebelwand um mich herabsenkte. Ein Gefühl tiefer Trostlosigkeit erfasste mich. Dabei war ich so zuversichtlich gewesen, dass ich das Zeichen loswerden würde. Ich hatte Lincoln und Shea sogar gesagt, sie könnten eine Party für mich schmeißen, wenn es funktionierte.

»Ich bin froh, dass wir nicht den Dämonenalarm ausgelöst haben. Tut mir leid, dass ich dir falsche Hoffnungen gemacht habe.« Er schien die gesamte Verantwortung auf sich laden zu wollen. Das würde ich nicht zulassen.

Ich setzte ein gekünsteltes Lächeln auf. »Hey, ist schon gut. Tut ja nicht weh oder so. Ich komm schon klar.« Damit ergriff ich meine Tasche und schwang sie mir über die Schulter.

»Gehe in Frieden«, flüsterte der Lichtmagier.

Als ich den Raum verließ, sah ich Shea und Lincoln auf der anderen Seite des Flurs, wo sie erwartungsfroh ausgeharrt hatten. Ein Blick auf meine Brust, und ihre Gesichter fielen in sich zusammen.

Ich ging *nicht* in Frieden.

# 6

Die ersten beiden Schulwochen verliefen einigermaßen reibungslos. Ich hatte so ziemlich dieselben Kurse wie im Vorjahr. Aber statt zwei Stunden mit meinen Celestial-Lehrmeistern hatte ich nur noch eine Stunde, bei der sich die Jungs abwechselten. Neu hinzu kam ein Kurs, der sich *Kriegsstrategien* nannte.

Mein Bruder hatte sich noch nicht zurückverwandelt und befand sich nach wie vor in Clarks Obhut auf dessen Grundstück, wo immer das sein mochte. Ich hatte ein paarmal angerufen, um mich nach Mikey zu erkundigen. In den kurzen halbminütigen Gesprächen teilte Clark mir mit, dass Mikey gute Fortschritte machte, bevor dann jedes Mal eine so lange Stille eintrat, dass es unangenehm wurde.

Meine Mutter war außer sich vor Sorge. Mikey war das Küken der Familie, und sie kam mit der Situation überhaupt nicht zurecht. Täglich schickte sie mir eine Nachricht, in der sie wissen wollte, ob es irgendetwas Neues gäbe. Mittlerweile hatte ich angefangen zu lügen und gab ihr mehr Informationen, als ich in Wirklichkeit von Clark bekam. Zum Beispiel, dass es Mikey gut ging, er keinen Jagdtrieb mehr verspürte, Freunde gefunden hätte und bald wieder menschlich sein würde. Natürlich stimmte nichts davon, aber ich hätte praktisch alles gesagt, um sie zu beruhigen.

»Okay, fast fertig«, verkündete Shea.

Ich drängte mich mit Chloe, Luke und Angela um Sheas Schreibtisch in unserem Zimmer im Wohnheim. Endlich braute Shea den Vergeltungstrank für Tiffany.

»Wird sie dadurch in der Heilklinik landen?«, fragte ich.

Shea nickte. »Sollte sie besser. Wenn es dem Miststück gelungen wäre, Luke außer Gefecht zu setzen, hätten wir alle den Spießrutenlauf nicht bestanden.«

Allerdings würde sie uns vielleicht verpfeifen, wenn sie in der Heilklinik endete. Mittlerweile waren wir alle Soldaten der Engelsarmee, und an unserem ersten Tag mussten wir einen Verhaltenskodex unterzeichnen. Ich vermutete stark, dass unser Vorhaben gegen den Leitsatz verstieß, der besagte: *Wir respektieren unsere Kameradinnen und Kameraden der Engelsarmee.*

»Besteht die Möglichkeit, dass einer der Magielehrer den Trank zu dir zurückverfolgen könnte?«

Shea wandte den Blick ab und schaute gedankenverloren drein. »Guter Einwand. Ich packe noch einen geruchsverdeckenden Zauber drauf.« Sie griff nach Gläsern, die Gott weiß was für Pulver enthielten, und fügte dem Trank von jedem eine Prise hinzu.

»Was soll's? Selbst wenn wir zwei Wochen Arrest bekommen, das ist es allemal wert«, meinte Chloe.

Wir fuhren alle darauf ab, über Tiffany herzuziehen – was uns nur noch enger zusammenschweißte. Ich wollte lediglich sicherstellen, dass ich meinen coolen Job behalten würde, zumal ich mittlerweile sowohl an meine Mutter als auch an meinen Bruder denken musste.

Ich holte mein Handy heraus und schrieb Lincoln eine Nachricht.

**Brielle:** *Rein hypothetisch: Wenn wir Tiffany als Vergeltung einen Dünnschisszauber unterjubeln und erwischt werden ...*

Seine Antwort traf sofort ein.

**Lincoln:** *Lösch diese Nachricht, Dummerchen. Ihr würdet eine Woche gemeinnützige Arbeit bekommen.*

Gemeinnützige Arbeit klang nicht so schlimm. Ich löschte die Nachricht, bevor ich Shea ansah. »Tun wir's.«

Shea grinste, dann schnippte sie mit den Fingern, und der Trank löste sich in violetten Rauch auf. Sie fasste in den Tiegel und holte daraus ein kleines, blaues, hauchdünnes Stück Papier hervor.

Luke streckte die Hand aus. »Die Ehre gebührt mir.«

Shea ließ das Zettelchen auf seine Handfläche fallen. »Einfach unauffällig in ihr Getränk oder Essen schmuggeln. Löst sich auf und entfaltet seine Wirkung.«

Mit einem schadenfrohen Grinsen nickte er. »Auf den Tag habe ich monatelang gewartet. Ihr lenkt sie ab«, sagte er zu uns, als er seine große Pranke behutsam um das Papier schloss.

Wir nickten.

Operation *Dünnpfiff für Zickany* war voll im Gange.

* * *

Es stellte sich als nicht allzu schwierig heraus, ihr den Zauber unterzujubeln – wir fragten sie einfach etwas über sie selbst, und Tiffany quatschte geschlagene zehn Minuten, bevor sie uns wie niedere Lakaien entließ.

Mittlerweile saßen wir an unserem Tisch auf der Seite des Speisesaals für die Schüler mit dämonischen Kräften und beobachteten unsere Zielperson aufmerksam. Bei jedem Löffel Suppe, den sie aß, wurde Lukes Grinsen breiter.

»Wie viele Monate noch bis zur Kampfnacht?«, fragte er, ohne sein Opfer aus den Augen zu lassen.

»Sechs. Lincoln lässt uns trainieren wie die Irren.« Allein beim Gedanken daran stöhnte ich auf. Andererseits würden wir erstklassig ausgebildete Kampfmaschinen sein, wenn wir mit allem durch wären.

Shea rollte die Schultern. Erst am Vortag hatte sie erwähnt, dass sie Verspannungen plagten. »Ja, Noah nimmt mich hart ran.« Kaum hatte sie die Worte ausgesprochen, lief sie hochrot an. »Beim Training, meine ich.«

Wir alle brachen in schallendes Gelächter aus. Das Rummachen in seinem Auto jeden Mittwoch hatte sich mittlerweile zu *Filmabenden* bei ihm zu Hause weiterentwickelt.

»Hast du schon mit ihm geschlafen? Wie ich höre, soll er spitze sein.« Chloe biss von ihrem Apfel ab.

Shea verzog das Gesicht zu einer Grimasse. »Nein, und aus genau dem Grund. Den dreckigen Wagen lass ich nicht in meine unberührte Garage.«

Ihre *Garage* war alles andere als unberührt, aber wenigstens redeten wir nicht mehr von einem »Schniepel« und einer »Mumu«. Endlich hatten wir uns zu Metaphern für Erwachsene gemausert. Ich hätte kaum stolzer sein können.

»Ach komm schon, das habe ich nicht gemeint«, sagte Chloe und schaute reumütig drein.

*Ist jetzt ein guter Zeitpunkt, um meine beste Freundin mit der Wahrheit zu konfrontieren? Wahrscheinlich nicht, aber was soll's?*

»Ihm liegt total viel an dir, Shea. Er liebt dich sogar. Wenn du das nicht erwiderst – und ich meine jetzt nicht sexuell, sondern emotional –, dann wird er Schluss machen.«

Sheas Blick feuerte eisige Dolche auf mich ab, und sie öffnete den Mund zu einer Erwiderung, als Tiffany von ihrem Sitz hochschoss und sich krampfhaft den Bauch hielt.

»Ihr Schlampen!«, brüllte sie quer durch den Saal in unsere Richtung und kniff die Pobacken zusammen.

Wir alle bogen uns vor Lachen, als sie hinausrannte. Ich musste so hemmungslos losprusten, dass ich befürchtete, meine Blase könnte mich im Stich lassen.

»Rache fühlt sich echt gut an. Lasst uns nächstes Mal ihr Klopapier gegen Sandpapier austauschen«, schlug Luke vor.

Als ich schließlich kaum noch Luft bekam, hob ich abwehrend die Hände. »Es gibt kein nächstes Mal. Wir haben's ihr heimgezahlt. Jetzt müssen wir uns auf die Schule konzentrieren.«

Das Letzte, was wir gebrauchen konnten, war ein andauernder, eskalierender Rachefeldzug mit Tiffany.

Luke verdrehte die Augen. »Jawohl, Mom.«

Ich blies ihm einen Luftkuss zu, bevor ich die Aufmerksamkeit auf seine Schwester richtete.

»Angela, dieses Wochenende haben wir unseren ersten Einsatz mit der Engelsarmee. Kannst du uns sagen, was wir dabei tun müssen? Oder verbietet das dein magischer Knebel?«, fragte ich sie, denn sie war bereits im vierten Jahr.

Angela beugte sich vor und sah uns nacheinander in die Augen. »Der erste Einsatz dient bloß dazu, euch an die Kriegsgebiete draußen zu gewöhnen. Gewissermaßen um euch abzuhärten.« Ein düsterer Ausdruck huschte über ihr Gesicht, und sie schluckte schwer. »Aber in den nächsten Monaten werdet ihr zu richtigen Missionen geschickt«, verriet sie.

Voll gebannter Aufmerksamkeit starrte ich sie an. Vergangenes Jahr war sie an einigen Wochenenden verschwunden gewesen. Allerdings hatte ich nie groß darüber nachgedacht, und nach ihrer Rückkehr hatte sie nicht darüber gesprochen. Sie meinte nur, sie hätte bei der Engelsarmee ausgeholfen. Aber sie hatte uns auch nie verraten, dass der Spießrutenlauf als Auswahlverfahren für das Heer diente. Mittlerweile wusste ich Bescheid und sah diese Wochenenden ihrer Abwesenheit in einem völlig neuen Licht.

»Was für Missionen? Angela, das kannst du nicht einfach so stehen lassen«, drängte Shea.

»Größtenteils geht's um Hilfslieferungen für diejenigen, die da draußen gefangen sind. Lebensmittel, Wasser und so weiter. Manchmal schmuggeln wir auch Leute aus Krisenzonen oder kämpfen gegen echt üble Gestalten.«

Meine Atmung verlangsamte sich. »Krisenzonen?«

Sie nickte und sah plötzlich niedergeschlagen aus. »Orte, wo die Dämonen … Menschen und andere freie Seelen gefangen halten.«

*Gefangen. Sie hat gefangen gesagt.*

»Aber bei solchen Missionen beziehen sie nur Schüler der höheren Stufen ein, im dritten oder vierten Jahr. In meinem zweiten Jahr hat man uns nur ein einziges Mal um Hilfe dabei gebeten, als sie einen Soldatenengpass hatten«, ergänzte sie.

Chloe trank einen Schluck Wasser und strich eine Strähne ihrer grellroten Haare zurück, die unter ihrer Kapuze hervorgerutscht war. »Ich kann's kaum erwarten, eine knallharte Soldatin im vierten Jahr zu werden und freie Seelen aus Krisenzonen nach Angel City zu holen.«

Luke lachte. »Du hast ’nen Heldenkomplex.«

Sie zuckte mit den Schultern. »Na und?«

Shea hob die Hände. »Mich interessiert im Moment nur, dass Tiffany gerade irgendwo auf dem Klo festhängt.«

Ich lachte und ließ den Blick über meine Freunde wandern. Sie und mein neues Leben waren mir total ans Herz gewachsen. Natürlich machte ich mir Sorgen um Mikey und meine Mom, und es nervte, dass sich mein Teufelsmal nicht entfernen ließ, insgesamt jedoch schätzte ich mich ziemlich glücklich.

***

Trotz des Wirbels, für den wir gesorgt hatten, verpfiff Tiffany uns nicht. Vielleicht hatte geholfen, dass Shea einen Zettel unter ihrer Tür durchgeschoben hatte, auf dem stand: *Bist du Petze, kriegst du Krätze.* Aber eigentlich beunruhigte es mich ein wenig, dass sie uns nicht meldete. Schmiedete sie Rachepläne? So oder so, wir schafften es durch die Woche und standen kurz davor, zu unserem ersten Wochenende als Reservesoldaten der Engelsarmee aufzubrechen.

»Ich habe ein Geschenk für dich«, verriet Lincoln mir, als wir seinen Wohnwagen verließen. Irgendwie hatte er plötzlich einen Karton, den ich zuvor nicht bemerkt hatte, in den Händen.

»Ein Geschenk? Für mich?« Ich wirbelte herum und riss ihm den Schuhkarton förmlich aus den Händen. Er war nicht in Geschenkpapier verpackt, was Lincoln total ähnlichsah. Stattdessen hatte er meinen Namen mit einem kleinen Herz als i-Punkt draufgeschrieben. Was ebenso typisch für Lincoln war. Er war super romantisch, ohne sich dabei verkrampft anzustrengen.

Bisher hatten wir uns gegenseitig nicht wirklich beschenkt. Zu meinem letzten Geburtstag hatte er Shea und mich zum Abendessen eingeladen. Zu Weihnachten hatte ich von ihm eine glitzernde Einhorn-Handyhülle bekommen. Mit Permanentmarker hatte er dem Tier zusätzlich schwarze Engelsflügel gezeichnet. Ich hatte für ihn Plektren für seine Gitarre besorgt.

»Sind wir ungeduldig?« Er lachte, als ich den Deckel herunterriss.

Als mein Blick auf die Stahlmanschetten fiel, japste ich. »Sind das …«

»Sonderangefertigte Kampfmanschetten. Aus demselben Material wie unsere Panzerung, du kannst also bei Bedarf ein Schwert damit abwehren«, erklärte er.

Mein Herz pochte wild in der Brust, während ich den Mann vor mir betrachtete. Lincoln war meine Familie. Er hatte seine Familie verloren und war in diesen einsamen Wohnwagen gezogen, bis ich mich in sein Leben gedrängt hatte, und jetzt standen wir hier. Ob es ihm gefiel oder nicht, so schnell würde er mich nicht wieder loswerden.

»Eines Tages werde ich dich heiraten«, rutschte mir spontan heraus. Ich fügte ein Zwinkern hinzu, um es unbeschwerter erscheinen zu lassen. Aber im Ernst, ich musste mir diesen Kerl sichern, bevor ihm klar würde, dass er es wahrscheinlich besser als mit mir treffen könnte.

»Hey, so was sollte von mir kommen«, gab er grinsend zurück.

Ich schnaubte. »Sei nicht so sexistisch.«

Er verdrehte die Augen. »Jetzt probier sie schon endlich an.

Hast du eine Ahnung, wie schwer es ist, deine Arme zu messen, während du schläfst? Du schiebst sie nämlich zwischen die Beine!«

Mein Lachen hallte durch die Luft um uns herum, als ich mich auf die Zehenspitzen stellte, um ihm einen Kuss auf die Lippen zu drücken.

Meine Mom hatte mal zu mir gesagt, die erste Liebe wäre gefährlich. Die erste Liebe könnte einen in den Himmel heben, aber auch zerstören. Wenn Lincoln mein Untergang werden sollte, hatte ich damit kein Problem – das war mir die Zeit im Himmel mit ihm wert.

Schließlich nahm ich die Manschetten aus dem Karton und ließ ihn vor meine Füße fallen. Ich schob den Arm in die Manschette und rückte sie dann zurecht, bis sie richtig saß.

»Passt wie angegossen«, strahlte ich.

Die Manschetten waren kunstvoll gearbeitet. Auf jede war vorn ein Paar Engelsflügel mit meinem Namen darunter eingraviert. Das Metall schimmerte im Sonnenlicht und glänzte silbrig.

»Die sollen dich bei der Kampfnacht schützen.« Er fuhr sich mit der Hand durchs Haar, strich sein Hemd glatt und steckte es in die Hose. Wir hatten gerade einen Quickie in seinem Wohnwagen gehabt, und er versuchte, seine Uniform in Ordnung zu bringen, damit man es nicht merkte.

Auch ich strich mir ein paar zerzauste Strähnen aus dem Gesicht. »Also … im dritten Jahr kann ich in die Kasernen der Engelsarmee ziehen und nach dem Abschluss weiterhin dort wohnen?«, fragte ich. Den Dienstvertrag hatte ich mit Argusaugen unter die Lupe genommen. Vor allem, weil es der beste Job war, den ich je hatte, und weil ich mich um meine Mutter und Mikey kümmern musste.

Er strich mit einer Hand über die Seite seines Wohnwagens und warf einen geradezu liebevollen Blick darauf. »Genau. Manche Studenten bleiben lieber in den Wohnheimen, wenn sie dort jüngere Geschwister haben, wie Angela und Luke oder du und dein Bruder. Ich habe mir früher in den Kasernen eine Unterkunft mit Noah geteilt, aber …«

Ich wusste, dass es verdammt schmerzhaft für ihn sein musste, darüber zu reden, doch ich wollte alles über ihn erfahren. Zum Beispiel, warum er als Einziger in einem Wohnwagen auf dem Campus lebte.

»Nach dem Verlust meiner Familie wollte ich keinen Fuß mehr in unser Haus setzen. Hat sich für mich wie eine Gruft voller Erinnerungen angefühlt. Aber das war unser Wohnwagen. Gerade genug gute Erinnerungen, dass es nicht überwältigend war.«

Oh Gott, es tat mir leid, dass ich gefragt hatte.

Ich legte die Hand auf seine. »Ist eine echt ein süßes kleines zu Hause«, sagte ich leise.

Lächelnd blickte er mit seinen kristallblauen Augen auf mich herab. Optisch bildeten Lincoln und ich echt krasse Gegensätze. Mein Haar war blond, seines dunkel. Ich hatte schwarze Flügel, er weiße. Dennoch hätten wir kaum perfekter füreinander sein können. Wenn ich ihn nicht gerade umbringen wollte, war ich Hals über Kopf in ihn verliebt. Und mehr konnte eigentlich niemand verlangen, oder?

Er streichelte mein Haar, bevor er mir eine Strähne hinters Ohr klemmte. »Meine Mutter wäre hin und weg von dir gewesen. Sie hat immer zu mir gesagt: ›Leg dich nicht zu schnell fest. Warte auf eine starke Frau, und sie wird dir starke Töchter großziehen.‹ Du bist die stärkste Person, die ich kenne, Brielle.«

Das Kompliment brachte mein Herz zum Schmelzen, und dass er meinte, seine Mutter wäre mit mir einverstanden gewesen, ließ meinen Magen freudige Purzelbäume schlagen. Er redete kaum über seine verstorbenen Eltern und nie über seine kleine Schwester. Deshalb bedeutete es mir umso mehr, dass er mir diesen Teil von sich zeigte.

»Man könnte sagen, sie war eine überzeugte Feministin.« Er lachte und schien sich in der Erinnerung an sie zu verlieren.

»Klingt nach einer klugen Frau. Wie hat dein Dad sie an die Leine gelegt?«, scherzte ich.

Ein echtes, offenes Lächeln trat in Lincolns Züge, ein Lächeln, das ich vorher noch nie an ihm gesehen hatte. »Gar nicht. Er hat gesagt, das sei sein Geheimnis. Man soll nie versuchen, einen freiheitsliebenden Vogel in einen Käfig zu sperren.« Er zwinkerte.

Mittlerweile hatte ich offiziell den Überblick darüber verloren, wie oft er mir schon zugezwinkert hatte.

Ich wünschte, ich hätte seine Eltern kennenlernen können. Meiner Mutter war Lincoln erst wenige Male begegnet, wenn sie zu Besuch gekommen war. Und auch wenn er sich ihr gegenüber tadellos höflich verhielt, bedeuteten seine verstohlenen Blicke auf ihre Stirn, dass er ihr nie uneingeschränkt vertrauen würde, das wusste ich. Jedenfalls nicht, bis ich sie befreit hätte.

Bevor ich etwas widerlich albern Verliebtes von mir geben konnte, knisterte das Walkie-Talkie an Lincolns Gürtelschlaufe.

»Was ist jetzt, Grey, kommst du?«, drang Noahs Stimme aus dem Gerät.

Lincoln strich sich noch einmal die Haare glatt, dann beugte er sich zu mir und gab mir einen Kuss. »Bis bald. Du bist heute Abend in meinem Team«, verriet er mir, bevor er im Laufschritt davoneilte.

»Muss ich dich dann wieder ›Sir‹ nennen?«, rief ich ihm nach.

»Und ob!«, gab er zurück, bevor er verschwand.

Verdammt. Die Sache mit dem »Sir« würde er noch eine Weile auskosten.

Ich fuhr mit den Fingern über die eingravierten Flügel auf den Manschetten und lächelte.

Wir konnten ruhig so tun, als hätte er das Sagen, aber ich kannte die Wahrheit.

# 7

Shea drückte das Gesicht an die Scheibe und schaute aus dem Fenster, als wir Angel City verließen und den Weg ins Kriegsgebiet antraten.

»Heute Abend fahren wir nur durch. Wir wollen, dass ihr seht, womit wir es zu tun haben, und dass ihr ein Gefühl für das Terrain bekommt. Dass ihr die Geräusche hört, die Risiken seht. Danach kehren wir um«, teilte Lincoln uns mit, während er im Gang auf- und abmarschierte und sich in unregelmäßigen Abständen an der Haltestange über ihm festhielt. »Ihr seid Neulinge. Eine Zeit lang werdet ihr noch nicht an Einsätzen teilnehmen, also fragt erst gar nicht danach«, erklärte er unserer kleinen Gruppe, die aus sieben Anfängern im zweiten Jahr, Noah und dem Busfahrer bestand.

Luke hob die Hand. »Also leben da draußen wirklich Leute? Warum verfrachten wir sie nicht einfach per Bus nach Angel City?«

Lincolns Züge verhärteten sich. »Leider ist das nicht so einfach. Viele der Leute da draußen sind versklavt. Und wer es nicht ist, steckt in irgendeiner Vereinbarung mit einem Dämon, die ihn hier festhält. Die Dämonen da draußen spielen sich in den Kriegsgebieten wie die Mafia auf. Wer in ihrem Gebiet lebt, muss Schutzgeld bezahlen.«

»Oh«, machte Luke und schaute hinaus auf die trostlose Landschaft. Wir durchfuhren gerade die Gegend, in der wir den Spießrutenlauf absolviert hatten. Die heruntergekommenen Viertel und ausgebrannten Gebäude, die teilweise sogar noch qualmten, boten einen deprimierenden Anblick, um es harmlos auszudrücken.

»Ein weiteres Problem sind die Ressourcen«, fuhr Lincoln fort. »Angel City bietet nicht unbegrenzt Platz, den wir vergeben können. Zahlenmäßig sind uns die Dämonen haushoch überlegen, und sie haben uns viel von unserem Areal weggenommen. Wir versuchen zwar, sie zurückzudrängen und bestimmte Teile zurückzuerobern, aber wenn es uns letztlich gelingt, sieht es dort so aus wie hier.« Er deutete durch die Fenster hinaus.

Mann, ich hatte echt Glück, dass ich in Angel City lebte. In den Nachrichten wurde über den Krieg oder dergleichen nicht berichtet. Die Medien wurden nach wie vor von Menschen betrieben und deckten überwiegend das ab, was sich in Angel City tat. Nur gelegentlich brachten sie mal etwas über Demon City oder von jenseits der Mauer. Ich hatte noch nie ein Nachrichtenteam hier draußen gesehen oder ein Interview mit einem Soldaten der Engelsarmee. Wir wussten zwar, dass der Krieg gegen die Dämonen unvermindert tobte, doch wir wähnten uns in unserer kleinen Stadt in Sicherheit und hatten genug mit der Erweckung und dem ganzen Kram zu tun. Im Augenblick kam ich mir irgendwie egoistisch vor und war froh, dass ich mich der Engelsarmee angeschlossen hatte.

»Wir kommen jetzt gleich nach Inferno. Das ist eine besetzte Stadt unter der Herrschaft der Dämonen, aber wir sind nah dran, sie zurückzuerobern. Es gibt keine Mauern und keine bemannten Kontrollpunkte, deshalb ist es einfacher, dort reinzukommen. Einige der weiter entfernten Städte, die tiefer im Gebiet der Dämonen liegen, sind besser gesichert«, erklärte Lincoln, während unser Bus langsam weiter in die verrauchte schwarze Nacht fuhr.

Ich hob die Hand. Lincoln nickte in meine Richtung.

»Inferno?«, hakte ich nach.

Lincoln schmunzelte. »Wir haben alle örtlichen Dämonenhochburgen nach den Kreisen der Hölle in Dantes *Inferno* benannt. Die Stadt Kaina, vormals San Francisco, gilt als mächtigste Dämonenhochburg der Welt.«

Ich hätte ja gern über die albernen Namen gekichert, nur jagte mir seine Äußerung eine Gänsehaut über den Rücken. Sie erinnerte mich daran, dass wir nur einen kleinen Teil eines überaus großen Problems darstellten, das die gesamte Welt umspannte. Jede größere Stadt in jedem Land war geteilt – Angel City auf der einen Seite, Demon City auf der anderen.

Als der Bus in eine Seitenstraße bog, sichtete ich weiter vorn Straßenlaternen, und die Gebäude waren zunehmend in einem besseren Zustand. Lincolns Hand legte sich auf den Griff seiner Pistole, als wir uns Inferno weiter näherten.

»Ich möchte, dass ihr alle aus dem Fenster schaut und euch an den Anblick dieser Stadt gewöhnt, denn sie ist unser derzeitiger Stützpunkt. Das Ziel besteht darin, sie zurückzuerobern, die Grenzmauer von Angel City nach hier draußen zu verlegen und das neue Gebiet anschließend aufzuräumen«, verkündete Lincoln. »Aber das ist vertraulich. Nur für die Familie der Gefallenen bestimmt«, fügte er hinzu.

»Familie der Gefallenen« war eine andere Bezeichnung für die Armee. Was bedeutete, dass diese Informationen zwar innerhalb der Engelsarmee weitergegeben werden durften, aber nicht an Zivilisten.

*Wow. Wir holen uns von den Dämonen eine ganze Stadt zurück?* Den Gedanken fand ich zugleich aufregend und beängstigend.

Als wir auf die Hauptstraße gelangten, hörte ich Musik und sah ein Gewusel von Personen die Bürgersteige entlangeilen.

Mein Blick landete auf einem Beifuß-Dämon. Diese Dämonen galten als schwere Alkoholiker. Man erkannte sie nicht nur an den gelblichen, knochenfarbenen Hörnern, die aus ihren Warzengesichtern ragten, sondern auch an ihrem torkelnden Gang. Der Dämon, den ich beobachtete, schwankte mit einem Bier in der Hand und sang etwas.

Shea und ich hatten mal einem zwischen die Beine getreten. Diese Dämonen waren lüsterne Penner, die ständig Frauen anbaggerten. Der, den Shea und ich angegriffen hatten, war zu sternhagelvoll, um zurückzuschlagen, deshalb kamen wir damals zum Glück ungeschoren davon.

Wie zum Beweis meiner Gedanken streckte der Beifuß-Dämon den Arm nach einer vorbeigehenden, menschlich wirkenden Frau aus und grapschte ihr an den Po.

Ich rechnete damit, dass sie ihm mit der Handtasche eins überbraten, ihm den Mittelfinger zeigen oder ihn zumindest mit einem bitterbösen Blick durchbohren würde. Aber das tat sie nicht. Stattdessen sah sie ihn nur mit ausdruckslosem Blick an und ging weiter. Mir kam es vor, als wäre sie schon zu oft begrapscht worden, um noch darauf zu reagieren.

*Oh Gott.*

Im Grunde eine Kleinigkeit, die mir aufgefallen war, und doch berührte sie mich tief, als hätte ich gesehen, wie eine Unschuldige ermordet oder vergewaltigt wurde. Weil es im Wesentlichen dasselbe war. Die Dämonen hatten den Geist dieser Frau gebrochen, was ich als ebenso entsetzlich wie den Tod empfand.

Mein Blick schnellte zu einem Straßenkampf, der in vollem Gange war. Ich schnappte nach Luft, als ich feststellte, dass es sich um Kinder handelte. Die beiden Jungen sahen nicht älter aus als zwölf, trotzdem schlugen sie aufeinander ein wie ausgebildete Kämpfer. Dämonen standen im Kreis um sie herum, feuerten sie an und schwenkten Dollarscheine durch die Luft.

*Nein.*

»Schau nicht weg.« Lincolns Stimme holte mich jäh aus meiner Starre. Als ich den Blick von dem Kampf löste, sah ich, dass er mit einer anderen Neuen unseres Teams sprach – mit Valérie, einer Nekromantin. »Ihr alle müsst sehen, womit wir es zu tun haben. Und ihr müsst den Schock überwinden, denn wenn wir euch das nächste Mal herbringen, werden wir eure Hilfe brauchen. Wir müssen diese Leute retten, und das geht nicht ohne euch«, erklärte er.

Bei seinen Worten regte sich etwas in meiner Brust. Entschlossenheit breitete sich in mir aus, und meine Einstellung zur Armee änderte sich komplett. Ich wollte nicht mehr nur bloß über die Runden kommen und einen Job, für den ich gut bezahlt wurde. Ich wollte kämpfen, wollte zur besten Soldatin werden, die man je in der Engelsarmee gesehen hatte, und ich wollte jeden einzelnen Dämon auf der Erde töten. Gleichzeitig wollte ich heilen wie Noah, wollte auf den Schlachtfeldern in den Schützengräben Menschen verarzten, die von Dämonen verwundet worden waren. Die beiden Gegensätze kämpften in mir um die Oberhand.

Lincoln sah mir in die Augen, und ich wusste, er dachte genauso. Ich konnte es an seinem Gesicht ablesen – der Kampf gegen die Dämonen war auch seine Leidenschaft. Jedes Mal, wenn er hierher zurückkehrte, fragte ich mich, warum er es immer wieder auf sich nahm. Er wurde regelmäßig verletzt oder war wochenlang fort. Nun jedoch begriff ich, weshalb. Wir mussten diese Leute befreien.

Und ich musste James finden. Mein alter Freund aus Demon City besaß die Gabe der Hellsicht. Er würde mir sagen können, ob die Prophezeiung über Luzifer und mich der Wahrheit entsprach. Denn falls ja, würde ich den Mistkerl aus der Hölle kaltmachen. Und wenn es mich das eigene Leben kostete. Ich wollte die Welt wieder so haben, wie sie in meiner Kindheit gewesen war. Ja, es war auch damals übler Mist passiert, aber nichts, was sich mit dem hier vergleichen ließ. Wenn ich dazu in der Lage wäre, dann fiel mir kein besseres Ziel ein, dem ich mein Leben widmen konnte.

Lincolns Walkie-Talkie knisterte und unterbrach meinen schicksalhaften Gedankengang.

»An alle verfügbaren Einheiten in der Nähe von Madison und Vierte, erbitte Hilfe. Ich habe hier eine Sukkubus-Dämonin, die ein kleines Mädchen übernehmen will. Wiederhole, an alle verfügbaren Einheiten, bitte melden.«

Lincolns Augen wurden groß, und wir alle starrten ihn an. Er antwortete nicht auf den Rundruf.

*Was zur Hölle ist eine Sukkubus-Dämonin?* So etwas kannte ich höchstens aus Horrorfilmen, hatte es aber noch nie leibhaftig gesehen.

»Jemand anders wird reagieren. Wir sind heute Abend nicht für aktive Einsätze vorgesehen«, verkündete Lincoln in den mit verängstigten Neulingen gefüllten Bus.

Noah stand auf und ging zu Lincoln, dessen Hand unschlüssig über dem Walkie-Talkie schwebte.

»Mayday!« Die Stimme ertönte erneut, diesmal eindringlicher. »Alle verfügbaren Einheiten zur Ecke Madison und Vierte. Dieses unschuldige Kind wird sterben!«, rief der Mann.

Lincoln fluchte und hob das Walkie-Talkie an den Mund, während Noah unserem Fahrer Anweisungen erteilte.

»Sergeant Lincoln Grey hier. Ich bin mit einem Team von Neulingen auf Besichtigungstour und habe keine Genehmigung für Missionen. Wie ist der Status?«

»Lincoln! Hier Tanner«, drang eine neue Stimme aus dem Funkgerät. »Wir waren bei den Madison Apartments auf Patrouille, da kam die Mutter des Mädchens rausgerannt und hat nach uns geschrien. Ich wollte in die Wohnung rein, aber die Sukkubus-Dämonin hat mich quer durch den Raum geworfen. Ein Kind hat sie sich schon geholt. Es waren Zwillinge.«

Sämtliche Muskeln meines Körpers zogen sich zusammen, als mir Galle in den Hals stieg. »Sag ihm, wir kommen!«, brüllte ich und sprang auf.

*Waren. Er hat gesagt, sie* waren *Zwillinge. Das bedeutet …*

Lincoln warf mir einen finsteren Blick zu und sprach ins Walkie-Talkie. »Noah und ich kommen als Unterstützung. Ich lasse den Fahrer die Neulinge zurück nach Angel City bringen. Geschätzte Ankunft in zwei Minuten.«

Ich stieß mich von meinem Sitz ab und steuerte schnurstracks auf Lincoln zu. Meinen Sergeant. Meinen geliebten Arsch, der mir gleich sagen würde, dass ich nicht mitkommen konnte.

Ich bemühte mich, leise zu sprechen. »*Sir*, wir sind vielleicht nicht für Missionen ausgebildet, aber wir haben alle den Spießrutenlauf bestanden. Wenn dadurch das Leben dieses kleinen Mädchens gerettet werden kann, dann wollen wir helfen.«

Lincoln blickte auf mich herab, als wäre ich ein Kind.

»Weißt du überhaupt, was eine Sukkubus-Dämonin ist? Schon mal eine gesehen?«

Ich verlagerte betreten das Gewicht und hielt mich fest, als wir scharf abbogen. »Nein.«

Lincoln schaute selbstgefällig drein, als hätte er gerade irgendeinen Streit mit mir gewonnen. »Das ist der einzige weibliche Dämon, den wir je gesehen haben, und ein verdammter *Albtraum.* Die Nahrung dieser Kreatur sind die Ängste und Albträume von Kindern, die in der Regel an dem Schock sterben. Dann flüchtet sie durch Portale zurück in die Hölle und lässt sie offen, damit weitere Dämonen herüberkommen können.«

Mir zog sich alles zusammen.

»Ach ja, und nur so zum Spaß feuert sie Rasierklingen aus dem Mund ab«, fügte Lincoln hinzu.

Tja, das klang alles ziemlich Furcht einflößend, untermauerte allerdings nur meinen Standpunkt. »Dann könnt ihr es nicht bloß zu viert mit ihr aufnehmen. Ihr braucht uns alle und vor allem mich. Ich beherrsche dunkle Magie, die ich gegen sie einsetzen kann.«

Zum ersten Mal seit Langem spielte ich mit dem Gedanken, sie zu benutzen.

»Wir fahren hin!«, rief Shea und stand auf. Als ich mich umdrehte, sah ich, dass sich auch die anderen Neulinge wappneten, indem sie ihre Waffen zurechtrückten und ihre Gürtel festzogen.

Lincoln durchbohrte mich mit einem vernichtenden Blick. »Hat dir schon mal jemand gesagt, dass du echt lausig darin bist, Befehle zu befolgen?«

Ich nickte. »Andauernd. Also, wie sieht der Plan aus?«

Lincoln seufzte. Sein Blick senkte sich auf die Manschetten um meine Handgelenke. »Hast du Sera dabei?«, fragte er.

Ich zog die Ewigkeitswaffe aus dem Holster an meinem Oberschenkel.

Lincoln tauschte einen Blick mit Noah, der nickte.

»Okay, folgender Plan: Noah, die zwei anderen erfahrenen Soldaten und ich gehen zuerst rein. Wir kämpfen gegen die Sukkubus-Dämonin, während ihr euch in drei Gruppen aufteilt. Die erste Gruppe holt den Leichnam des toten Mädchens und bringt ihn zurück zum Wagen, damit die arme Mutter wenigstens ein ordentliches Begräbnis veranlassen kann. Die zweite Gruppe schnappt sich das andere kleine Mädchen, das hoffentlich noch lebt, und schafft es zur Mutter.«

Wir alle nickten, um anzuzeigen, dass wir verstanden hatten. Dann sah er Shea an. »Du hast schon einmal ein Portal zur Hölle geschlossen. Bekommst du das noch mal hin?«

Shea nickte, ohne zu zögern. »Auf jeden Fall.« Mr Claymore brachte ihr im Einzelunterricht einige Dinge für Fortgeschrittene bei, deshalb beherrschte sie alles Mögliche, von dem sie eigentlich noch keine Ahnung haben sollte.

»Die dritte Gruppe besteht aus Luke, Shea und Brielle. Ihr schließt das Portal und sorgt dafür, dass es alle lebend aus der Wohnung schaffen«, sagte er, bevor er schwer seufzte.

Ich nickte. Er wollte mich reingehen lassen, übertrug mir eine bedeutende Aufgabe, und ich fühlte mich nicht mal nervös. Was ich merkwürdig fand.

Noah kam herüber und legte mir eine Hand auf die Schulter. »Außer Lincoln und mir bist du die einzige Heilerin. Vergiss das nicht. Falls die Kleine leicht verletzt ist, kannst du sie gesund machen, während wir gegen die Sukkubus-Dämonin kämpfen.«

Ich nickte knapp. Manchmal vergaß ich, was ich alles in mir vereinte: Kämpferin, Heilerin, halber Engel, halbe Dunkelmagierin.

Lincoln warf mir einen Seitenblick zu. »Spiel nicht die Heldin. Überlass das uns. Du evakuierst nur das kleine Mädchen. Hast du verstanden, Atwater?«

*Ich? Die Heldin spielen? Niemals.*

Ich grinste. »Ja, *Sir.*«

Unser Bus rollte an den Bordstein, wo ich zwei Soldaten der Engelsarmee erblickte, die eine trauernde Mutter trösteten.

Lincoln hielt sich das Funkgerät an den Mund. »Alle verfügbaren Einheiten zu den Madison-Apartments. Wir gehen rein, um die Sukkubus-Dämonin auszuschalten.«

Das Funkgerät knisterte. »Bin unterwegs, brauche aber gute zwanzig Minuten zu euch«, drang eine vertraute Stimme aus dem Walkie-Talkie. Darren.

»Bis dahin ist die Kleine tot«, sagte Lincoln zu uns. Über Funk gab er nur eine knappe Bestätigung an Darren durch, dann rückten wir vor.

»Luke, kannst du dich für mich verwandeln? Unter Umständen musst du die Tür für mich aufbrechen«, wandte sich Lincoln an den Gestaltwandler.

Luke nickte. »Männer. Wollen mich immer nur wegen meines Körpers«, scherzte er, bevor er hinter ein Gebüsch verschwand. Die beiden Soldaten der Engelsarmee halfen der trauernden Mutter in den Bus, bevor sie Lincoln mit knappen Worten über den Stand der Dinge aufklärten.

»Sie ist mächtig. Hat mich durch den Raum gewirbelt wie ein Tornado«, schilderte ein Soldat. Ein Blick auf die Abzeichen an seiner Brust verriet mir, dass er Nekromant war.

Lincoln nickte. »Gehen wir. Uns bleibt nicht viel Zeit.«

Rasch teilten wir uns in Dreiergruppen auf. Der Fahrer blieb bei der Mutter im Bus.

Auf dem Weg die Treppe hinauf in den ersten Stock kündigte Lukes Bärengestalt sich mit Gebrüll hinter uns an.

»Du hast mir ’nen Mordsschrecken eingejagt!«, herrschte Shea ihn an, als sein Fell mein Bein streifte. Er eilte neben uns her, dann zwängte er sich an mir vorbei und schob mich gegen Shea. Kurz danach war er ganz vorn in der Kolonne direkt neben Lincoln.

In dem Moment hörte ich den leisen und doch durchdringenden Schrei eines Kindes. Adrenalin durchströmte mich, Emotionen schnürten mir die Kehle zu. Ich war mir nicht sicher, ob es für Soldaten etwas Motivierenderes auf der Welt gab als das klägliche Weinen eines hilflosen Kindes.

Lincoln rüttelte am Türknauf, dann nickte er Luke zu. »Die Uhr tickt!«, rief Lincoln und zog sein Schwert. Blaue Lichtfunken spritzten von der Klinge.

Luke verlor keine Zeit, stellte sich auf die Hinterbeine und stürmte auf die Tür zu. Er legte sein gesamtes Gewicht von gut dreihundert Kilo hinein. Die Tür war ein eher billiges Modell aus Aluminium, das ohne großen Widerstand aus den Angeln flog und unter Lukes Gewicht flach auf dem Boden landete. Dahinter kam die Wohnung zum Vorschein.

Lincoln wartete auf niemanden, preschte an Luke vorbei und stürmte Hals über Kopf hinein. Mein Freund kannte keine Furcht. Ich hatte noch nicht entschieden, ob ich das gut oder schlecht fand.

Wir alle warteten, als Lincoln, Noah und die zwei anderen Soldaten der Engelsarmee in die Wohnung rannten. Dann folgte das erste Team, das die Aufgabe hatte, den Leichnam des toten kleinen Mädchens zu bergen. Allein bei der Vorstellung vom Anblick eines toten Kindes schmerzte mein Herz. Ich hatte den festen Vorsatz, brav zu sein und auf Lincolns nächste Anweisung zu warten – bis ich Bonnies Hilferuf hörte.

»Sie ist nicht tot!«, rief meine Klassenkameradin.

Da übernahmen meine Instinkte das Kommando. Bonnie war Nekromantin – mit dem Tod kannte sie sich aus. Wenn sie sagte, dass die Kleine nicht tot war, dann war sie es nicht. Ich war die einzige verfügbare Heilerin. Wenn das kleine Mädchen also Hilfe brauchte, musste sie von mir kommen.

Kaum hatte ich mich in Richtung der Tür in Bewegung gesetzt, folgten mir Shea und Luke, ohne Fragen zu stellen.

»Was habt ihr vor?«, flüsterte jemand aus der zweiten Gruppe. Deren Mitglieder warteten an der Tür auf Lincolns Zeichen, reinzugehen und den zweiten Zwilling zu holen.

»Keine Sorge«, meinte ich nur, bevor ich in der Wohnung verschwand.

Als ich eintrat, fiel mir als Erstes der Geruch auf. Überraschend süß und verführerisch – Vanille, allerdings mit einem unterschwellig fauligen Ton.

Aus dem Schlafzimmer drangen heftige Kampfgeräusche. Es kostete mich einiges an Überwindung, nicht reinzugehen und zu helfen. Ich musste darauf vertrauen, dass Lincoln die Lage im Griff hatte.

*Falls nicht, bin ich bereit,* ließ Sera mich wissen. Ich tätschelte ihren Griff, um sie zu beruhigen. Ich hatte fest vor, diese Sukkubus-Dämonin *nicht* zu sehen.

»Hier drin!«, flüsterte Bonnie zischend. Ich wandte mich in die Richtung, aus der ihre Stimme gekommen war. Meine Klassenkameraden aus der ersten Gruppe standen über die Gestalt eines kleinen Kindes gebeugt. Um den Körper des Mädchens tänzelten die vertrauten violetten und orangenfarbenen

Wirbel – Totenmagie, die ich zur Genüge von meiner Mutter kannte.

Ich runzelte die Stirn. »Hast du nicht gesagt, sie ist nicht tot?« Das braune Haar der Kleinen lag hinter ihr über den Teppich ausgebreitet. Der Körper wirkte leblos. Wenn sie nicht tot war, warum benutzte Bonnie dann Totenmagie? Und selbst wenn sie tot war: Warum zum Teufel benutzte Bonnie Totenmagie? Tote wiederzuerwecken war in Angel City verboten – ein Kind wiederzuerwecken gleich doppelt.

Bonnie hielt die Hände über das Mädchen. »Sie ist halb da, halb weg. Ihre Seele springt zwischen dem Zimmer da hinten und ihrem Körper hin und her. Ich versuche gerade, sie hier festzuhalten«, erklärte Bonnie.

Das war absolut verrückt. Meine Mom hatte mir mal zu erklären versucht, wie sie sogar aus einer Entfernung von sechs Metern sagen konnte, ob jemand tot war oder nicht: anhand des Lichts, der Aura – der Seele. Nekromanten konnten sie sehen, sie spüren, manchmal sogar manipulieren. Ich fand das ziemlich erschreckend.

»Kannst du sie in den Körper zwingen? Dann könnte ich sie vielleicht heilen.« Ich bückte mich, fuhr mit den Händen über das kleine Mädchen und versuchte eine Heilabtastung. Das wurde zwar eigentlich erst im dritten Jahr unterrichtet, aber Noah hatte es mir ansatzweise gezeigt, also probierte ich es. Die Kleine war offensichtlich ein Mensch und daher anfällig für Traumata. Eine übernatürliche Heilung würde bei ihr nicht einsetzen.

Bonnie schüttelte den Kopf. »Das ist was für Fortgeschrittene. Die Sukkubus-Dämonin nebenan macht irgendwas. Ich kämpfe gegen sie an.«

Langsam atmete ich ein und aus. Dabei versuchte ich, irgendetwas zu spüren, das ich heilen konnte, doch ich fand nichts, was einer Heilung bedurfte. Zwar fühlte sich ihre Lebenskraft sehr schwach an, aber ich war mir nicht sicher, was ich dagegen unternehmen konnte. Ich musste wirklich mehr mit Noah an meinen Heilkräften arbeiten.

»Lincoln, pass auf!«, hörte ich einen der Männer aus dem Zimmer nebenan rufen. Dann dröhnte ein krachendes Geräusch durch die Wohnung.

*Scheiß auf die Regeln.*

Ich zog Sera aus dem Holster an meinem Oberschenkel und stürmte zum Schlafzimmer. Ich würde nicht zulassen, dass irgendeine Dämonenschlampe meinen Mann verletzte und die Seele dieses kleinen Mädchens raubte.

*Verdammt, ich bin von Luzifer höchstpersönlich gezeichnet. Ich fürchte mich nicht vor Dämonen. Sie sollten sich lieber vor mir fürchten!*

Mit dem geballten Selbstvertrauen einer Löwin riss ich die Tür auf und wappnete mich für einen Kampf. Aber als mein Blick auf die in der Luft schwebende Kreatur fiel, hätte ich mir beinahe in die Hose gemacht.

»Heilige Scheiße …«, hauchte ich.

Und dann wollte sie mich töten.

# 8

Ich war im Umfeld von Dämonen aufgewachsen. Warzen, nässende wunde Haut, Hörner, Schuppen – nichts davon jagte mir Angst ein. Aber die Kreatur, die ich im Augenblick vor mir hatte, war absolut Furcht einflößend.

Sie sah menschenähnlich aus, hatte langes, dünnes silbriges Haar und eingefallene Wangen, durch die sie noch gruseliger wirkte. Der Körper war spindeldürr. Überall zeichneten sich die Knochen unter der Haut ab. Doch das war nicht das Problem, den Anblick einer unterernährten Dämonin hätte ich locker verkraften können. Aber die Augen … *fehlten.* Wo sich bei einem Menschen die Augen befanden, hatte sie nur schwarze, leere Höhlen. Dennoch schien sie mich direkt anzustarren. Statt Händen hatte sie zu Klauen gekrümmte, messerscharfe Knochen-Klingen ohne Haut, die rot glühten und ihr zweifellos als Waffen dienten. Sie grinste in meine Richtung, und ich sah eine waschechte Rasierklinge hinter den Zähnen hervorblitzen.

*Schätze, darüber hat Lincoln nicht gescherzt.*

*Verdammt, lass uns hier heil rauskommen!*

Dann geschah alles gleichzeitig. Die beiden Soldaten der

Engelsarmee lagen bewusstlos am Boden. Noah kauerte über einem der beiden. Seine Handflächen strahlten heilendes orangefarbenes Licht ab. Lincoln hockte schützend über einem zu Tode verängstigten, blassen kleinen Mädchen, das dem im Wohnzimmer glich wie ein Ei dem anderen. Sein Schwert war auf die Sukkubus-Dämonin gerichtet, und er hatte einen wilden Blick aufgesetzt. Blut lief ihm von der linken Augenbraue über die Wange hinab.

Über mir an der Decke kroch die Dämonin auf mich zu. Wie ein besessener Affe bewegte sie sich geschickt voran. Lincoln rief meinen Namen, aber ich hörte nur das Dröhnen meines wild schlagenden Herzens in meinen Ohren. Mein Blick schnellte zurück zu dem völlig verängstigten Mädchen. Genau von dieser Furcht ernährte sich die bösartige Dämonin, die die Zwillingsschwester schon beinahe umgebracht hatte.

Zorn brodelte in mir hoch, und ich … reagierte einfach. Sera blieb stumm, erteilte mir keinen Rat, und ich griff an. Statt zurückzuweichen, sprang ich hoch, der Dämonin entgegen. Mit einem Aufschrei ließ ich die Hand vorschnellen. Sera feuerte aus ihrer Klinge weiß gleißendes Licht ab, das über den Bauch der Dämonin glitt und ihn aufschlitzte.

*Heilige Scheiße.*

Mir blieb gerade noch Zeit für den Gedanken, dass Sera krass drauf war und die Dämonin geschnitten hatte, ohne sie zu berühren, bevor eine Rasierklinge durch den Raum flog und in meinen linken Oberarm einschlug. Schmerz durchzuckte meine Muskeln, als ich mit der Anmut einer schwangeren Elefantin rückwärtsfiel. Die Sukkubus-Dämonin nutzte den Moment und stürzte auf mich zu.

»Brielle!«, brüllte Lincoln, wich jedoch nicht von der Seite des kleinen Mädchens.

Die Wut loderte noch heißer in mir. Ich stieß mich vom Boden ab, warf die Beine hoch und gelangte durch den Schwung in stehende Position. Ein kleiner Trick, den Darren mir beigebracht hatte. Die Dämonin ließ sich von der Decke fallen, wie eine groteske Riesenspinne, und landete direkt auf mir. Ihre Hüfte traf mich am Kopf, und ich ging unter ihrem Gewicht in die Knie. Dann spürte ich ihre sengend heißen Krallen auf dem Rücken, aber ihr Bein war direkt vor mir, und ich rammte Sera bis zum Griff hinein.

Die Dämonin schrie auf, stieß mich zurück und stand mit rot glühenden Händen bedrohlich vor mir.

»Luzifers Prinzessin«, gurrte sie mit einer Stimme, die so gar nichts Menschliches hatte. Ihre klaffenden Augenhöhlen waren auf meine Brust und das dort prangende Mal gerichtet.

Sie legte die Hand um Seras Griff und zog die Klinge problemlos heraus.

*Verdammt.*

*Sie besteht aus Feuer. Ich kann sie nicht verbrennen,* erklärte mir Sera.

Ich wollte ihr meine Waffe entreißen, doch die Sukkubus-Dämonin ließ einen Arm vorschnellen, und eine unsichtbare Kraft erfasste mich, stieß mich rückwärts aus dem Zimmer in den Eingangsbereich.

Shea und Luke stießen gleichzeitig einen Schrei aus. Ich landete hart auf dem Hintern, richtete mich aber sofort wieder auf. Die Sukkubus-Dämonin umklammerte Sera immer noch.

*Hol mich hier raus!,* schrie Sera panisch.

Die Dunkelheit in mir brach hervor. Weder konnte ich sie länger unterdrücken noch wollte ich es.

Die Sukkubus-Dämonin drehte mir den Rücken zu, als sie ein Portal in der Wand öffnete. Lincoln hielt das kleine Mädchen im Arm und stand auf der anderen Seite des Zimmers. Er rückte an der Wand entlang und versuchte, zu mir und zur offenen Tür zu gelangen.

*Glaubt die Dämonenschlampe etwa, sie könnte mit meiner Seraph-Klinge abhauen?*

Noah half immer noch den zwei Soldaten. Als mein Blick den von Lincoln traf, schüttelte er den Kopf. Ein dickes, fettes Nein von ihm.

Mir egal! Sera war ein Teil von mir. Ich würde sie nicht tatenlos entführen lassen.

Mit einem Aufschrei stieß ich die Arme vorwärts und wollte wie sonst auch den schwarzen Rauch aus meiner Kehle schießen lassen, damit er sich um ihren Hals wickelte. Nur geschah das nicht. Stattdessen schnellte eine glänzende schwarze Energiepeitsche von meiner Handfläche und schlang sich um die Taille der Dämonin.

*Heilige Mutter der Finsternis.*

Die Dämonin zischte, dann lief alles wie in Zeitlupe ab. Sie schwang den Arm und warf. Ich beobachtete, wie Sera durch die Luft rotierte und ins Höllenportal flog.

*Bri!*, brüllte Sera, und ich verspürte einen physischen Schmerz in der Brust, als sie durch die Öffnung segelte und im Nichts verschwand. Ich konnte nur ein rotes Flimmern und Flammen erkennen.

Die Sukkubus-Dämonin wirbelte zu mir herum. Ich hatte zwar nicht mehr meine geliebte Waffe, dafür aber eine neue. Eine total abgefahrene und echt düstere Waffe, aber trotzdem eine Waffe. Ich zog die Peitsche fester, und die Dämonin brüllte.

»Was immer du da machst, es funktioniert!«, rief Bonnie aus dem Zimmer nebenan.

Die Kleine – ich konnte sie retten. Sera hatte ich vielleicht verloren, aber das Mädchen konnte ich retten.

Ich umklammerte die Peitsche mit beiden Händen und zerrte mit aller Kraft daran.

»Neee-iiin!«, brüllte die Dämonin und streckte die Hände von sich. Ihre unsichtbare Kraft traf mich erneut, aber als ich durch die Luft segelte, achtete ich darauf, die schwarze Energiepeitsche nicht loszulassen. Ich schleifte die Dämonin mit mir, und die Peitsche zog sich enger zusammen. Rinnsale pechschwarzen Blutes tropften vom Bauch der Dämonin, als die Peitsche in sie schnitt. Sie krallte panisch daran. Unmittelbar hinter ihr näherte sich Lincoln, mit hoch erhobenem flammendem Schwert in den Händen. Rasch schaute ich zu Boden, damit sie ihn nicht durch meine Aufmerksamkeit bemerkte.

Irgendwie musste sie ihn dennoch gespürt haben, denn als er auf ihren Hals zielte, drehte sie sich um – zu spät. Ihr Schädel trennte sich sauber vom Körper und klatschte mit einem dumpfen Schlag gegen die Wand.

Meine Peitsche löste sich auf, und ich wurde durch die plötzlich fehlende Zugkraft nach hinten geschleudert, konnte mich aber so zur Seite abrollen, dass ich nicht schwer stürzte. Sofort sprang ich wieder auf und suchte nach dem Portal. Mein Blick schnellte zu der Wand, wo es sich befunden hatte, aber meine Hoffnung fiel in sich zusammen, als ich feststellte, dass sich die Öffnung mit dem Tod der Dämonin geschlossen hatte.

»Sera ...« Ich wimmerte, als mir Tränen in die Augen traten.

Lincoln legte die Stirn in Falten und wirkte ratlos. »Uns fällt schon was ein. Was ist mit dem anderen Mädchen?«

Richtig. Ich musste mich für das kleine Mädchen zusammenreißen.

»Noah! Wir brauchen Hilfe. Sie lebt noch«, teilte ich dem Heiler mit.

Ich sah mich im Raum um. Das kleine Mädchen, das Lincoln beschützt hatte, saß weinend auf dem Bett. Er hatte ihr mit einem Stück Stoff die Augen verbunden, damit sie nicht sah, was vor sich ging, während sich Noah um die zwei Soldaten kümmerte, die das Bewusstsein zurückerlangt hatten. Er erhob sich und forderte mich mit einem Nicken auf, ihm den Weg zu zeigen.

Wieder schaute ich zu der Stelle, an der sich das Portal befunden hatte.

»Das geht nicht«, sagte Lincoln streng.

Ich wollte es von Shea wieder öffnen lassen und hinter meiner Klinge her, obwohl ich wusste, dass es Wahnsinn war.

*Sera? Hörst du mich?*, fragte ich, als ich Noah ins Wohnzimmer führte und dorthin zeigte, wo das andere Mädchen lag. Mittlerweile rührte sich die Kleine und stöhnte, Gott sei Dank.

Keine Antwort von Sera.

Während Noah mit Bonnies Hilfe das Mädchen versorgte, drehte ich mich zu Lincoln.

»Alles in Ordnung?«, fragte er, nahm meine Hände in seine und drehte die Handflächen nach oben, als er sie untersuchte.

Die Peitsche aus schwarzer Magie. Das hatte ich beinahe vergessen.

»Sera …« Mehr brachte ich nicht heraus. Es fühlte sich an, als hätte ich gerade mitangesehen, wie eine liebe Freundin oder eine Angehörige in jenes Loch gefallen war.

Lincoln runzelte die Stirn. »Ja … dazu überlegen wir uns was. Ich frage Raph.«

Er streichelte meine Handgelenke, doch ich zog sie zurück und sah ihm in die Augen. »Darüber will ich nicht reden.« Ich zeigte auf meine Handfläche.

»War ziemlich unglaublich«, meinte Lincoln ausweichend.

Durch Seras Verlust war ich dünnhäutig, und meine Nerven lagen blank. Eine weitere dunkle Gabe, mit der ich nicht umzugehen wusste, hatte mir gerade noch gefehlt.

»Lincoln ...«, sagte ich in warnendem Ton.

Er nickte. »Bringen wir die Mädchen zum Bus und fahren zurück nach Angel City.«

Ich runzelte die Stirn. »Wir lassen sie nicht hier?«

Lincolns Züge verhärteten sich. »Auf keinen Fall. Es könnten weitere Sukkubus-Dämoninnen kommen. Wenn es sein muss, schmuggle ich die Mädchen und ihre Mom nach Angel City.«

Ich nickte und warf einen Blick über die Schulter. »Wenn Shea das Portal vielleicht nur für eine Minute öffnen könnte ...«

Lincoln bedachte mich mit einem gequälten Blick. »Es könnte etwas anderes rauskriechen. Wir müssen diese Mädchen zu ihrer Mutter bringen.«

Ich schluckte meinen Egoismus runter und nickte. Im Augenblick war es der falsche Zeitpunkt, aber ich würde Sera zurückholen. So viel stand fest.

* * *

Auch wenn ich selbst noch keine Kinder hatte, wusste ich sehr wohl, wie es sich anfühlte, jemanden zu verlieren. Der Tag, an dem mein Vater gestorben war, hatte alles verändert. Es hatte mich völlig zerbrochen, und beim Versuch, mich wieder zu flicken, hatten sich die Teile nicht richtig zusammengefügt.

Als die Mutter im Bus sah, dass ihre Töchter tatsächlich noch lebten, brach sie zusammen, und wir alle fühlten mit ihr. Ihre Erleichterung und Freude waren geradezu physisch greifbar. Sogar Lincoln wirkte ein wenig gerührt, was er jedoch schnell abschüttelte, als er uns befahl, in den Bus zu steigen.

Während wir den Weg hinaus aus Inferno antraten, holte Lincoln sein Telefon heraus und rief den Erzengel Michael an.

Er hatte seine Handynummer. Völlig normal.

»Hallo, Sir, haben Sie eine Minute?«, fragte Lincoln.

Ich lehnte mich auf dem Sitz nach vorn, damit ich weiter mithören konnte, als er die Stimme senkte.

»Ich habe hier drei Zivilisten, eine Mutter und zwei kleine Mädchen. Wir haben sie gerade vor einer Sukkubus-Dämonin gerettet, und ich muss sie noch heute Nacht nach Angel City bringen«, erklärte Lincoln.

Michaels Erwiderung gefiel ihm offenbar nicht, denn sein Gesichtsausdruck wurde gefährlich düster. »Ist mir egal, ob die Asyle voll sind.«

Wieder lauschte er. Wieder zeichnete sich Zorn auf seinem Gesicht ab. »Sie ist eine freie Seele. Was ist mit einem Transfer nach San Diego?«

Freie Seele. Der Begriff weckte immer noch Wut in mir. Dass die Frau kein Dämonenzeichen auf der Stirn hatte, war mir gar nicht aufgefallen. Lincoln achtete immer auf solche Dinge.

*Meine arme Mutter. Wird er ihr je vertrauen?*

»Was, wenn ich eine Unterkunft für sie finde?«, fragte Lincoln. Eine Pause entstand. Seine Miene verfinsterte sich erneut.

»Ja, Sir. Ich weiß.« Lincoln klang geknickt. Ein Schatten huschte über seine Züge, dann wandelte sich sein finsterer Blick in einen Ausdruck der Entschlossenheit. »Ich habe eine Unterkunft für sie, Sir.«

Ich runzelte die Stirn. *Wie bitte?*

So schnell? Ohne einen Anruf? Michael musste darüber wohl genauso verwirrt gewesen sein wie ich.

»Ja, Sir, Sie haben mein Wort. Eine langfristige Unterkunft für alle drei.« Mittlerweile lächelte Lincoln und wirkte zufrieden mit sich.

Schließlich beendete er den Anruf, und ich sah ihn fragend an. »Was für eine Unterkunft hast du für sie?«, flüsterte ich.

Er zog die Augenbrauen hoch. »Du hast gelauscht?«

Ich verdrehte die Augen. »Linc, wo sollen sie hin?«

Er fuhr sich mit der Hand durchs Haar und seufzte. »Ich hatte über die Armee Anspruch auf eine Zweizimmerwohnung, als meine Eltern gestorben sind. War ein Teil meines Vergütungspakets. Ich werde beantragen, eine neue Wohnung zugewiesen zu bekommen, dann können sie in meinem Wohnwagen bleiben.«

Mein Herz explodierte in winzige Emoji-Herzen, die um seinen Kopf schwebten. Das hätte es jedenfalls getan, wenn wir uns in einem Zeichentrickfilm befunden hätten. »Wo willst du in der Zwischenzeit schlafen?«

»Bei Noah auf der Couch.« Er sah mich entschlossen an, und ich versank in seinen von dunklen Wimpern gerahmten kristallblauen Augen.

»Du bist unglaublich«, sagte ich. »Ganz ehrlich.«

Er schenkte mir ein mattes Lächeln. »Heute Nacht haben wir drei gerettet, aber es gibt noch Millionen. Und da die Asyle überfüllt sind und man in Angel City keine Zeltstädte voll Obdachloser will … reicht das einfach nicht. Trotzdem habe ich ein bisschen geholfen.«

Ich merkte ihm deutlich an, wie sehr es ihn quälte. Lincoln Grey würde nicht ruhen, bis jede freie Seele gerettet wäre.

Auch wenn nicht ich diejenige sein wollte, die es ihm sagte: Das war schlichtweg nicht möglich.

# 9

Die nächsten drei Wochen wurden emotional ziemlich hart für mich. Sera war weg, Mikey hatte sich immer noch nicht zurück in einen Menschen verwandelt. Er verpasste die Schule, und meine Mutter und ich drehten langsam durch, weil wir nicht zu ihm konnten. Nach meinem Geschichtskurs hatte ich eine Telefonkonferenz mit Clark geplant, weshalb ich dem Unterricht kaum folgen konnte.

»Die Unterwelt, die Hölle, die Verdamnis. Wie auch immer man es nennen will, heute lernen wir alles darüber«, verkündete Mrs Delacourt.

Meine Aufmerksamkeit wanderte nach vorn. An den Anblick von Zentauren hatte ich mich immer noch nicht gewöhnt. Die untere Hälfte von Mrs Delacourt war die eines prächtigen Schimmels, die obere die einer sonnengebräunten griechischen Göttin.

»Das Reich, in dem der Fürst der Finsternis herrscht, liegt direkt unter unserer Welt«, rief sie dramatisch.

Mehrere Augenpaare hefteten sich auf mich, als sie Luzifer erwähnte. Ich hatte mir angewöhnt, hochgeschlossene Shirts zu tragen, um mein Mal zu verbergen. Nützte nur nicht viel, da bereits alle wussten, dass ich es hatte. Irgendwie hatte ich mich damit abgefunden, dass es für immer ein Teil von mir blieb.

»Würde ich heute ein Portal öffnen und hindurchschauen, und würde ich nächste Woche an derselben Stelle ein Portal öffnen und hindurchschauen, könnte ich denselben Landschaftsausschnitt sehen. Das verrät uns, dass sich die Unterwelt nicht bewegt oder verschiebt.«

Interessant. Sofort dachte ich an Sera.

Eine Hand schoss in die Höhe. Ich stöhnte innerlich, als ich sah, dass es Tiffany war.

»Ja, Tiffany.« Bemerkte ich da bei der Professorin eine genervt geschürzte Oberlippe?

Die blonde Lichtmagierin brachte sich auf ihrem Stuhl in Position. »Ist es wahr, dass Celestials nicht dorthin können? Dass es für sie etwa tausendmal schlimmer ist als in Demon City?«

Ich starrte Tiffany finster an. Was für eine unnötige und dämliche Frage.

»Ja, das stimmt. Sie haben es versucht. Aber das Überschreiten der Schwelle verursacht ihnen so viel Schmerz, dass sie dem Tod nahekommen«, antwortete die Professorin.

Tiffany schaute zu mir. »Aber jemand, der sich in Demon City wohlfühlt, jemand mit Dämonengaben hätte in der Hölle kein Problem, oder?«

*Miststück.* Warum musste Mord illegal sein? Manche Leute sollten einfach keine Lebenserlaubnis haben.

Mrs Delacourt bedachte Tiffany mit einem mürrischen Blick. »Das ist hypothetisch richtig. Wir machen weiter.«

Während unsere Geschichtsprofessorin ein Diagramm an die Tafel zeichnete, starrte ich auf Tiffanys glänzendes blondes

Haar und ließ mir verschiedenste Möglichkeiten durch den Kopf gehen, ihr Schaden zuzufügen.

* * *

»Ich will ihn bloß sehen. Nur ganz kurz, um mich zu vergewissern, dass es ihm gut geht«, redete ich auf Clark ein.

»Nein.« Sein herrischer Ton dröhnte durchs Telefon und raubte mir den letzten Nerv.

»Er ist mein Bruder!« Ich wurde laut.

»Ja, das ist er. Und wie würde er sich wohl fühlen, wenn er dich totbeißt?«, konterte er barsch.

*Verdammt noch mal.*

Der Typ verstand sich wirklich auf den Umgang mit anderen Menschen.

»Meine Mom ist echt besorgt und kann kaum noch schlafen. Können Sie uns nicht wenigstens irgendwas sagen?« Ich dachte mir, dass es vielleicht ziehen würde, die traurige Mutter ins Spiel zu bringen.

Clark seufzte. Danach folgte längeres Schweigen, bevor er wieder das Wort ergriff. »Mikey lässt Anzeichen eines einsamen Wolfes erkennen. Er lehnt das Rudel und meine Führung ab. Gleichzeitig braucht er uns, sonst verliert er sich in seinem Dasein als Tier. Wenn er sich nicht vor dem nächsten Vollmond in einen Menschen zurückverwandelt, kann ich ihn vielleicht nicht mehr zurückholen.«

Ich sackte in mich zusammen und rutschte an der Wand meines Zimmers im Wohnheim zu Boden, während mir meine Emotionen die Kehle zuschnürten.

»Oh … mein … Gott.«

Mikey war mein kleiner Bruder. Ich fühlte mich verantwortlich für ihn.

Clark seufzte erneut. »Sag mal, Kleine, hat es irgendein Trauma oder so gegeben, als ihr jünger wart? Es ist, als *wollte* er so bleiben. Aus irgendeinem Grund scheint er seine Menschlichkeit zu meiden. Das passiert in der Regel, wenn jemand etwas sehr Schlimmes erlebt hat, was nicht richtig verarbeitet wurde. Das Tier bringt so was hervor und zwingt einen, sich damit auseinanderzusetzen, um stärker zu werden.«

*Trauma.*

Was für ein hässliches Wort. Es bedeutete, man hatte etwas Grauenhaftes durchgemacht, das einen bleibenden Eindruck hinterlassen hatte. Zugleich jedoch war es zutreffend.

»Meine Mutter und ich haben uns an die Dämonen verkauft, um den Krebs meines Vaters zu heilen. Damals war ich zwölf. Sechs Monate später wurde mein Vater von einem Bus erfasst, und er ist gestorben.«

»Oh Gott.« Zum ersten Mal hörte ich in Clarks Stimme so etwas wie Mitgefühl. »Ja, daran könnte es liegen.«

Ich hatte das Gefühl, als fiele meine gesamte Welt in sich zusammen.

»Können Sie … ich weiß auch nicht, es noch intensiver versuchen oder so? Einen Psychodoktor holen? Irgendwas.« Mittlerweile war ich beim Betteln angelangt. Wenn der Tod meines Vaters und die Versklavung meiner Mutter durch Dämonen Mikey so fertiggemacht hatten, fühlte ich mich erst recht verantwortlich.

»Ich gebe mein Bestes, aber da ist noch etwas anderes, das ich versuchen kann. Wurde euer Vater irgendwo beerdigt? Habt ihr seine Asche oder so?«

Seine Frage traf mich unvorbereitet. Als mein Vater starb,

waren wir uns als Familie alle darin einig, dass wir ihn nicht in Demon City beerdigen wollten. Es hatte fast ein Monatsgehalt gekostet, aber meine Mutter hatte für ihn eine Grabstelle auf einem unheimlich schönen katholischen Friedhof in Angel City gekauft. Wir erhielten damals alle einen Tagespass, und sie bekam den Tag bei der Arbeit frei, um ihn zur letzten Ruhe zu betten. Ich hatte mich so daran gewöhnt, ihn nicht besuchen zu können, dass ich nicht mal daran gedacht hatte, es jetzt zu tun, da ich hier lebte. Bis zu diesem Moment.

»*Immaculate Heart* in Culver City. Sein Name ist Daniel Atwater.« Nach so langer Zeit seinen Namen auszusprechen ließ mir Tränen in die Augen steigen. Zum Glück war ich allein im Zimmer, denn dieser Anruf fiel wesentlich intensiver aus, als ich gedacht hatte. Ich würde nach dem Gespräch sicher losheulen müssen.

»Na schön, Kleine. Ich halte dich auf dem Laufenden. Gib mir eine Woche.«

Eine Woche? Und was dann? Eigentlich wollte ich es gar nicht wissen.

»In Ordnung«, brachte ich krächzend heraus.

Er legte auf. Ich vergrub das Gesicht im Kissen und schrie. Ich schrie vor Schmerz, vor Wut, vor tiefster Verzweiflung. Es fühlte sich an, als würde ich ertrinken, wenn ich all die aufgestauten Emotionen nicht rausließe. In letzter Zeit war zu viel schiefgelaufen. Ich hatte Sera verloren, mein Teufelsmal ließ sich nicht entfernen, mein Bruder steckte in seiner Bestiengestalt fest, und ich war alles andere als überzeugt davon, dass es mir gelingen würde, meine Mom aus Demon City herauszuholen.

Ich brauchte irgendetwas, wenigstens eine Sache, die gut lief.

Mein Handy vibrierte und kündigte eine neue Nachricht an.

**Mr Rincor:** *Kommst du zum Unterricht?*

Mist! Mittlerweile war ich seine einzige Schülerin, also konnte ich kaum schwänzen. Nach Freds Abschluss wollte ich den Kurs sausen lassen, weil meine Hände ohnehin nicht mehr als zwanzig Watt zustande brachten, doch Mr Rincor wollte davon nichts wissen.

Ich sprang vom Bett auf, wischte mir die Tränen weg und verdrängte sämtliche Gedanken an meinen Bruder, als ich mir meine Tasche schnappte.

Hastig schrieb ich Mr Rincor, dass es einen familiären Notfall gegeben hatte und ich in fünf Minuten da sein würde, dann rannte ich aus dem Zimmer des Wohnheims und hinaus auf den offenen Hof.

Lincoln kam gerade aus Raphaels Büro. Als er mich sah, erhellte ein Lächeln seine Züge.

»Hey, was machst du denn hier?«, fragte ich ihn. »Ich dachte, du müsstest arbeiten.« Eigentlich sollte er heute in Angelegenheiten der Armee unterwegs sein.

Er hielt zwei Schlüssel hoch. »Raphael hat mich frühzeitig zurückbeordert. Ich habe meine neue Wohnung zugeteilt bekommen. Zwei Zimmer, nur drei Türen von Noah weg.«

Anerkennend zog ich die Augenbrauen hoch. »Nicht übel, Mr Grey.«

Er grinste. »Außerdem hat Raphael den Platzwartjob Mrs Finley gegeben, damit sie und ihre Mädchen aus meinem engen Wohnwagen in das Platzwarthaus umziehen können.«

»Wow, das ist ja spitze!« Natürlich musste ich dabei an Mikey denken, weil er selbst für kurze Zeit in dem kleinen Steinhaus gewohnt hatte. Aber wenn er zurückkäme, würde er bei mir im Wohnheim sein, und das fand ich gut. Ich wollte meinen Bruder im Augenblick nicht zur Sprache bringen. Das hätte den Moment der Freude über Lincolns neue Wohnung ruiniert.

Mein Freund starrte ins Leere. »Schätze, den Wohnwagen brauche ich nicht mehr. Vielleicht ist es an der Zeit, ihn zu verkaufen.«

Skeptisch verzog ich das Gesicht. Immerhin hatte Lincoln mir erzählt, dass er seinen Eltern gehört hatte und voller glücklicher Erinnerungen steckte. Ihn zu verkaufen wäre ein Fehler. »Auf keinen Fall. Das ist eine so coole kleine Bude. Behalte ihn einfach vorerst noch. Du musst ja nichts überstürzen.«

Grinsend nickte er, zog mich zu sich und küsste mich. »Kleines Treffen bei mir heute Abend. Bring deine Freunde mit.«

Meine Lippen verzogen sich zu einem Lächeln. Ich stellte mich auf die Zehenspitzen, um ihn zu küssen, als ich hinter mir ein lautes Räuspern hörte.

Ich drehte den Kopf und sah Mr Rincor und Mr Claymore dort stehen. *Ups.*

Lincoln trat einen Schritt zurück. »Bis später«, verabschiedete er sich schnell und machte sich aus dem Staub.

Betreten drehte ich mich zu meinen Professoren um. »Entschuldigung. Ich hatte wirklich ein Problem in der Familie. Mein Bruder …« Ich sprach nicht weiter, als mir ein Gedanke durch den Kopf schoss.

*Warum ist Mr Claymore hier?*

Mr Rincor nickte. »Ich weiß über die heikle Lage Bescheid. Mr Claymore hat etwas für dich gemacht. Bitte komm mit uns ins Klassenzimmer.« Seine Stimme klang ruhig, aber seine Worte sprachen Bände.

Was um alles in der Welt konnte der oberste Lichtmagier für mich haben? Steckte ich in Schwierigkeiten?

Die beiden großen Männer gingen einfach voraus in den Klassenraum. Ich schlurfte als Nervenbündel hinter ihnen her.

Nachdem wir das kleine Zimmer betreten hatten, stellte ich meine Tasche ab und starrte auf meine Handflächen. Der Lichtunterricht war sowas von deprimierend. Jedes Mal, wenn Mr Rincor mit mir zu arbeiten versuchte, brachte ich nur entweder total lächerliche zwanzig Watt zustande, oder von meinen Händen flogen dunkle Kleckse.

Mr Claymore zog einen Stuhl heran und legte ein Amulett auf den Tisch. An einer aus Silber und Gold geflochtenen Kette war ein etwa fünf Zentimeter großer perlmuttfarbener ovaler Steinanhänger befestigt.

Meine Augen wurden groß. »Wow, ist das für mich?«

Er schmunzelte. »Normalerweise wäre es für einen Lehrer unangebracht, einer Schülerin Schmuck zu schenken, aber ja, das ist für dich.«

Ich zog eine Augenbraue hoch. »Was ist das?« Es handelte sich eindeutig nicht um einen gewöhnlichen Anhänger.

Seine Lippen verzogen sich. »Brielle, du bist eine von vier Engeln gesegnete Celestial. Es kann unmöglich sein, dass du ihr Licht nicht in dir trägst.«

Seine Worte erschütterten mich. Mir war gar nicht klar gewesen, wie dringend ich das nach Luzifers Tätowierung, der dunklen Magie und all dem Rest hatte hören müssen. Tränen stiegen mir in die Augen.

»Aber mein inneres Licht ist … kaputt.« Ich gestikulierte mit den Händen. Als die Sukkubus-Dämonin über mich herfallen wollte, war kein Licht aus meinen Händen geschossen, sondern Dunkelheit.

Er schüttelte den Kopf und ergriff die Halskette. »Ich glaube, es versteckt sich nur. Das Mal des Fürsten der Finsternis kann ich zwar nicht entfernen, aber ich kann die dunklen Kräfte in dir einfangen.«

Mit dieser Aussage bestätigte er es: Ich besaß dunkle Kräfte. Dabei hatte ich ihm noch gar nichts von der schwarzen Peitsche erzählt, die ich entstehen lassen konnte. Aber dass er glaubte, sie bändigen zu können, machte mir Hoffnung.

»Also steigen keine dunklen Kleckse mehr aus mir herauf, wenn ich das trage?« Ich streckte die Hand nach dem Anhänger aus.

Er nickte. »Genau. Außer du nimmst die Kette ab.«

Ich spürte einen Stich im Herzen, weil Sera nicht bei mir war, um diesen Moment mit mir zu erleben. Sie würde sich so für mich freuen. Ich vermisste sie sehr. Es war zu lange her, dass ich sie verloren hatte, doch mir fiel einfach kein durchführbarer Plan ein, um sie zurückzuholen. Shea meinte, sie könnte ein Portal für mich öffnen, und ich könnte versuchen, sie zu rufen. Allerdings ging damit ein gewaltiges Risiko einher, und es wäre ein Schuss ins Blaue. Vor allem, nachdem ich im Geschichtsunterricht gelernt hatte, dass unsere Welt die Hölle direkt überlagerte. Sera würde noch in Inferno sein, sofern sie in der Hölle niemand woandershin gebracht hatte. An die Möglichkeit wollte ich nicht mal denken.

Mr Claymore stand auf und legte mir die Halskette um. Kaum berührte der Stein das auf meine Brust tätowierte Zeichen, ging ein Kribbeln durch meinen Körper. Es fühlte sich an, als wäre eine Last von mir genommen worden.

»Wow«, flüsterte ich. Dann atmete ich tief durch, fühlte

mich leichter als je zuvor, als wären der Stress, die Selbstzweifel und die Sorgen, die ich mit mir herumgeschleppt hatte, einfach … verschwunden.

»Du spürst etwas? Das ist ein gutes Zeichen«, meinte Mr Claymore.

Mr Rincor trat an meinen Tisch. »Na schön, Brielle. Ich habe den Eindruck, das ist unsere Hürde gewesen. Was meinst du, wollen wir es jetzt mal versuchen?«

Mein Lichtstudienprofessor ging immer so geduldig und freundlich mit mir um. In unserer gemeinsamen Unterrichtszeit hatten wir eine Menge durchgemacht, darunter einige Monate, in denen er mich beinahe aufgegeben und gemeint hatte, ich sollte meine Kräfte einfach nicht benutzen. Es hatte eine Zeit gegeben, in der wir uns beide eingestanden hatten, dass in mir vielleicht doch keine Lichtkräfte schlummerten, die über meine kaum leuchtenden Handflächen hinausgingen. Nun jedoch … nun erfüllte mich Hoffnung, was zugleich gut und gefährlich war. Hoffnung konnte sowohl zu Enttäuschung als auch zu Erlösung führen.

Ich nickte nervös, als sich die beiden Professoren hinter mich stellten. Nicht, weil sie fürchteten, sie könnten von Licht erfasst werden. Sie traten vielmehr hinter mich, weil bei solchen Versuchen in der Regel dunkle Magie aus mir strömte und jeden verletzte, der ihr in die Quere kam.

Ich hob die Hände und streckte sie nach vorn.

»Ich bin nervös.« Das Geständnis rutschte mir einfach so heraus.

»Was immer passiert oder nicht passiert, es ist in Ordnung, Brielle«, beteuerte Mr Rincor mit seiner sanften Stimme hinter mir.

*Okay. Alles oder nichts.*

*Ich wünschte, Sera wäre hier.*

Ich holte tief Luft und tastete nach meinen Celestial-Kräften, die sich ein bisschen wie ein elektrisches Knistern anfühlten. Sie waren immer da, erwachten jedoch nur, wenn ich mich auf sie konzentrierte. Als ich nun meine Aufmerksamkeit darauf bündelte, schwoll das Knistern stärker an als je zuvor.

Vielleicht würde es *tatsächlich* funktionieren.

Nach einem weiteren tiefen Atemzug legte ich mich voll ins Zeug. Ein grelles buttergelbes Licht schoss von meinen Händen und erhellte den Raum so gleißend, dass ich den Kopf wegdrehen und zurückweichen musste, um nicht zu erblinden.

»Heilige Mutter Gottes«, hauchte Mr Rincor.

Ich schüttelte die Hände beim Versuch, meine Kräfte zurückzuschrauben, doch das Leuchten blieb grell. Als ich vorsichtig zu meinen Handflächen spähte, stellte ich fest, dass es sich von ihnen gelöst hatte und mitten im Raum ein schillernder … Ball schwebte.

»Was um alles in der Welt ist das?«, fragte ich.

Mr Rincor trat hinter mir hervor. Sein Mund stand offen, die Augen hatte er weit aufgerissen. »*Das* ist eine Erzengelkraft. Eine Celestial-Kugel.«

Ich schluckte schwer. »Okay, aber was genau macht sie?«

Mr Rincor ging zur hinteren Wand, an der einige Schwerter hingen, und zog eines aus seiner Halterung. Dann näherte er sich der Kugel und tauchte die Klinge hinein.

»Vorsicht«, warnte ich.

Mittlerweile hatte sich Mr Claymore neben mich gestellt und betrachtete neugierig das Spektakel vor uns. Er schien genauso baff zu sein wie ich.

Mr Rincor zog das Schwert wieder heraus, und es … stand

in Flammen. Nein, das stimmte nicht ganz. Es glühte vor … Licht.

»Aufgepasst«, sagte der Professor.

Dann senkte er das Schwert langsam auf einen der Tische. Die Klinge schnitt durch das Holz wie durch Butter. Der Tisch krachte in zwei Hälften auf den Boden. Mr Claymore und ich starrten ihn mit hochgezogenen Augenbrauen an.

»Äh, ist das normal? Dass ich die Kugel erschaffen habe?« Einerseits konnte ich das Wort »normal« nicht ausstehen, andererseits sehnte ich mich danach, normal zu sein. Ein Dilemma.

Mr Rincor sah mich mit strahlend blauen Augen an. »Das ist unglaublich. Es könnte den Verlauf des Krieges ändern. Wenn du solche Kugeln herstellen und für unsere Truppen in den Kriegsgebieten zurücklassen könntest, würde das unsere Chancen erheblich verbessern.«

Ich schluckte schwer.

»Reden wir mit Raphael. Sie ist noch eine Schülerin.« Mr Claymore legte mir schützend eine Hand auf die Schulter.

»Natürlich«, sagte Mr Rincor und schaute ein wenig schuldbewusst drein. »Zu gegebener Zeit, meinte ich.«

Wir alle starrten die leuchtende Kugel an.

»Und was machen wir jetzt damit?«, fragte Mr Claymore schließlich.

Mr Rincor rieb sich das Kinn. »Man könnte einen Abrus-Dämon hineinwerfen, und er würde sich auflösen. Aber es könnten sich auch Schüler verletzen, also werde ich sie von Raphael entfernen lassen.«

Alles klar. Okay. Demnach war ich im Grunde so was wie eine gefährliche Waffe.

*Na, spitze.*

Mr Rincor drehte sich mir zu. »Warten wir bis zum Unterricht am Montag, bevor wir das noch einmal machen. Widmen wir uns in der Zwischenzeit etwas Harmloserem.« Er zwinkerte.

Schmunzelnd nickte ich. »Geht klar.«

Um ehrlich zu sein, hatte die Kugel mir eine Menge abverlangt. Nach dem Energieausstoß hätte ich gut ein Nickerchen vertragen können.

Mr Claymore zeigte auf die Halskette. »Lege sie nicht ab, dann wirst du keine ... unerfreulichen magischen Zwischenfälle mehr erleben, denke ich.« Natürlich meinte er dunkle Magie. Die unerfreulichen magischen Zwischenfälle ergaben sich daraus, dass bis zu einem gewissen Grad Luzifers Erzengelkraft in mir steckte.

Ich nickte nur, ich fühlte mich plötzlich völlig kraftlos.

»Können wir den Unterricht vorzeitig beenden? Ich bin ziemlich erledigt«, gestand ich den beiden Professoren.

Mr Rincor nickte verständnisvoll. »Oh, natürlich. Wahrscheinlich wirst du dich ein paar Tage lang ausgelaugt fühlen. So viel Licht auf einmal abzugeben, ist ... heftig.«

Ich lächelte nur matt und schleppte mich aus dem Klassenzimmer. Da es mein letzter Unterricht an dem Tag war, beschloss ich, ins Wohnheim zurückzukehren und mich hinzulegen.

Unterwegs holte ich mein Handy raus und schrieb Shea eine kurze Nachricht, in der ich ihr von Lincolns Party am Abend erzählte. Außerdem bat ich sie, mich zu wecken, falls ich bis zum Abendessen nicht aufgewacht wäre.

Ich fühlte mich, als hätte mich ein Lastwagen gestreift. Kaum sah ich mein Bett, ließ ich mich darauf fallen, und alle Gedanken verflogen, als mich die Erschöpfung überwältigte.

# 10

Shea brauchte etwa zehn Versuche, um mich zu wecken, und danach stürzte ich einen Eiskaffee hinunter, um ein wenig Energie zurückzuerlangen. Mittlerweile parkten wir ein Stück vom Campus entfernt vor Lincolns neuem Apartmentgebäude in einer Wohnanlage der Engelsarmee, die sich *Lighthouse Villas* nannte.

»Also … Noah hat mich gefragt, ob ich heute bei ihm übernachte. Ich hab ihm gesagt, ich denke darüber nach«, verriet mir Shea, als ich das Getriebe in Parkstellung schaltete.

Es war an der Zeit, mit ihr Klartext in Sachen Noah zu reden. Ich drehte mich meiner besten Freundin zu. »Liebst du ihn?«, fragte ich geradeheraus.

Sie schluckte schwer, bevor sie nickte.

»Vertraust du ihm?«

Sie kaute auf der Unterlippe. »Du weißt, wie schwer das für mich ist.«

Ja, das wusste ich. Durch ihre Kindheit mit einem abwesenden Totalversager von einem Vater und einer Mutter, die Shea wegen Drogen verlassen hatte, war sie verkorkst. Es war hart, aber sie musste etwas begreifen …

»Nicht alle sind wie dein Vater oder deine Mutter, Shea.«

Tränen traten ihr in die Augen, und sie nickte. »Das weiß ich.«

Spontan ergriff ich ihre Hand. »Ich glaube, Noah und du, ihr habt einen entscheidenden Punkt erreicht. Entweder springst du ins kalte Wasser, oder du lässt es ganz bleiben. Es ist nicht fair ihm gegenüber, ihn weiter hinzuhalten, wenn du emotional nicht in der Lage bist, dich auf ihn einzulassen.«

Shea lachte. »Wow, seit wann bist du Seelenklempnerin?«

Ich kicherte. »Ich will damit nur sagen, dass es in Ordnung ist, aus dir rauszugehen und zu vertrauen. Ich glaube nicht, dass Noah dir je absichtlich wehtun würde.«

Sie nickte. »Am Anfang hab ich ehrlich nur aus Spaß mit ihm rumgemacht. Aber jetzt …«

»Jetzt ist es Liebe«, beendete ich den Satz für sie und drückte dabei ihre Hand.

Sie seufzte. »Ja.«

»Was gut ist! Die Welt braucht viel mehr Liebe!«, rief ich dramatisch.

Shea grinste und griff auf den Rücksitz des SUVs, den mir die Fallen Academy zur Verfügung stellte. Sie holte einen großen Rucksack nach vorn. »Das trifft sich ja gut, denn ich hab total die krasse Übernachtungstasche gepackt.«

Ich brach in Gelächter aus. »Du machst mich fertig.«

Sie spähte in den Rucksack. »Ich hab fünf Kondome dabei. Meinst du, das wird reichen?«

»Oh mein Gott, Shea!« Erst schnappte ich nach Luft, dann lachte ich wieder. »Wenn das nicht reicht, solltet ihr an der Sex-Olympiade teilnehmen.«

Shea verdrehte die Augen, bevor ihre Miene ernst wurde. »So was gibt's?«

*Oh mein Gott.*

Kopfschüttelnd öffnete ich die Tür. »Komm. Wir sind spät dran.«

Wenn es mit meiner Müdigkeit so weiterginge, würde ich einen Energydrink brauchen. Ich war immer noch total erledigt. Allein das Gehen strengte mich an. Als ich sah, dass es keinen Aufzug gab, und ich mich daran erinnerte, dass Lincoln im zweiten Stock wohnte, konnte ich mir ein Stöhnen nicht verkneifen.

Meine Beine fühlten sich wie bleischwerer Wackelpudding an, als wir es endlich nach oben geschafft hatten. Noch bevor wir die Tür erreichten, flog sie auf.

»Eine Celestial-Kugel!«, rief Lincoln mir entgegen.

*Schätze, so was wie Privatsphäre ist mir in diesem Leben nicht mehr vergönnt.* »Wer hat dir davon erzählt?«, wollte ich wissen.

Er zog die Augenbrauen hoch, als sich Shea an ihm vorbeischob und hineinging.

»Die wichtigere Frage lautet, warum nicht *du* mir davon erzählt hast.« In seinen Worten schwang Kränkung mit.

Ich verdrehte die Augen. »Wollte ich, sobald wir drin gewesen wären. Du bist mir zuvorgekommen. Die letzten drei Stunden war ich weggetreten und hab versucht, wieder Energie zu sammeln.«

Sein Macho-Auftritt fiel schlagartig in sich zusammen, und er sah mich besorgt an. »Was meinst du damit? Bist du verletzt?«

»Nein, nur furchtbar müde.« Ich winkte ab. »Dieses … Ding hat meine gesamte Energie verbraucht.«

Lincoln streckte die Hand aus und strich über den Anhänger an meinem Hals.

»Also – wer hat's dir erzählt?«, fragte ich noch einmal.

Lincoln seufzte. »Raphael hat gesagt, er müsste los, um eine Celestial-Kugel auf dem Campus zu beseitigen. Da Michael, Gabriel und Uriel nicht in der Stadt sind, wollte ich wissen, wer sie erschaffen hat. Dann habe ich darum gebeten, sie sehen zu dürfen. Heilige Scheiße, Brielle. Du …« Er grinste. »Du hast eine echte Celestial-Kugel gemacht!«

Auch meine Lippen verzogen sich zu einem Grinsen. Ich konnte nicht anders; seine Grübchen brachten mich immer zum Lächeln. »Ich weiß. Es war spitze und beängstigend *und* ziemlich spitze.«

Lincoln streckte die Hand aus und streichelte mit den Fingern meine Wange. »Aber du bist müde?«, fragte er mit besorgter Stimme.

Lässig winkte ich ab. »Mr Rincor sagt, das ist normal nach der Abgabe einer solchen Lichtmenge.«

Zuerst runzelte er die Stirn, dann jedoch nickte er. »Komm. Ich hab eine kleine Überraschung für dich.«

Eine Überraschung? Mit Überraschungen verband mich eine Hassliebe. Auf der einen Seite liebte ich sie und die damit verbundene Spontanität, auf der anderen Seite wollte der Kontrollfreak in mir immer alles wissen.

Lincoln ging in die Wohnung und winkte mich hinein. Als ich vorsichtig über die Schwelle trat, stellte ich fest, dass Chloe und ihr Bruder Donnie da waren, was Luke sicher total verrückt machte, davon war ich überzeugt. Der Gestaltwandler drückte sich in einer Ecke des Esszimmers herum und starrte sehnsüchtig zu Donnie.

Alle scharten sich um Noah und Darren, die am Esstisch saßen und auf etwas deuteten.

Was ich bisher von der Wohnung gesehen hatte, gefiel mir.

Dezente Braun- und Grautöne, aber sauber und modern. Lincoln ergriff meine Hand und führte mich hinüber zum Tisch.

»Wo ist Blake?«, fragte ich, als mir auffiel, dass einer von der üblichen Vierergruppe fehlte. In dem Moment kam er aus dem Badezimmer.

»Die Gang ist versammelt!«, verkündete Lincoln und klopfte Blake auf den Rücken. »Fangen wir an.«

Ich runzelte die Stirn. »Ich dachte, das wäre eine Einweihungsparty. Was ist hier los?« Lincoln verhielt sich eindeutig verdächtig.

Als sich die Menge teilte, sah ich endlich, was sich auf dem Tisch befand – ein Haufen Kartenmaterial und Papier.

Mein Freund deutete in die Runde. »Wir können uns gar nicht vorstellen, wie du dich ohne deine Ewigkeitswaffe fühlen musst. Deshalb haben wir uns heute Abend hier getroffen, um einen Plan zu schmieden, wie wir dir helfen können, Sera zurückzuholen.«

Hoffnung flammte in meiner Brust auf. Meine Kehle fühlte sich auf einmal wie zugeschnürt an. »Im Ernst? Du glaubst, wir können sie zurückholen?«

Donnie trat vor. »Ich habe mit einem Freund gesprochen, einem anderen Nachtblüter, der auch mal seine Ewigkeitswaffe in einem Portal verloren hat. Mittlerweile ist er Befehlshaber bei der Engelsarmee.«

Mein Herz vollführte Freudensprünge in der Brust. »Okay.«

Donnie schenkte mir ein attraktives Grinsen, und ich hätte schwören können, dass Luke in seiner Ecke zu einer Pfütze schmolz.

»Er ist zurück zu derselben Stelle, an der er die Waffe verloren hat, dann hat er dort ein neues Portal geöffnet. Ein Lichtmagier hat seine Verbindung mit der Waffe verstärkt und einen kraftvollen Rückholzauber gewirkt, um sie zu ihm zurückzubringen.«

»Können wir das machen?«, fragte ich Lincoln. Wenn er ablehnte, würde ich es trotzdem tun. Ich brauchte Sera um jeden Preis zurück.

Zögerlich nickte er. »Können wir, aber da ist noch mehr.«

»Sie haben zwar die Waffe zurückbekommen, aber ein paar Dämonen sind durchgehuscht, und ... jemand ist gestorben«, fuhr Donnie fort. Die letzten Worte flüsterte er kaum hörbar.

Eine dunkle Gewitterwolke braute sich über dem Regenbogen meiner Glückseligkeit zusammen.

»Oh.«

Lincoln schob seine Finger zwischen meine. »Du hast Sera in Inferno verloren. Das ist nicht unbedingt ein idealer Ort. Aber wir überlegen uns was und versuchen es.«

Ich nickte. Mir war klar, dass ich auf mehr nicht hoffen konnte.

»Wir wissen schließlich alle, dass du die Kampfnacht nicht ohne sie überstehst«, zog mich Noah auf.

Ich bedachte ihn mit einem finsteren Blick. »Sagt der Kerl, der jeden Morgen fünfundvierzig Minuten für seine Frisur braucht.«

Kollektives Gelächter brach los. Das Sprüchereißen hatte offiziell begonnen.

»Macht ein paar Bier auf. Das wird 'ne lange Nacht«, meinte Lincoln.

Wir begannen zu planen. Natürlich würde Shea meine lichtmagische Helferin sein, da sie es mittlerweile geradezu meisterlich beherrschte, Portale zu öffnen und zu schließen.

»Ich bin morgen Nacht bei einer Operation in Inferno im

Einsatz. Ich könnte euch Zugang als Observierungsteam verschaffen«, bot Blake uns an.

»Observierungsteam?«, hakte ich nach.

»Anfänger können in die Kriegsgebiete rein, wenn sie zwar nicht für eine Nacht eingeteilt sind, aber eine Observierungsschicht übernehmen. Im Grunde begleiten sie dabei eine Mission«, erklärte er.

Mein Herz schlug schneller. »Ja, machen wir das.«

Lincoln stieß einen Pfiff aus. »Schaffen wir das in einer Nacht?«

Shea ließ die Faust auf den Tisch niedersausen. »Verdammt, ja, das schaffen wir!«, stieß sie leicht lallend hervor.

Lincoln sah Noah mit hochgezogenen Brauen an. »Okay, für Shea lieber keinen Alkohol mehr?«

Sie hatte gerade mal zwei Bier gehabt. Aber sie war ein Leichtgewicht.

Noah schmunzelte, strich Shea über den Kopf und brachte dabei ihr lockiges Haar durcheinander. »Ich mache ihr meine berühmten Waffeln, während ihr unser Team zusammenstellt. Wir brauchen mindestens ein halbes Dutzend Soldaten, vorzugsweise mehr, falls irgendwas Beängstigendes aus dem Portal kommt.«

Shea schleuderte Noah einen vernichtenden Blick zu. Ich wusste, es lag daran, dass er ihr Haar durcheinandergebracht hatte. Man fasst *niemals* die Locken einer Frau an. Da ich die letzten sechs Jahre mit Shea zusammengelebt hatte, wusste ich, dass es keinen Weg zurück gab, wenn sich perfekte Locken erst in ein krauses Chaos verwandelt hatten. Man konnte sie dann nur noch mal nass machen, um diese eng gedrehten Korkenzieher wieder hinzubekommen, und Shea war nicht der Typ dafür, sich das zweimal an einem Tag anzutun.

Sie ordnete ihre Lockenpracht bestmöglich und wandte sich dann an Donnie. »Kriegst du das morgen hin?«

»Auf jeden Fall«, antwortete er und nickte. »Und ich kann drei meiner Kameraden mitbringen.«

Shea griff sich Papier und Stift und begann, eine Liste zu erstellen. Ihrer Handschrift nach zu urteilen, war sie eindeutig beschwipst.

Donnie wandte sich an meinen schwulen besten Freund. »Luke, bist du morgen Nacht dabei? Einen großen, starken Gestaltwandler könnten wir gut brauchen.«

Lukes Mund klappte leicht auf, während er mit einer Hand fest sein Bier umklammerte. Er brachte kein Wort heraus.

*Wow. Ich glaub, durch »großer, starker Gestaltwandler« aus Donnies Mund ist gerade sein Hirn eingefroren.*

»Er ist dabei. Total«, sprang Chloe für Luke ein, was ihn aus seiner verliebten Trance zu reißen schien.

»Total.« Lukes Stimme klang ein bisschen belegt, und Donnies Lächeln wurde breiter.

*Oh mein Gott, sind die süß.*

Es war für alle offensichtlich, dass Luke in Donnie verknallt war, und Donnie schien es nicht im Geringsten zu stören.

*Interessant.*

»Cool«, meinte Lincoln. »Noah und ich können versuchen, noch ein paar Leute aufzutreiben, aber ich denke, wir haben eine solide Grundmannschaft. Eine Seraph-Klinge lässt man auf keinen Fall einfach so sausen.«

Mittlerweile war es drei Wochen her. Rund zwanzig Tage ohne sie. Sera lag dort einfach rum oder befand sich bereits in den Händen von jemand anderem. Was, wenn ich sie nicht finden könnte?

Da brach Müdigkeit über mich herein. Wir feilten schon

seit Stunden an unserem Plan, und mein dreistündiges Nickerchen hatte nicht annähernd gereicht, um mich von meiner magischen Verausgabung zu erholen.

»Ich bin erledigt«, teilte ich Lincoln leicht schwankend mit.

Besorgt legte er die Stirn in Falten. »Noah, kannst du sie untersuchen?«, fragte er und schob mich sanft an den Schultern in Richtung Schlafzimmer. »Schlaf bei mir. Du brauchst Erholung«, flüsterte er.

Shea und ich waren zusammen hergekommen, aber allem Anschein nach würde sie ja bei Noah übernachten, nur ein paar Türen weiter, also dachte ich, es wäre wohl in Ordnung. Ich konnte an nichts anderes mehr denken als an Schlaf, und mir war im Grunde gleich, wo ich ihn bekommen würde.

Also ließ ich mich von Lincoln ins Schlafzimmer führen. Beim Anblick der vertrauten dunkelblauen Bettwäsche aus seinem Wohnwagen schenkte ich ihm ein schiefes Lächeln.

»Hey, du hast doch zwei Schlafzimmer, oder? Was hast du mit dem zweiten vor?« Ich streifte mir die Schuhe von den Füßen, als er die Decke zurückzog.

Das dunkle Haar fiel ihm in die Stirn und brachte seine blauen Augen zur Geltung. »Ich habe an ein Arbeits- oder ein Musikzimmer gedacht. Vielleicht fang ich an, Gitarren zu sammeln.«

Ich grinste. »*Unbedingt* ein Musikzimmer. Mit einer kleinen Ecke für deine Gedichtbände«, zog ich ihn auf.

Er stupste mich in die Rippen, und ich fiel mit einem Lachkrampf auf die Matratze. Ich war dermaßen schlapp, dass es sich anfühlte, als wäre ich betrunken.

»Du hast gesagt, du würdest nicht mehr darauf herumreiten«, tat er gekränkt. Mein Freund stand auf Poesie, was mir unheimlich gefiel.

»Ich liebe dich«, erklärte ich und schaute zu ihm auf.

In diesem Moment lugte Noah über Lincolns Schulter. »Oh, ich dich auch«, lachte er.

Ich konnte die Augen nicht mehr offen halten, also lächelte ich nur und ließ sie zufallen.

»So müde ist sie noch nie gewesen, nicht mal, als ich es bei der Grundausbildung darauf angelegt hab, sie fertigzumachen«, sagte Lincoln zu dem Heiler.

»Das hab ich gehört«, murmelte ich.

»Alter, sie hat eine verdammte Celestial-Kugel erschaffen. Das saugt einem fast das gesamte Licht aus. Sie braucht nur Schlaf.« Noahs Ton klang unbeschwert. Er war eindeutig nicht besorgt.

»Untersuch sie einfach, Bro. Ich mein's ernst«, drängte Lincoln ihn.

»Na gut.« Noah klang kurz angebunden.

Da spürte ich das warme Kribbeln von Noahs Energie, die meinen Rücken abtastete.

Das Bett war so gemütlich, dass mein Körper damit zu verschmelzen schien, als sich der Schlaf anpirschte.

»Oh … Das ist interessant.« Noahs Worte waren das Letzte, was ich hörte, bevor ich mich ins Land der Träume verabschiedete.

# 11

Als ich aufwachte, fühlte ich mich ausgeruht und rollte zum Wecker herum. Der behauptete, es wäre bereits Mittag.

*Mist, ich hab verschlafen!*

Ich setzte mich auf und sah mich nach Lincoln um. Stattdessen fand ich einen Zettel beschrieben in seiner Handschrift.

*Musste zu Raph. Wollte dich schlafen lassen. Essen ist im Kühlschrank.*
*Liebe dich.*
*Linc*
*PS: Du hast letzte Nacht geschnarcht wie ein ganzes Holzfällerlager.*

Ich lächelte über die Nachricht. Das war so typisch Lincoln.

Gähnend hievte ich mich aus dem Bett, duschte rasch und war total gerührt, als ich sah, dass Lincoln meine rosa Zahnbürste aus dem Wohnwagen in seine neue Wohnung mitgenommen hatte. In der obersten Schublade bewahrte er sogar ein paar meiner Klamotten auf. Nachdem ich mich angezogen hatte, kippte ich Cornflakes und Milch in eine große Schüssel.

Cornflakes zum Mittagessen standen ganz oben auf meiner Favoritenliste.

Ich schickte Shea eine Nachricht, dass ich wach war. Eine halbe Minute später klopfte es an der Tür.

»Ich bin so was von *nicht* flachgelegt worden!«, empörte sie sich und fegte an mir vorbei in die Wohnung.

Ich schnaubte. »Was?«

»Nach unserem Gerede über eine Sex-Olympiade hat er mich abblitzen lassen. Er hat gemeint, ich hätte getrunken, und er wollte, dass unser erstes Mal etwas Besonderes wird«, erklärte Shea mit gerunzelter Stirn, als wäre eine besondere Nacht, in der es zu Sex mit Noah kam, das Schlimmste auf der Welt.

Ich kicherte. »Okay, und was genau ist daran verkehrt? Dann war er doch ein echter Gentleman.«

Meine beste Freundin trug ein Shirt von Noah, das ihr bis hinunter zu den Beinen reichte. Ihr unbändiges, lockiges Haar hatte sie in zwei fluffige Zöpfe gezwängt. Sie sah hinreißend aus.

»Ich weiß. Vielleicht habe ich ihn falsch eingeschätzt.« Mit einer Dramatik, als wollte sie für eine billige Seifenoper vorsprechen, ließ sie sich auf Lincolns Couch plumpsen.

»Ach, meinst du?«, brachte ich mit dem Mund voll Cornflakes heraus.

Plötzlich richtete sie sich auf und saß ganz steif da. Fassungslosigkeit trat schlagartig in ihre Züge. »Oh mein Gott.«

Panik erfasste mich. »Was ist los?«

»Ich bin total in ihn verliebt«, verkündete sie.

Ich klatschte mir gegen die Stirn und beschloss, das Thema fallen zu lassen. Wenn es um Noah ging, war Shea vollkommen ahnungslos.

»Wie verrückt war das gestern Abend, als es Luke vor lauter Schmachten für Donnie die Sprache verschlagen hat?«, wechselte ich das Thema.

Shea lachte. »Ja, ich dachte, Luke würde jeden Moment zu sabbern anfangen. So süß und gleichzeitig traurig.«

Lächelnd nickte ich, dann jedoch wandte sich mein Verstand wichtigeren Themen zu. »Bist du bereit für heute Nacht?«

Ich brauchte Sera zurück. Sie bildete eine Verlängerung meiner Seele, deshalb verursachte es mir mittlerweile körperlichen Schmerz, ohne sie auskommen zu müssen. Ich fühlte mich innerlich halb leer.

Ein entschlossener Ausdruck trat in Sheas Gesicht. »Absolut. Wir holen sie zurück. Mach dir keine Sorgen.«

In dem Augenblick vibrierte mein Handy. Um ein Haar hätte ich laut aufgeschrien, als ich sah, dass Clark anrief.

Ich schnappte mir das Gerät und tippte auf die grüne Schaltfläche, um den Anruf anzunehmen.

»Hi. Irgendwas Neues von meinem Bruder?« Meine Stimme klang geradezu panisch. Clark hatte gesagt, ich sollte ihm eine Woche geben. Das war gerade mal einen Tag her. Irgendetwas konnte nicht stimmen.

»Hi, Bri.« Unverhofft drang Mikeys Stimme an mein Ohr, wenngleich drei Oktaven tiefer als sonst und heiser.

Erleichterung durchströmte mich, und ich brach in Tränen aus. Ich hatte seine Stimme seit über einem Monat nicht mehr gehört. Ein Teil von mir hatte befürchtet, sie nie wieder zu hören. Shea sprang von der Couch auf und setzte sich neben mich, während ich versuchte, meine Sprache wiederzufinden.

»Geht's dir gut?«, brachte ich schließlich heraus.

»Wird schon wieder. Ja.«

»Hast du Mom angerufen?« Meine arme Mutter war krank vor Sorge um meinen Bruder. Es quälte sie, dass sie ihn weder sprechen noch sehen konnte.

»Ja. Sie kommt mich morgen besuchen. Clark sagt, es kann nichts passieren«, berichtete Mikey.

Ich schluckte. »Also, ich hab heute Nachmittag nichts vor. Shea und ich können sofort vorbeikommen.«

»Morgen ist besser«, warf Clarks Stimme ein, und ich stöhnte. Dieser Alpha nervte ganz schön. Er schien der totale Kontrollfreak zu sein. Andererseits hatte er meinen Bruder zurückgeholt, also sollte ich mich wohl nicht allzu sehr beschweren.

»Dann eben morgen«, willigte ich ein.

Meine Gedanken überschlugen sich. Hatte Clark meinen Bruder in Wolfsgestalt zum Friedhof und zum Grab meines Vaters gebracht? Hatte ihn das irgendwie geheilt? Ich wollte nicht nachfragen und womöglich irgendetwas auslösen, sehr wohl jedoch wollte ich es unbedingt irgendwann erfahren.

»Hab dich lieb, Bri. Muss auflegen«, hauchte Mikey.

Die Tränen kehrten zurück. »Hab dich auch lieb. Obwohl du mich ständig nervst, hab ich dich wahnsinnig lieb, Mikey. Okay?«

»Okay.« Ich konnte das Lächeln in seiner Stimme hören.

Nachdem ich aufgelegt hatte, umarmte Shea mich, während ich zugleich lachte und Freudentränen vergoss.

Mein Bruder befand sich auf dem Weg der Besserung. Nun musste ich nur noch Sera zurückholen, die Kampfnacht gewinnen und meine Mutter aus ihrem Vertrag freikaufen.

Ich würde sie aus Demon City herausholen. Das musste ich. Mein Dad hätte es so gewollt.

Die Nacht war angebrochen. Wir hatten Observierungspässe, mit denen wir Blake und sein Team auf ihrer Mission begleiten durften. Natürlich wussten die ranghöheren Offiziere der Engelsarmee nicht, dass wir uns trennen würden und ich vorhatte, mir meine Ewigkeitswaffe zurückzuholen.

Nachdem wir den militärischen Kontrollpunkt am Stadtrand von Angel City passiert hatten, vereinbarte Lincoln mit Blake einen Treffpunkt für später, wenn wir Sera geborgen hätten. Vorerst saßen wir alle in einem Bus, ein Dutzend von uns, darunter Chloe, Donnie, Luke, Noah, Darren und Shea. Hinzu kamen einige ihrer vertrauenswürdigen Kameraden der Armee. Eine mächtige Lichtmagierin namens Nora gehörte dazu. Ihr Haar war weiß wie Baumwolle, aber sie sah entschieden zu jung aus, als dass es natürlich sein konnte.

Mich rührte, dass alle meinetwegen zusammengekommen waren. Na schön, vielleicht waren sie auch deshalb hier, weil mein fester Freund ein allseits beliebter Lieutenant der Armee war und weil Sera als Seraph-Klinge in der Hölle festsaß, aber das störte mich nicht weiter. Sie waren zur Stelle – das allein zählte.

Schweigend fuhren wir zu dem Wohnhaus, in dem ich meine erste – und hoffentlich letzte – Sukkubus-Dämonin gesehen hatte.

Bei der Erinnerung an ihren Anblick, vor allem an die klaffenden, leeren pechschwarzen Augenhöhlen, durchlief mich ein leichter Schauder.

Ehe ich mich versah, parkten wir am Bordstein vor dem Gebäude. Meine Gedanken kehrten zu jener Nacht und zu dem zurück, was ich neulich im Geschichtsunterricht gelernt hatte.

»Hey, Lincoln«, flüsterte ich.

Er unterhielt sich gerade mit Donnie, schaute zu mir herüber, beendete das Gespräch und setzte sich neben mich. »Was gibt's? Bist du bereit? Fühlst du dich gut?«

Ich nickte und zog die Stahlmanschetten – Lincolns Geschenk – um meine Unterarme enger. »Ich hab bloß nachgedacht. Wenn Sera im ersten Stock ins Portal geworfen wurde und sich die Unterwelt direkt unter uns befindet, sollten wir das Portal dann nicht im Erdgeschoss öffnen? Damit ich den Boden in der Hölle absuchen kann?«

*Ja, 'ne ganz normale Unterhaltung darüber, ein Portal in die Hölle zu öffnen.*

Nachdenklich nickte Lincoln. »Ist eigentlich ein guter Plan, nur erhöht er auch die Gefahr, dass etwas durchkommen könnte, weil wir dann auf Bodenhöhe der Hölle sind. Die Sukkubus-Dämonin könnte Sera mitten in eine Dämonenstadt geworfen haben.«

Also gab es in der Hölle Dämonenstädte! Natürlich. Nur wäre Sera dann inzwischen wahrscheinlich gestohlen. Ich hatte nur einen dunstigen roten Himmel gesehen, bevor sich das Portal geschlossen hatte, dann war Sera verschwunden gewesen.

»Ich denke trotzdem, es wäre unsere beste Chance«, meinte ich.

Lincoln starrte einen Moment lang auf seine Hand, bevor er nickte. »Na schön. Machen wir es so.«

Nach der Bekanntgabe der leichten Planänderung stieg unser Team aus, um ans Werk zu gehen.

Meine Nerven waren angespannt, als wir zur Tür der Wohnung unmittelbar unter jener gingen, in der ich Sera damals verloren hatte.

Lincoln klopfte laut an. Die Tür schwang knarrend einen Spalt auf. Der Griff fehlte.

Er trat ein und erhellte den Weg mit der am Zielfernrohr seiner Waffe montierten Lampe. »Engelsarmee. Ist jemand hier?«, rief er in die Wohnung.

Noah folgte ihm, und die beiden durchsuchten rasch das Apartment. Als sie zurückkehrten, winkten sie uns hinein.

»Verlassen. Sieht so aus, als hätten hier mal Schlangenwurz-Dämonen gehaust. Ist alles von Säure verätzt, also passt auf, wo ihr hintretet«, rief Lincoln in den Gang, in dem wir uns bereithielten.

Als ich in die Wohnung trat, verspürte ich grenzenlose Hoffnung, Sera zu finden, und das machte mir Angst. Denn wenn es mir nicht gelänge, würde ich am Boden zerstört sein.

Nora, die Lichtmagierin, näherte sich Shea, als wir das Wohnzimmer betraten. »Du hast schon mal ein Höllenportal geöffnet?«, fragte sie skeptisch. Zweifellos betrachtete sie meine beste Freundin in ihrem zweiten Jahr noch als Neuling.

Shea war alles andere als bescheiden. In der Hinsicht passten Noah und sie perfekt zusammen.

»Das habe ich voll drauf. Glaub mir, wenn es sein muss, kann ich das Ding in einer Minute öffnen und schließen.« Zur Betonung stemmte Shea eine Hand in die Hüfte.

Die Lichtmagierin hob beschwichtigend die Hände. »Alles klar. Ich bereite den Zauber vor, um deine Verbindung zu der Waffe zu verstärken, Brielle. Danach können wir den Rückholzauber wirken. Aber zuerst brauche ich etwas von deinem Blut, um die Energie anzuzapfen, die du mit der Waffe teilst.«

Meine Augen weiteten sich ein wenig. Was hatte es nur damit auf sich, dass ständig jemand Blutproben wollte?

»Der Rückholzauber ist vielleicht gar nicht nötig. Ich habe

von Erzengel Michael gelernt, wie ich meine Waffe aus der Ferne zurückrufen kann«, erklärte ich ihr.

Sie nickte. »Können wir versuchen, dir muss nur klar sein, dass da unten alles anders ist. Das kannst du mir glauben.« Der Ausdruck in ihrem Gesicht verriet mir, dass sie irgendetwas durchgemacht hatte und ich ihr vertrauen sollte.

Ich nickte nur und streckte ihr einen Finger hin.

Lincoln blieb die ganze Zeit unmittelbar neben mir, als der Rest unserer Gruppe ausschwärmte, um uns zu schützen. Die eine Hälfte wurde angewiesen, auf Bedrohungen von außen in Inferno zu achten, die andere Hälfte sollte uns gegen alles verteidigen, was vielleicht aus dem Portal kommen würde.

Das Geräusch von knackenden Knochen erregte zwar meine Aufmerksamkeit, aber ich schaute nicht hin. Ich wusste, dass es Luke war, der sich in seine menschliche Gestalt zurückverwandelte.

Als Nora in meinen Finger schlitzte, tropfte mein Blut auf einen violetten Kristall. »Ist es wahr, dass du mit der Waffe reden kannst? Wie bei einer echten mentalen Verbindung?«, wollte sie wissen. Aus der Nähe stellte ich fest, dass sie um die Augen feine Linien hatte, und mir kam der Gedanke, sie könnte etwas älter sein, als sie aussah. Außerdem fragte ich mich, wodurch ihr Haar weiß geworden sein mochte oder ob sie mit diesem einzigartigen Farbton bereits geboren worden war.

Um ihre Frage zu beantworten, nickte ich, und sie begann, die Hände in einer komplizierten Choreografie zu bewegen. Violette Lichtstrahlen schossen aus ihnen und umhüllten den Kristall.

»Damit sollte das wiederhergestellt sein. Wenn sie in der

Nähe ist, müsstest du eigentlich wieder mit ihr sprechen können«, verkündete die Lichtmagierin.

Bei ihren Worten wären mir beinahe die Tränen gekommen. Ich wusste, dass alle Anwesenden eine Seelenwaffe hatten und an sie gebunden waren. Von daher konnten alle nachempfinden, wie ich mich fühlte. Gleichzeitig jedoch glaubte ich nicht, dass irgendjemand ganz so innig verbunden war wie Sera und ich.

Das violette Licht verstärkte sich, und Nora betrachtete meine Halskette. »Das Ding riecht nach Magie. Du wirst es abnehmen müssen, sonst stört es meinen Zauber.«

»Okay.« Als ich dazu ansetzte, den Verschluss zu öffnen, streckte Lincoln die Hand aus, um mich zu bremsen.

»Das halte ich für keine gute Idee«, sagte er leise.

»Wieso das?«, wollte ich wissen.

Er fuhr sich mit der Hand durchs Haar. »Weil …«

»Im Augenblick hat deine Lichtmagie die Oberhand«, sprang Noah ein, als Lincoln nicht fortfahren konnte. »Wenn du die Kette abnimmst, könnten deine … dunklen Gaben deutlicher hervorkommen und das Licht weiter zurückdrängen.«

»Was?«, entfuhr es mir laut.

»Leute, der Zauber wirkt zeitlich begrenzt!«, raunte Nora und hielt mir den violetten Kristall entgegen. Das Licht, das ihn umhüllte, kräuselte sich, und ich konnte in dem Moment nicht verarbeiten, was mir die Jungs gerade gesagt hatten.

Meine Blicke feuerten Dolche auf Lincoln ab, und er zuckte förmlich zusammen. »Noah hat dich gestern Nacht abgetastet und es dabei festgestellt, deshalb … bin ich mir nicht sicher, ob es das wert ist, Bri.«

Und ob es das war. Sera gehörte für mich genauso sehr zur Familie wie Shea oder meine Mutter.

Ich hob die Hände und löste den Verschluss der Halskette. »Sie *ist* es wert. Ich würde dasselbe für dich tun«, teilte ich ihm barsch mit.

Seine Züge fielen in sich zusammen, als ich ihm die Halskette in die Hand legte.

Kaum ließen meine Finger die Kette los, spürte ich, wie Energie mein Rückgrat entlang nach oben raste und sich wie ein Schraubstock um mein Herz legte. Ich schnappte nach Luft, fühlte mich einen Moment lang atemlos.

Lincoln trat näher zu mir. »Was ist los?«

Ich richtete einen hasserfüllten Blick auf ihn, bevor ich mich langsam im Kreis drehte und alle anstarrte. »Ich werde euch alle umbringen.« Meine Stimme triefte vor Bosheit.

Entsetzen trat nacheinander in die Gesichter um mich herum. Noah wich sogar einen Schritt zurück.

Dann konnte ich es mir nicht länger verkneifen. Gelächter brach aus mir hervor, so heftig, dass ich mich vornüberbeugte und mir den Bauch hielt.

»Irgendwas stimmt mit der nicht«, meinte Nora an die Allgemeinheit gerichtet.

Lincolns Brust hob und senkte sich heftig, als er erleichtert aufatmete. »Das war nicht witzig.«

Shea kicherte. »Irgendwie schon.«

»Machen wir das jetzt oder nicht?«, fragte Nora. Sie hielt immer noch den leuchtenden Kristall in der Hand.

Ich nickte. Das eigenartige Gefühl, das beim Abnehmen der Halskette über mich gekommen war, hatte sich verflüchtigt.

Ich würde Sera um jeden Preis zurückholen.

»Alles in Ordnung. Mir fehlt nichts. Alles gut. Legen wir los.« Ich versuchte, Ruhe in meine Stimme zu bringen, aber Lincolns Gesichtsausdruck wirkte immer noch besorgt.

Shea begann mit der Arbeit am Portal, als Nora zwei Schritte auf mich zukam. »Das könnte jetzt ein bisschen wehtun«, erklärte sie, dann klatschte sie mir den Kristall auf die Brust, direkt auf meine Tätowierung.

Ein Stechen flammte dort auf, wo mich der Kristall berührte, dann raubten gewaltige Kopfschmerzen mir fast den Verstand. Ich riss die Hände an den Schädel und stöhnte.

»Wieso?« Ich grunzte.

Nora ließ den Kristall los. Die violette Magie war aus dem Stein geflossen und tänzelte wirbelnd um meinen Körper. »Das stellt die Verbindung wieder her, die durchtrennt worden ist, als deine Waffe in ein anderes Reich geworfen wurde«, erklärte sie mir.

Lincoln hob die Hand, um meinen Nacken zu massieren, während ich mich bemühte, dem Eispickel standzuhalten, der sich durch mein Hirn bohrte.

Als ich gerade fragen wollte, wie lange es dauern würde, ließen die Schmerzen nach, und ich hörte etwas.

*Bri!*

Freude fegte durch meinen Körper, und ich weinte beinahe vor Erleichterung. *Sera! Ich bin hier!*, übermittelte ich ihr.

»Das Portal ist fast fertig«, verkündete Shea.

»Ich rede gerade mit ihr!«, rief ich.

Ein paar der Anwesenden zogen die Augenbrauen hoch, doch es interessierte mich nicht, ob sie mich für verrückt hielten. Verdammt, ich redete mit Sera! Mir war nicht bewusst gewesen, wie einsam es ohne ihre Gesellschaft gewesen war, bis ich ihre Stimme in meinem Kopf hörte.

*Hier unten ist es echt übel. Alles riecht so schrecklich,* klagte Sera.

Gelächter stieg mir in die Brust, und mittlerweile erntete ich wirklich schräge Blicke, sogar von Lincoln.

*Du hast keine Nase,* erinnerte ich meine Ewigkeitswaffe.

Shea hatte begonnen, das Portal zu öffnen. Eine trostlose Landschaft tauchte nach und nach vor uns auf.

*Oh Gott.*

Ich hatte noch nie in die Hölle geschaut. Das eine Mal, als Shea versehentlich das Portal in der Turnhalle geöffnet hatte, war es im Boden gewesen, und ich hatte mich zu sehr auf die herauskriechenden Dämonen konzentriert, um sonst irgendetwas zu bemerken. Und als Luzifer aus einem Portal erschienen war, hatte er sich in einem Gebäude befunden, deshalb war nur eine Mauer zu sehen gewesen. Die Sukkubus-Dämonin wiederum hatte ein nach oben gerichtetes Portal in die Hölle geöffnet, durch das ich nur Rauch sehen konnte. Deshalb erhielt ich nun den ersten richtigen Einblick in die grauenhafte Natur der Hölle.

*Wo bist du?,* hauchte ich, als mein Blick über die Horden der Dämonen wanderte, die an uns vorbeizogen. Wir schienen uns in einer Gasse zwischen zwei bröckelnden Gebäuden zu befinden. Der Gestank von Schwefel und Öl war übelkeitserregend.

*Ich bin ein Kaktus!,* rief Sera.

Meine Augenbrauen zogen sich zusammen. *Wie bitte?*

War sie betrunken? Konnte sie überhaupt betrunken werden? Immerhin konnte sie etwas riechen, also wahrscheinlich schon.

Oder vielleicht war ich betrunken.

*Ich habe meine gesamte Kraft eingesetzt, um mich in einen*

*Kaktus zu verwandeln, damit mich keiner dieser wandelnden Misthaufen mitnimmt und verkauft.*

Meine Augen wurden groß. *So was kannst du?*

*Beeil dich, ich kann es nicht mehr lange aufrechterhalten. Ich hatte die Hoffnung schon fast aufgegeben.*

*Seit drei Wochen nutzte sie ihre Magie dafür, wie ein Kaktus zu erscheinen?*

Ich musste mich konzentrieren, bevor uns einer der vorbeiziehenden Dämonen bemerkte. Zwar sah ich in der Nähe keine Kakteen, aber ich hoffte, Michaels Rückholzauber würde trotzdem funktionieren.

Ich holte tief Luft und tastete nach Seras Energie, doch es tat sich nichts.

*Ich kann dich nicht fühlen,* übermittelte ich ihr panisch.

*Ich glaube, das funktioniert hier nicht.*

»Kannst du den Rückholzauber durchführen?«, fragte ich die Lichtmagierin, die zutiefst konzentriert zu sein schien.

Nora knurrte und schüttelte den Kopf. »Es funktioniert nicht. Ihre Energie ist anders. Du wirst sie zu dir rufen müssen.«

Verdammt. Konnte es daran liegen, dass Sera ein Kaktus war? Aber wenn sie die Illusion aufgäbe und plötzlich als glänzender Dolch auf dem Boden läge, könnten die Dämonen sie aufheben.

Ich schloss die Augen und versuchte es erneut, griff auf meine Celestial-Magie zurück, die sich in dem Moment allerdings tausend Kilometer weit entfernt anfühlte.

Dann traf mich die Erkenntnis wie ein Schlag in die Magengrube. Sera zu mir rufen zu können war eine Celestial-Lichtgabe, und da ich die Halskette abgenommen hatte, breitete sich Luzifers Dunkelheit wieder in mir aus und behinderte meine Celestial-Kraft.

*Ich … kann dich nicht fühlen. Ich kann dich nicht rufen,* teilte ich meiner Klinge mit.

*Siehst du das brennende Gebäude?*, fragte Sera.

Ich versuchte, in der Ferne etwas zu erkennen. Etwa hundert Meter links von uns befand sich eine dichte Rauchwolke. *Ich glaub schon.*

*Da tobt gerade ein Straßenkampf. Die Dämonen kämpfen andauernd. Ich bin direkt vor dem brennenden Gebäude. Wenn du schnell bist, kannst du dich herschleichen und mich schnappen. Sie sollten dich nicht bemerken.*

Reingehen? Schlug meine Ewigkeitswaffe gerade vor, ich sollte in die Hölle gehen, um sie zu holen?

*Sie muss sturzbetrunken sein.*

Mir war nie der Gedanke gekommen, hineinzugehen und sie zu holen – ganz zu schweigen davon, dass Lincoln es nie und nimmer erlauben würde. Mich beunruhigte, dass ich Sera nicht sehen konnte. Was, wenn es sich um einen Trick Luzifers handelte und ihre Stimme in meinem Kopf nicht echt war?

*Wie habe ich über Lincoln gedacht, nachdem ich ihm zum ersten Mal begegnet war?*, fragte ich sie.

Beinahe konnte ich ein Lächeln in ihr spüren, sofern das möglich war. *Du konntest ihn nicht ausstehen und hast sein Obst gestohlen, trotzdem wolltest du ihn insgeheim nackt sehen.*

Da brach ich in Gelächter aus. Mittlerweile sah Lincoln mich mehr als besorgt an.

»Ich brauche dein Schwert«, bat ich ihn. »Sie muss eine andere Seelenwaffe spüren, damit sie sich dorthin tasten kann«, log ich.

Wenn ich umkäme, würde er mir das nie verzeihen. Ich

wusste aus dem Geschichtsunterricht, dass er mir nicht folgen konnte, aber ich war mir ziemlich sicher, dass ich sehr wohl in der Lage sein würde, durch diese Öffnung zu gehen. Und ich hatte den Eindruck, meine beste Freundin würde mich nicht allein gehen lassen. Shea beobachtete mich bereits mit Argusaugen.

Lincoln zog sein Schwert, ohne zu zögern, und reichte es mir.

Ich legte die Finger um den kalten Stahl und schenkte ihm ein mattes Lächeln.

*Vergib mir.*

# 12

Ich wusste, dass Lincoln mich packen und festhalten könnte, wenn ich langsam auf die Öffnung zuginge. Also stürmte ich stattdessen überraschend los und rannte so schnell, dass ich hörte, wie die im Raum hinter mir Anwesenden kollektiv nach Luft schnappten. Kaum hatte ich das Reich der Dunkelheit betreten, schien ein Gewicht auf mir zu lasten. Es wurde schwieriger zu atmen.

Als ich mich umdrehte, stellte ich fest, dass sich Shea wie geahnt unmittelbar hinter mir befand.

»Kommt zurück!«, flüsterte Lincoln eindringlich, die Augen groß wie Untertassen, während er mich aus dem Wohnzimmer anglotzte.

Shea keuchte. Auf ihrer Stirn bildeten sich Schweißperlen.

»Das ist die einzige Möglichkeit. Ich bin gleich wieder da. Sie ist nicht weit weg«, versicherte ich ihm.

»Nein!«, zischte Lincoln. Er griff mit einer Hand in das Portal und wich so schnell zurück, dass man meinen konnte, er hätte sich verbrannt. Ein erstickter Aufschrei entwich ihm, und ich trat näher.

»Alles in Ordnung?« Es fühlte sich eigenartig an, eine Öffnung in eine andere Welt zu sehen.

Als Lincoln den Arm hob, zeigte sich eine fürchterliche Wunde. Teile der Haut waren aufgerissen und bluteten.

*Oh Gott.*

Wir mussten uns beeilen.

»Bin gleich wieder da!«, versprach ich.

Nora zog ihren Umhang aus und warf ihn durch das Portal vor meine Füße. »Du bist 'ne Idiotin«, erklärte sie.

*Gut, das war jetzt nicht wirklich ein notwendiger Kommentar, aber was soll's.*

Ich hob den Umhang vom staubigen Boden auf, schwang ihn mir schnell über die Schultern, versteckte Lincolns Schwert darunter und zog mir die Kapuze über den Kopf.

»Wenn du nicht in drei Minuten wieder hier bist, komme ich rein«, kündigte Lincoln an.

In Anbetracht dessen, was mit seinem Arm passiert war, würde ihn das wahrscheinlich umbringen.

*Wir kommen,* teilte ich Sera mit.

Ich verlor keine Zeit, nickte nur und packte Sheas Hand, bevor wir uns mit schnellen Schritten die Gasse hinunter in Bewegung setzten.

»Sie hat sich als Kaktus getarnt und ist vor einem Gebäude, das brennt. Es läuft gerade ein Straßenkampf, also sollte es uns gelingen, unbemerkt hin- und zurückzuschleichen«, brachte ich Shea auf den neuesten Stand.

Als wir uns dem Ende der Gasse näherten, blieben wir beide unvermittelt stehen.

*Heilige Mutter der Finsternis.*

Ich war geschockt von dem Anblick, der sich uns bot. Mein Hirn weigerte sich zu verarbeiten, was ich sah.

Abgesehen von den Dämonen, die herumwuselten, und wie von Sera angekündigt, in einen Kampf verwickelt waren, sahen wir Seelen. Geisterhafte, menschenähnliche Gestalten, die umherliefen und jedes Mal ängstlich zusammenzuckten, wenn sich ihnen ein Dämon näherte. Unter ihnen befand sich eine putzige alte Dame.

*Was zum …*

Shea schüttelte ihre Verblüffung schneller als ich ab und zog mich mit einem Ruck nach links, wo ein marodes Gebäude in Flammen stand. Mit eiligen Schritten näherte ich mich dem brennenden Bauwerk. Was ich bisher gesehen hatte, erschütterte mich bis ins Mark, aber ich musste konzentriert bleiben. Obwohl die Straßen nicht gepflastert waren, stellte ich verdattert fest, dass wir uns offenbar in einer Art Stadt befanden. Die Dämonen kämpften vor etwas, das wie ein Geschäft aussah, in dem jemand durch ein offenes Fenster Körbe mit Lebensmitteln herausreichte.

Die putzige alte Dame fiel plötzlich zu Boden und fing an zu schreien.

*Scheiße. Was ist hier nur los?*

Je näher wir dem brennenden Gebäude kamen, desto heißer wurde mir.

Und dann entdeckte ich vielleicht zwei Meter vor mir einen winzigen Fasskaktus, halb von Ruß und Erde bedeckt. Endlich konnte ich Sera spüren.

*Ich bin hier,* sandte ich ihr in Gedanken. Prompt gab sie den Trugzauber auf und wechselte die Erscheinungsform.

Mit einer fließenden Bewegung bückte ich mich und hob sie auf. Kaum hatte ich den kalten Stahl in der Hand, durchströmte mich eine Welle von Liebe und drängte die Dunkelheit zurück.

Sera war mein Licht, eine Verlängerung meiner Seele, der hellste Teil von mir. Ich konnte es deutlich fühlen. Tränen brannten mir in den Augen, als ich Sera an die Brust drückte.

*Du hast mir so sehr gefehlt,* sagte ich zu ihr.

*Du mir auch. Du riechst so gut. Wie ein Zuhause.*

Unwillkürlich verzogen sich meine Lippen zu einem Lächeln – das rasch erlosch, als Shea mich hart in die Rippen stieß.

Langsam drehte ich mich um. Vor uns stand ein Schlangenwurz-Dämon, der uns anstarrte.

»Erdenbewohner«, zischte er mit leiser, rattenähnlich fiepender Stimme und zeigte auf uns.

*Die können sprechen?*

Ich legte den Finger an die Lippen, als würde es funktionieren, ihn zu bitten, nichts zu sagen. Die Meute, die um Essen kämpfte, wie ich mittlerweile erkannt hatte, wuchs an. Ich wollte mir gar nicht ausmalen, was man mit uns anstellen würde, wenn man unsere Anwesenheit bemerkte.

Schlangenwurz-Dämonen liebten Süßigkeiten. Zufällig hatte ich eine Packung Pfefferminzkaugummi in der Tasche. Langsam reichte ich Shea Lincolns Schwert und griff nach dem Kaugummi.

»Willst du was Süßes?«, flüsterte ich.

Begierde flackerte in seinen Augen auf. Er sah abgemagert aus, nicht wie die Schlangenwurz-Dämonen, die ich von der Erde kannte.

Mit einem Nicken ging er in die Hocke, als wollte er mich anspringen.

Hastig riss ich die Kaugummiverpackung auf und warf ein Stück auf den Boden.

Der Dämon stürzte sich darauf und verschlang es in einem

Stück – samt Metallfolie. Seine Nasenflügel blähten sich, sein Blick heftete sich auf das restliche Päckchen in meiner Hand.

Ich warf ein weiteres Stück, als Shea und ich uns langsam rückwärts in Richtung der Gasse bewegten.

»Wir müssen echt anfangen, mehr Süßkram mit uns herumzutragen«, flüsterte meine beste Freundin.

»Einverstanden.« *Man weiß ja nie, wann man einem hungrigen Schlangenwurz-Dämon über den Weg läuft.*

Ich warf weiter Kaugummistücke vor den Dämon, aber er verschlang sie, als hätte er seit Wochen nichts gegessen. Und mittlerweile hatten sich ein paar der anderen Dämonen von der Meute gelöst und schnupperten.

Verfluchter Pfefferminzgeruch. Oder Menschengeruch. Ich hatte keine Ahnung, woran es lag, jedenfalls starrten sie uns an, also mussten sie etwas gerochen haben. *Warum kann es in der Hölle kein Pfefferminz geben? Das sollte völlig normal sein.*

»Zeit zu rennen.« Ich schluckte schwer und warf das gesamte restliche Päckchen auf einmal. Shea reichte mir Lincolns Schwert. Ich drehte mich um und wirbelte den Staub vom Boden auf, als ich in vollem Sprint lospreschte, dicht gefolgt von meiner besten Freundin.

»Ich fange an, das Portal zu schließen!«, rief sie. Ihre Hände zeichneten große Bogen in die Luft, während violette Magie um ihre Handflächen tänzelte.

Leider raste ein Castor-Dämon auf mich zu, und ich wusste, dass ich es nicht ohne Kampf rechtzeitig zum Portal schaffen würde.

*Ich habe nicht mehr viel Kraft,* teilte Sera mir mit.

Das hatte ich mir schon gedacht, deshalb hatte ich Lincolns Waffe dabei. Es mochte nicht meine eigene Seelenwaffe sein, trotzdem war es ein mächtiges großes Schwert, und da es an

Lincolns Seele gebunden war, hoffte ich, es würde auch mir helfen.

Als wir den Eingang zur Gasse erreichten, wirbelte ich herum.

Der Castor-Dämon stürmte direkt auf mich zu. Er stieß eine knorrige Hand vor und feuerte einen Energieimpuls ab, der geradewegs auf meinen Bauch zielte. Ich hielt Lincolns Schwert vor mich. Wenngleich es einen Teil des Strahls ablenkte, wurde ich zurückgeschleudert.

»Bri!« Lincolns erstickte Stimme drang durch das Portal und die Gasse entlang zu mir. Er musste beobachtet haben, was vor sich ging, aber ich hatte keine Zeit, ihm Aufmerksamkeit zu schenken.

Dann feuerte Shea ihrerseits einen violetten Energieball auf den potthässlichen Castor-Dämon. Er traf ihn an der Brust, und der Dämon geriet ins Wanken, legte den Kopf in den Nacken und brüllte.

Ich drehte mich um, als ich hinter mir Bewegung wahrnahm. Der Schrei des Kameraden in Not hatte die Meute aufgescheucht.

*Mist.*

*Lauf.* Sera sprach das Offensichtliche aus, aber verdammt, fühlte es sich gut an, ihre Stimme wieder im Kopf zu haben.

Shea hakte die Hand unter meine Achselhöhle und hievte mich in dem Moment auf die Beine, als mich der Castor-Dämon wieder angriff. Abgesehen davon, dass Castor-Dämonen mit kleinen elektromagnetischen Impulsen um sich warfen, besaßen sie nahezu undurchdringliche Haut – außer hinter den Fersen. Woher ich das wusste? Lange Geschichte. Kurzfassung: Es war Sheas Schuld.

»Schließ weiter das Portal. Ich springe rechtzeitig durch!«, rief ich ihr zu.

Auf keinen Fall würde ich diese Meute an mir vorbei zu meinen Freunden und Lieben lassen. Freunden, die mir geholfen hatten, Sera zurückzubekommen.

»Okay!«, gab Shea mürrisch zurück, eindeutig nicht erfreut über meinen Plan.

Nur blieb keine Zeit, um darüber zu diskutieren.

Ich schüttelte Lincolns Schwert ein wenig. »Komm. Werd blau«, drängte ich die Klinge. Ich hatte die Sache mit dem blendenden blauen Licht bei Lincoln schon unzählige Male gesehen, und wenn dieses Schwert ein intelligentes Wesen war, dann würde es vielleicht …

Entlang der Klinge erwachte blaues Licht zum Leben, und ich rannte dem Castor-Dämon in vollem Lauf entgegen. In der linken Hand hielt ich Lincolns Schwert, in der rechten Sera. Wie vermutet reagierte der Dämon mit einem Energiestoß, als ich mich ihm auf einen halben Meter näherte. Mit einem Aufschrei hielt ich Lincolns Schwert wie einen Schild vor mich, und tatsächlich, das blaue Licht löste den Energiestoß auf.

Ich wollte meinem Gegner keine Zeit lassen, einen weiteren Impuls abzugeben, also sank ich auf die Knie und stach mit Seras kurzer, scharfer Klinge in seine rechte Ferse. Er ging mit Gebrüll zu Boden. Um nicht von dem fallenden Dämon zerquetscht zu werden, zog ich den Kopf ein und rollte zur Seite weg, bis ich gegen die Wand der Gasse stieß.

Mittlerweile hatte die Meute uns erreicht. Verdutzt beobachteten die anderen Dämonen, wie der Castor-Dämon in eine sich ausbreitende Lache schwarzen Blutes kippte.

»Komm endlich!«, rief Shea.

Ich sprang auf die Beine, hob Lincolns schweres Schwert vom Boden auf und preschte los.

Mittlerweile maß der Durchmesser des Portals noch ungefähr einen Meter. In der Öffnung erkannte ich Lincolns stinksaures Gesicht und dahinter einen Stapel Kissen – wohl, um meine Landung abzudämpfen.

Lincoln starrte mich wütend an. *Ups.* Dafür, dass wir uns liebten, brachte ich ihn ziemlich oft zur Weißglut.

Heiße Säure traf mich an der Wade, und ich geriet ins Straucheln, als knapp unter meinem Knie brennende Schmerzen explodierten. Mein Sprint wurde zu einem panischen Humpeln.

Alles Blut entwich aus Lincolns Gesicht, und er zog eine Pistole. »Spring!«, brüllte er und hob die Waffe an.

*Oh Gott. Was ist da hinter mir?*

Dass mein Freund eine Waffe auf mich richtete – wenn auch nicht *direkt* auf mich –, fühlte sich ziemlich uncool an. Ich stieß mich mit dem unversehrten Bein vom verkrusteten Boden ab und zog die Klingen so an den Körper, dass sie mich bei der Landung nicht verletzen würden.

Als ich durch die Luft flog, feuerte Lincoln über mich hinweg mehrere Schüsse in die Hölle ab. Ich landete schwer auf dem Kissenstapel. Der Aufprall hatte mir die Luft aus der Lunge gepresst, und ich ließ die Waffen zu Boden gleiten.

Hinter mir ertönten lautes Geschrei und Grunzen. Ich rollte mich von den Kissen und sah gerade noch, wie sich das schrumpfende Portal vor einer Gruppe wütender Dämonen schloss. Mein verfluchter Wadenmuskel brannte wie Feuer, doch ich war schlau genug, mich nicht zu beklagen – sonst würde Lincoln mich wahrscheinlich umbringen.

Ein weiterer Säurestrahl schoss durch die nun winzige Öffnung, und wir alle hasteten zur Seite, um ihm auszuweichen. Dann schloss sich das Portal.

Langsam drehten sich alle Anwesenden in meine Richtung.

Ich hielt Sera hoch. »Hab sie.« Dazu lachte ich zittrig.

Mit steifen Schritten kam Lincoln langsam auf mich zu, die Kieferpartie angespannt. Seine Augen hatte er wie ein Raubtier fest auf mich geheftet, und da wusste ich, dass er tatsächlich stinksauer war. Als er sich zu mir beugte, schlug mein Herz schneller. Aber statt mir auf die Beine zu helfen, griff er nach seinem Schwert, richtete sich auf und steckte die Waffe zurück in die Scheide.

»Heil ihr Bein«, raunte er Noah zu, bevor er auf dem Absatz kehrtmachte und das Zimmer verließ.

*Er ist wütend auf dich. Ich meine,* richtig *wütend.* So nervig Sera sein konnte, ich begrüßte ihre Stimme in meinem Kopf. Nur nicht ausgerechnet in diesem Moment.

*Dein Wissen über menschliche Emotionen verblüfft mich,* teilte ich ihr mit.

*Autsch, Sarkasmus,* zischte Sera.

Noah beugte sich zu mir herab, und er half mir auf. »Mal sehen, womit wir es zu tun haben.«

Ich sah Shea an, die immer noch Schweißperlen auf der Stirn hatte, und griff nach ihrer Hand. »Alles in Ordnung?«

Sie nickte und hielt sich den Bauch. »Mir ist nur ein bisschen schlecht. Dieser Ort … Also, es ist echt hart, sich dort aufzuhalten.«

»Ja«, log ich. Denn ich hatte es in Wirklichkeit nicht so empfunden. Für mich hatte es sich bloß ein wenig … beklemmend angefühlt. Aber nachdem ich mich daran gewöhnt hatte, war es mir gut gegangen.

*Was stimmt nicht mit mir?*

# 13

Lincoln ignorierte mich auf der Busfahrt zurück nach Angel City, und ich fühlte mich mies. Aber ich hatte da reingehen müssen, sonst hätte ich Sera nicht zurückbekommen. Ja, es war leichtsinnig gewesen, aber am Ende hatte alles geklappt.

Erst als sich der Bus der Schule näherte, kam Lincoln zur hintersten Reihe, wo ich allein saß, und ließ sich neben mir nieder. Shea hatte den Platz absichtlich in der Hoffnung frei gelassen, dass er kommen würde.

Steif saß er da, die Augen nach vorn gerichtet. »Wie geht's dem Bein?«, fragte er.

Seine Besorgnis ließ mein Herz ein wenig schmelzen. »Brennt heftig, aber wenigstens blutet es nicht mehr. Noah hat gesagt, es wird wohl eine Narbe bleiben.«

Lincoln nickte knapp, dann sah er mich endlich an. »Schläfst du bei mir?«

Es war Wochenende. An Wochenenden übernachtete ich immer bei ihm. Ich hatte zwar am Sonntag die Familiensache mit Mikey und meiner Mutter, aber das bedeutete nicht, dass ich nicht über Nacht bleiben konnte.

»Du bist stinksauer auf mich. Also warum willst du überhaupt, dass ich bei dir bleibe?«, ging ich in die Offensive.

Er unterdrückte ein Grinsen. »Weil ich dich trotzdem immer liebe, besorgt um dein Bein – und deine geistige Gesundheit – bin und dich deshalb im Auge behalten will. Schlafen werde ich auf der Couch.«

»Oh.« Das tat weh. Nicht der Teil mit der geistigen Gesundheit. So was sagte er andauernd – tatsächlich gehörten solche Wortgefechte zu unserer Form von Flirten. Schmerzlich fand ich eher, dass er auf der Couch schlafen wollte.

Trotzdem konnte ich nicht ablehnen. Ich musste die Sache zwischen uns in Ordnung bringen. Er bedeutete mir alles.

»Ja. Ich schlafe bei dir.« Meine Stimme erreichte kaum Flüsterlautstärke, dennoch hörte er mich und nickte erneut.

Als der Bus an der Schule anhielt, dankte Lincoln allen und erklärte die Mission zu einem Erfolg. Allerdings durchschaute ich sein falsches strahlendes Lächeln. Er war immer noch unheimlich wütend. Mich überraschte, dass er nicht längst aus der Haut gefahren war.

Ich spürte, dass mich eine verbale Tracht Prügel erwartete, sobald wir bei ihm zu Hause wären.

* * *

Und tatsächlich, kaum hatte er die Wohnungstür hinter uns geschlossen, wirbelte er zu mir herum. »Erklär's mir einfach. Warum bringst du dich immer wieder in solche lebensbedrohlichen Situationen? *Willst* du dich umbringen?«

Das saß. Als jemand, den hin und wieder düstere Gedanken heimsuchten, wusste ich, dass man jemandem nicht einfach ins Gesicht klatschte: *Willst du dich umbringen?*

»Nein. Ich liebe mein Leben. Ich liebe dich. Aber ich liebe auch meine Familie. Shea war das Risiko wert. Mikey ist das Risiko wert. Meine Mutter ist das Risiko wert. Sera …«

»Sera ist ein verdammtes Messer!«, fiel er mir wutschnaubend ins Wort.

*Das nehme ich ihm übel,* warf Sera von meiner Hüfte aus ein. Ich versuchte, sie zu ignorieren.

»Ja, für dich. Aber für mich ist sie etwas Besonderes. Ich liebe sie, und ich weiß, das klingt verrückt, aber ich brauche sie auch, um meine Mom zu befreien. Kann schon sein, dass ich mächtig bin, aber *so* mächtig auch wieder nicht. Ich brauche sie, um meine Familie zu beschützen. Gut, ich habe eine riskante Entscheidung getroffen, und das tut mir leid. Aber ich bin nicht in Beverly Hills aufgewachsen, wo jeden Morgen die Sonne golden durchs Fenster geschienen hat, während wir herumgesessen und uns über Engel unterhalten haben. Ich bin aus dem Ghetto, Lincoln!«, schrie ich mit zitternden Händen. »Dort lernt man, um jeden Preis zu überleben. Man geht Risiken ein, weil man jeden Tag damit konfrontiert wird, und in meinem Leben gilt, dass die Familie an *oberster Stelle* steht.«

Mittlerweile war ich dermaßen in Fahrt, dass ich das Gefühl hatte, ich würde ihm Feuer ins Gesicht speien, wenn er mich noch mehr reizte.

Seine Züge fielen in sich zusammen. »Was ist mit mir? Gehöre ich für dich nicht zur Familie?«

Und einfach so nahm er mir den Wind aus den Segeln. Ich hatte das Gefühl zu fallen. Tränen ließen meine Sicht verschwimmen, als ich näher zu ihm trat. »Natürlich tust du das! Du bist … Ich liebe dich so sehr, dass es wehtut«, sagte ich zu ihm.

Er starrte an eine kahle Wand. »Und wenn du heute Abend

nicht aus der Hölle zurückgekommen wärst, weißt du, was du mir damit angetan hättest? Du wusstest, dass ich dir nicht hätte folgen können. Es hätte mich *umgebracht*. Ich wäre *tot*.«

Wie Messerstiche fuhren seine Worte in mich und rissen ein klaffendes Loch in meiner Brust auf. Er betrachtete mich als seine Familie. Seine *einzige* Familie.

»Es tut mir leid.« Gut, wahrscheinlich hätte ich damit anfangen sollen.

Er nickte und zog mich in seine Arme. Sein Kinn senkte sich auf meinen Kopf, und ich spürte seinen warmen Atem im Haar. »Ich kann nicht noch mal einen Verlust verkraften. Verstehst du?«

Ja, das verstand ich. Dasselbe hatte ich mit meinem Vater hinter mir, und auch ich könnte es nicht noch einmal verkraften.

Ich nickte. »Ich bin erschöpft.« Als ich mich von ihm zurückzog, sah ich ihm in die Augen.

Er schaute zur Couch. »Ich werde noch ein bisschen fernsehen und dann hier pennen. Ich muss das erst verdauen.«

Mit gerunzelter Stirn schüttelte ich den Kopf und schlurfte ins Badezimmer davon. Beim Waschen achtete ich darauf, dass die heilende Haut nicht nass wurde, dann putzte ich mir die Zähne und verkrümelte mich ins Bett. Einsam und verunsichert lag ich da und konnte bis 00:36 Uhr nicht einschlafen. Um die Zeit kam Lincoln hereingeschlichen, legte sich neben mich und zog mich an seinen Körper.

Kaum ruhte mein Rücken an seiner warmen Brust, entfuhr mir ein zufriedenes Seufzen.

»Ich hab Pläne für uns, Brielle. Und damit wir sie genießen können, musst du am Leben bleiben«, flüsterte er in mein Haar.

Zum Antworten war ich zu müde, also nickte ich nur und schlief ein.

* * *

Nachdem ich meine Mutter aus Demon City abgeholt hatte, fuhr ich uns hinaus zu Clarks Grundstück. Es lag ziemlich weit draußen, beinahe im Kriegsgebiet, zählte aber noch zu Angel City. Wir hatten die Anweisung erhalten, helle Kleidung zu tragen und im Wagen zu bleiben, bis Clark herauskäme, um uns in Empfang zu nehmen. Der Grund interessierte mich nicht, ich wollte nur meinen Bruder sehen. Außerdem hatte man uns gesagt, wir sollten Mikey nicht umarmen oder berühren, sofern der Körperkontakt nicht von ihm ausging. Anscheinend hatte er immer noch mit seinem Jagdtrieb zu kämpfen. Auch etwas, worüber ich nicht wirklich etwas wissen wollte.

»Mein armes Baby lebt draußen im Wald wie ein Tier«, klagte meine Mutter, als ich die lange Schotterauffahrt zu Clarks Grundstück entlangrollte.

»Na ja, er *ist* ein Tier, Mom. Und Clark konnte ihm helfen. Von daher denke ich, das hier ist der beste Ort für ihn«, meinte ich.

Mein Bruder war ein Wolf, meine Mom erweckte Tote zum Leben, und ich war Luzifers Ausgeburt. Meine Familie war schwer verkorkst, doch im Gegensatz zu meiner Mutter hatte ich gelernt, mich damit abzufinden.

Sie seufzte. »Nicht umarmen. Dieser Alpha-Mann hat gesagt, ich darf meinen eigenen Sohn nicht umarmen!«

*Dieser »Alpha-Mann« versucht bloß, dir zu ersparen, dass dir der Kopf abgebissen wird*, wollte ich sagen, überlegte es mir jedoch anders. »Nur vorübergehend, Mom. Sobald sich Mikey voll im Griff hat, kommt er zu mir ans College, kann danach in die Armee und wird ein schönes Leben haben.«

Sie nickte, wischte sich aber unablässig die Handflächen an der Jeans ab, ihr persönlicher nervöser Tick.

Nachdem wir ein kleines Wäldchen passiert hatten, tauchte ein Haus hinter den Bäumen auf. Eigentlich handelte es sich um eine ganze Ansammlung von Häusern, die alle nur wenige Meter voneinander entfernt standen.

»Die leben hier wie eine kleine Sekte«, hatte sich meine Mutter bereits ein Urteil über den Ort gebildet.

Ich verdrehte die Augen. »Mom«, warnte ich sie, als wäre ich die Mutter und sie die Tochter.

Sie winkte mit einer Hand ab. »Schon gut. Ich werde aufgeschlossen sein.«

Ich nickte. Mehr hatte ich vor Antritt der Fahrt hierher nicht von ihr verlangt.

Langsam rollte ich vor das größte Haus, weil ich davon ausging, dass der Alpha darauf Anspruch erhoben haben würde, und schaltete in die Parkstellung. Innerhalb von Sekunden öffnete sich die Haustür, und Clark kam heraus. Mein Bruder folgte direkt dahinter, neben ihm lief eine hübsche, schwarzhaarige junge Frau. Sie schien in meinem Alter zu sein, strahlte aber eine gewisse Reife aus.

Als sich mein Bruder näherte, fiel mir auf, dass er aussah, als wäre er auf Steroiden oder so. Er war zum totalen Muskelprotz mutiert, und ich hätte ihn echt gern damit aufgezogen, würde es mir aber verkneifen. Zumindest vorläufig.

»Also gut, steigen wir aus.« Ich öffnete die Tür.

Vorsichtig machten wir einige Schritte auf die kleine Gruppe zu und blieben dann etwas betreten vor meinem Bruder stehen, der uns mit einem gequälten Lächeln anstarrte.

»Hey, Mikey. Schön, dich nicht ganz so pelzig zu sehen«, scherzte ich. Das brachte ihn zum Lächeln, wodurch sich zwei große Eckzähne zeigten, die auf die Unterlippe drückten.

Meine Mom schnappte unwillkürlich nach Luft, was sie mit einem verlegenen Hüsteln überspielte. Mikey ließ keine Anstalten erkennen, uns umarmen zu wollen, was wehtat, doch mir war klar, dass er mit einigen inneren Dämonen zu kämpfen hatte.

»Du hast mir gefehlt«, murmelte meine Mutter.

Er nickte. »Du mir auch, Mom.«

Clark sah die schwarzhaarige junge Frau an und nickte, bevor er wortlos davonging.

Komischer Typ.

»Geht's dir gut?«, fragte die Schwarzhaarige.

Mikey nickte knapp. »Das ist Elise.«

Sie trat vor und streckte die Hand aus. »Ich bin Michaels Sponsorin. Ich helfe ihm … sich einzugewöhnen.« Sie schüttelte erst meiner Mutter die Hand, dann mir.

Meine Mom sah mich mit hochgezogenen Brauen an. Ich wusste, dass sie beim Wort »Sponsorin« unwillkürlich an die Anonymen Alkoholiker dachte.

»Setzen wir uns.« Elise zeigte auf einen Picknicktisch ein Stück abseits von Clarks Haus.

»Gefällt's dir hier?«, fragte Mom meinen Bruder und sah dabei Elise an, als würde sie ihr nicht trauen.

Als Mikey lächelte, verblüffte er mich erneut mit diesen riesigen Zähnen. »Ja. Am Anfang war es hart, aber jetzt, da ich es schaffe, in menschlicher Gestalt zu bleiben, spielen wir viel. Ich bin richtig gut im Tischfußball.«

Elise lächelte. »Geht so.«

Er warf ihr einen verlegenen Blick zu. Ja, die beiden standen voll aufeinander.

»Wie alt bist du?«, fragte ich sie rundheraus.

Ihr Blick begegnete meinem, und für einen Wimpernschlag lang blitzten ihre Augen orange. »Zwanzig.«

*Hm, genauso alt wie ich.* Aber ich beschloss, mich zu benehmen und das Thema zu wechseln. »Also, ich habe gehört, im Herbst kommst du an die Schule …«

In dem Moment knackte ein Zweig. Mikeys Kopf wirbelte zum dichten Wald herum, der das Grundstück säumte. Er atmete langsam und tief ein. Seine Nasenflügel blähten sich, seine Augen nahmen die Farbe von Honig an. Meine Hand senkte sich zu der Klinge an meinem Oberschenkel, und meine Mutter lehnte sich zu mir.

Elise spannte den gesamten Körper an, als wappnete sie sich, Mikey zu Boden zu ringen, wenn es sein müsste.

»In der Nähe ist ein Kaninchen«, erklärte Mikey.

Elise nickte. »Willst du jagen gehen?«

Mikey schüttelte den Kopf. »Ich denke, meine Mom und meine Schwester sollten gehen.«

Ohne ein weiteres Wort sprang Elise vom Tisch auf. Sie scheuchte meine Mutter und mich zum Auto, ließ uns einsteigen und forderte uns auf, die Türen zu verriegeln. Mein doofer kleiner Bruder, den ich immer aufgezogen hatte, war tatsächlich eine gefährliche Bestie. Was für ein Schock.

»Es wird alles gut«, belog ich meine Mutter.

Sie erwiderte nichts und weinte während der gesamten Rückfahrt.

Vielleicht sah so Mikeys neues Leben aus. Vielleicht konnte er das Tier in ihm nur bändigen, indem er mit seinem Rudel zusammenlebte. Wenn dem so wäre, würde ich mich damit abfinden müssen. Nicht unbedingt, was ich mir für unsere Familie vorgestellt hatte, aber er schien einigermaßen glücklich zu sein.

Zumindest gewöhnte er sich allmählich daran. Mehr konnten wir wohl nicht verlangen.

# 14

»Alles klar! Wir sind beim Finale angelangt, wer das nächste Rennen gewinnt, wird Sieger der diesjährigen Strandspiele!«, rief Noah durch sein Megafon.

Lincoln und ich bildeten mit Noah und Shea ein Team. Wir hatten die Jungs zu diesem Pärchending überredet, und jetzt hatten wir gute Chancen, den Sieg einzuheimsen.

Ich warf einen Seitenblick auf Tiffany. Shea hätte Noah um ein Haar umgebracht, als er Tiffany eingeladen hatte. Allerdings gehörte sie wegen ihrer dämlichen Eltern, die ich nie kennengelernt hatte, wohl irgendwie zur Familie. Diese angeblich so tollen Eltern waren mit Noahs und Lincolns Eltern befreundet, deshalb mussten wir Tiffany einbeziehen. Und zu allem Überfluss machte uns ausgerechnet das Miststück den ersten Platz streitig. Sie hatte irgendeinen Macker als letztes Mitglied ihrer Gruppe angeschleppt, einen Celestial, der schon vor Jahren seinen Abschluss gemacht hatte und inzwischen auf die dreißig zugehen musste.

»Wählt einen Vertreter aus, der den Hindernisparcours schwimmt!«, brüllte Noah ins Megafon.

Wieder schnellte mein Blick zu Tiffany, die mit den Schultern rollte. »Ich habe drei Jahre hintereinander die landesweiten Ausscheidungen der Schwimmnationalmannschaft gewonnen«, trällerte sie. »Ich mach das.«

Ihre beiden Lakaien und der ältere Celestial nickten nur.

»Ich übernehme das für uns!«, rief ich meinem Team zu.

Lincoln runzelte die Stirn und senkte die Stimme. »Schatz, nichts für ungut, aber ich bin der bessere Schwimmer.«

Ich funkelte ihn an. »Wir reden hier von Tiffany«, sagte ich nur.

Kapitulierend warf er die Arme hoch, und Shea grinste. »Du, falls sich die Gelegenheit ergibt, sie zu ertränken …«

»Ladys, bitte. Wir wollen hier positive Schwingungen«, mischte sich Noah ein.

Shea funkelte ihn böse an, und Noah wich zwei Schritte zurück. Wann würden die Jungs endlich lernen, dass sie sich nicht in unsere Fehde einmischen sollten?

Ich nickte Shea zu. Offensichtlich hatte ich nicht vor, Tiffany zu ertränken. Aber falls ihr Auge versehentlich Bekanntschaft mit meinem Ellbogen machte, tja dann … *ups.*

Noah hob das Megafon erneut an die Lippen. »Also gut, Wettstreiter, macht euch bereit.«

Tiffany und ich gingen zur in den Sand gezogenen Startlinie. Weil wir an erster und zweiter Stelle lagen, absolvierten wir die erste Runde. Blake stand mit einer Stoppuhr an der Linie.

»Im Wasser sind Hindernisse. Um zu gewinnen, müsst ihr durch die vier Hula-Hoop-Reifen schwimmen, euch den Spielzeugseehund schnappen und es hierher zurückschaffen. Es ist alles erlaubt.«

Tiffany zog den Reißverschluss ihres Neoprenanzugs zu und grinste. »Klingt lustig.«

Ich hatte Mühe, meinen wohlgeformten Hintern in den Neoprenanzug zu zwängen. Schließlich bekam auch ich mit etwas Hilfe von Shea den Reißverschluss zu und stellte mich neben Zickany.

»Bereit, Erzi?«, fragte sie höhnisch.

*Mögest du hundert Tode sterben,* verwünschte Sera, die sich in Sheas Händen befand, meine Gegnerin.

Ich kicherte, dann ertönte die Pfeife.

Tiffany preschte los, als stünde ihr Hintern in Flammen, und ich hastete hinter ihr her. Meine Füße sanken tief in den Sand. Die kleine Menschenansammlung jubelte, als Tiffany das Wasser erreichte und wie ein verdammter Fisch davonglitt. An ihren Schwimmkünsten gab es leider nichts auszusetzen.

Auch ich hechtete vom Strand in die Fluten. Kaum war mein Gesicht in das eisige Oktobermeer getaucht, hätte ich vor Schreck über die Kälte fast einen ganzen Schwall Wasser eingeatmet. Tiffanys Fuß befand sich unmittelbar vor meinem Gesicht. Spontan streckte ich die Hand aus, packte ihn und zog daran. Ja, schon klar, schmutziger Trick und so, aber Noah hatte gesagt, *alles wäre erlaubt.* Also zog ich sie zu mir, glitt über sie und schaffte es so zum ersten Reifen. Kaum hatte ich mich durch den violetten, glitzernden Hula-Hoop-Reifen geschlängelt, verpasste Tiffany mir einen gewaltigen Schlag auf den Rücken.

Von der Wucht ihres Volltreffers unter Wasser gedrückt, tauchte ich hastig wieder auf, um nach Luft zu schnappen. Tiffany hatte mich überholt, doch ich strampelte mit den Beinen wie verrückt. Ich musste diesen verflixten aufblasbaren Seehund erobern. Ich konnte sehen, wie er auf den Wellen auf und ab wogte.

*Mach sie fertig!,* feuerte Sera mich vom Ufer aus an.

Hin und wieder fragte ich mich, welche Entfernung die gedankliche Verbindung zwischen Sera und mir überwinden konnte.

Mit frischer Kraft schob ich mich durch den nächsten Reifen und holte Tiffany ein, als sie gerade den dritten Reifen durchschwimmen wollte. Ich wiederholte das Manöver von zuvor, zerrte an ihrem dürren Bein und zog sie hinter mich, bevor ich selbst mühelos durch den dritten Reifen tauchte. Diesmal jedoch war ich auf ihren Schlag vorbereitet und drehte mich unter Wasser. Ihre Faust verfehlte meinen Rücken nur um Zentimeter. Ich trat mit einem Fuß aus und traf sie mitten in den Schritt.

*Verdammt.* Ich hatte noch nie eine Frau an diese Stelle getreten. Fühlte sich irgendwie übel an. Aber da es sich um Tiffany handelte, verflog das Gefühl ziemlich schnell. Sie tauchte auf, um Luft zu holen, während ich durch den vierten Reifen schoss. Knapp zwei Meter von mir entfernt sichtete ich den Seehund – ich würde so was von gewinnen!

Ich strampelte wie verrückt, und als sich meine Finger um eine Flosse des Seehunds legten, entfuhr mir ein triumphierender Aufschrei. Meine Freude währte allerdings nur kurz. Kaum hatte ich gewendet, um mit meiner süßen Beute zum Ufer zu kraulen, sah ich, wie Tiffany einen violett leuchtenden Zauber aus ihrer Hand entließ.

Instinktiv wollte ich untertauchen, um nicht davon getroffen zu werden – was immer es sein mochte. Aber ich war erst halb unter Wasser, als das violette Licht über meinem Kopf explodierte und meine Gliedmaßen erschlaffen ließ. Tiffany schnappte mir den Seehund weg und blies mir einen Luftkuss zu.

»Entschuldige, Erzi.«

Wut brodelte dicht unter meiner Haut, während ich träge paddelte, um mich über Wasser zu halten. Mir fehlte es sowohl an Grazie als auch an Geschwindigkeit, als wäre ich selbst ein übergewichtiger Seehund. Tiffany düste davon wie eine Olympia-Schwimmerin, während ich unter dem Einfluss des Zaubers auf meinen Körper schon Mühe hatte, mich überhaupt vorwärtszubewegen.

*Mein Körper …* Da kam mir eine Idee. Noah hatte gesagt, wir müssten durch die vier Reifen schwimmen, den Seehund holen und es zurück zum Ufer schaffen. Er hatte nicht gesagt, dass wir zurück zum Ufer *schwimmen* mussten. Ich fragte mich, ob sich Tiffanys Zauber auch auf meine Flügel auswirkte, die nicht ausgefahren gewesen waren, als sie ihn benutzt hatte.

Rasch öffnete ich den oberen Teil des Reißverschlusses an meinem Neoprenanzug, um den Rücken freizulegen. Ein spitzer Aufschrei entfuhr mir, als das kalte Wasser meine Haut berührte und mir den Atem verschlug. Sobald ich den Anzug bis zur Taille geöffnet hatte, klappte ich die Flügel aus und flatterte damit über das Wasser.

*Teufel auch, ja!*

Die Menge am Strand tobte.

Tiffany befand sich noch etwa sechs Meter vom Ufer entfernt, als sie zum Luftholen auftauchte und den Jubel hörte. Wahrscheinlich dachte sie, er würde ihr gelten. Wie niedlich.

Als sie wieder abtauchte, hob sie die Hand, mit der sie den Seehund hielt, über die Wasseroberfläche. Meinen trägen Körper nach vorn zu schwenken, um das Plastik-Schwimmtier im Vorbeiflug zu packen, war knifflig, aber als sich meine Finger um seine Schwanzflosse legten, riss ich daran, so fest ich konnte.

Tiffany tauchte auf und kreischte, während ich schnurstracks aufs Ufer zusteuerte, wo alle brüllten und klatschten. Lincoln grinste von einem Ohr zum anderen und trotzdem nicht so breit wie Shea. Als ich auf dem Sand landete und langsam über die Ziellinie trat, konnte ich spüren, wie der auf meinen Gliedmaßen lastende Zauber nachließ.

Noah erklärte mich zur Siegerin. Tiffanys Anblick erinnerte stark an eine ertrunkene Ratte, und ein bösartiges Funkeln blitzte in ihren Augen.

Falls unsere Fehde zuvor fast erloschen war, hatte ich sie soeben neu angefacht.

* * *

Die nächsten drei Monate verliefen recht ruhig. Shea und ich trainierten mit Noah und Lincoln, um die Kampfnacht zu gewinnen, und an einem Wochenende im Monat fuhren wir hinaus in das deprimierende Kriegsgebiet. Wenngleich Lincoln mich immer für die langweiligen, sicheren Aufgaben einzuteilen schien, zum Beispiel dafür, Wasser in die Lager der Armee zu liefern.

Vor ein paar Wochen waren Shea und ich von einer Ratte in unserem Zimmer geweckt worden. Da niemand sonst in der Schule ein Rattenproblem hatte, vermuteten wir Tiffany dahinter.

An diesem Montag gingen mir beim Kampfunterricht die verschiedensten Möglichkeiten durch den Kopf, wie ich Zickany fertigmachen und es wie einen Unfall aussehen lassen könnte.

Shea und ich übten Bewegungsabläufe, als Noah hereinkam. Meine beste Freundin grinste und wollte ihren Lover gerade begrüßen, als wir seinen Gesichtsausdruck bemerkten.

Mein Magen krampfte sich zusammen. Irgendetwas stimmte nicht.

Der normalerweise stets blendend aussehende Celestial schwitzte und schaute drein, als wäre ein Welpe gestorben. »Ich brauche Brielle und Shea, die beiden müssen mit mir kommen«, wandte Noah sich an unseren Professor, der zustimmend nickte.

Wir folgten Noah aus dem Raum. Als wir uns im Flur befanden, vergewisserte er sich, dass wir allein waren, bevor er sich zu uns umdrehte.

»Was ist los?« Shea streckte die Hand nach ihm aus.

»Lincoln ist entführt worden.« Die Welt schien stillzustehen.

*Lincoln. Entführt.* Mein Gehirn weigerte sich, das zu verarbeiten. Der Boden schwankte ein wenig, während mein Herz wie ein Presslufthammer schlug und Adrenalin durch meinen gesamten Körper pumpte. Shea legte den Arm um mich, als ich schließlich die Stimme wiederfand.

»Erzähl mir alles, Noah. Wann? Von wem? Was wird unternommen, um ihn zu finden?« Ich hatte in den Kriegerinnenmodus geschaltet, verdrängte alle Emotionen und dachte praktisch. Das hatte Lincoln mir beigebracht. Eine verzweifelt flennende Freundin würde ihn nicht finden.

Noah verzog das Gesicht zu einer Grimasse. »Wir waren auf Patrouille in Inferno, als die Armee der Verdorbenen aus dem Nichts aufgetaucht ist. Ein Van kam auf uns zu, und jemand hat Lincolns Namen gerufen. Als Nächstes hat jemand einen Rauchzauber auf uns geschleudert, und ich habe Reifen quietschen gehört. Dann war Lincoln weg. Ich bin rauf in die Luft, um dem Van zu folgen, aber die haben irgendeine ausgeklügelte Magie verwendet, um ihn zu verbergen.«

Ich hatte das Gefühl, mich übergeben zu müssen. Armee der Verdorbenen. Diese Ärsche von der Tainted Academy hatten damals bei der Anmeldung Lincolns Namen gekannt, und das hatte ihn beunruhigt. Kämpften sie neuerdings da draußen für die Dämonen? Versklavten sie Menschen für ihre Zwecke? Allein bei dem Gedanken wurde mir speiübel.

Ich fing an, in dem kurzen Gang auf und ab zu laufen. »Raphael. Michael. Was unternehmen sie gerade?«

»Vor einer Stunde haben sie ein Rettungsteam zusammengestellt, aber unsere Lichtmagier können ihn nicht finden. Sogar Claymore ist ratlos.«

*Oh mein Gott.* Das verkraftete ich nicht. Ein ersticktes Schluchzen drang aus meiner Kehle. Nun bröckelte meine Knallharte-Bitch-Fassade doch.

Shea legte mir die Hände auf die Schultern. »Wir finden ihn. Wenn Dunkelmagier ihn verstecken, muss es irgendeine Möglichkeit geben, ihn aufzuspüren.«

Ich hatte vergessen, dass ich Sera bei mir hatte, bis sie an meiner Hüfte vibrierte.

*Lincoln kann ich zwar nicht finden, aber sein Schwert. Wenn er es noch bei sich hat, können wir ihn so aufspüren.*

Ihre Worte machten mir neuen Mut. »Noah, hatte Lincoln sein Schwert bei sich, als sie ihn entführt haben?«

Noah runzelte zwar die Stirn, nickte aber. »Ja, hatte er.«

*Ich kann andere Ewigkeitswaffen aufspüren, denen ich schon begegnet bin.*

Das verstand ich zwar nicht, aber Sera war Lincolns Waffe schon unzählige Male »begegnet«.

»Sera kann seine Ewigkeitswaffe aufspüren«, verkündete ich und setzte mich im Laufschritt in Richtung Parkplatz in Bewegung.

»Spitze! Ich gebe Michael Bescheid«, rief Noah hinter mir her und zückte sein Handy.

Wir hasteten zum Parkplatz, wo Darren am Steuer seines SUVs saß und Blake auf dem Beifahrersitz. Rasch klärte ich sie über die Neuigkeiten auf, dann zwängten Noah, Shea und ich uns auf die Rückbank des Wagens, und wir rasten los.

Während der gesamten Fahrt wiederholte ich unablässig wie ein Mantra: *Lincoln geht's gut, Lincoln geht's gut.* Es *musste* ihm gut gehen. Eine Welt, in der Lincoln verschollen oder tot war, konnte und wollte ich mir nicht mal vorstellen. Ich fühlte mich körperlich krank. Meine Hände zitterten vor lauter Adrenalin.

Als wir das Basislager im Kriegsgebiet erreichten, stiegen wir rasch aus. Michael und ein zwanzigköpfiges Bataillon warteten bereits.

»Brielle!« Michael klang vergnügt.

Mr Claymore und Raphael waren bei ihm.

»Ist es wahr? Sera kann Lincoln aufspüren?«, wollte Raphael von mir wissen. Stolz strahlte in seinen Augen.

Ich nickte.

*Ich brauche nur ein bisschen Erzengelblut. Vorzugsweise von Michael,* teilte Sera mir mit.

Meine Augen drohten mir aus dem Gesicht zu fallen.

*Was? Davon hast du nie was gesagt!*

*Na ja, wie soll ich seine Waffe denn sonst finden? Ich brauche ein bisschen mächtiges Blut, um meine Magie zu wirken,* erklärte sie mir nüchtern, als wäre das völlig logisch.

Blutmagie. Meine Waffe beherrschte Blutmagie.

*Soll ich etwa einfach einen von denen um sein Blut bitten?,* gab ich gereizt zurück und verzog verärgert das Gesicht.

Michael runzelte die Stirn. »Stimmt etwas nicht?«

Ich lachte nervös, und nun sah mich Raphael an, als wäre ich übergeschnappt.

*Es muss von einem der Erzengel sein, die Lincoln mit Macht gesegnet haben, also geht eigentlich jeder der beiden,* kam von Sera, als wäre das irgendwie hilfreich.

Fahrig strich ich mir mit der Hand durchs Haar. »Na ja, wie es aussieht, braucht Sera wohl Erzengelblut, damit ihr Suchzauber wirkt, also …«

*Bitte lass mich im Erdboden versinken.*

Michael trat vor, eine Welle seiner mächtigen Aura schlug mir entgegen, und er streckte mir einen Arm hin. »Kein Problem. Ich vertraue dir, Brielle.«

Der Blick dieser leuchtenden blauen Augen schien geradewegs in meine Seele zu dringen, und ich hätte beinahe die Brust bedeckt, um mich davor zu verstecken. Ich fühlte mich so ungeschützt, so … verwundbar.

Der Erzengel Michael vertraute mir. Engelsblut erzielte auf dem Schwarzmarkt einen stattlichen Preis, und er vertraute mir.

*Jetzt mach schon, womöglich wird Lincoln gerade gefoltert!,* drängte Sera und ließ mich leicht zusammenzucken.

Ich schüttelte Michaels lähmenden Bann ab und zog Sera.

*Nur eine kleine Kostprobe, mehr brauch ich nicht,* sagte sie.

*Igitt.*

Zögerlich ließ ich die Klinge über den oberen Teil von Michaels ausgestrecktem linkem Unterarm gleiten. Er zuckte nicht mal, ich hingegen sehr wohl.

Ich hatte gerade den Erzengel Michael geschnitten. Ich würde so was von in der Hölle schmoren.

*Oh, lecker. Er schmeckt noch besser, als er riecht.*

*Oh … mein … Gott.* Ich verzog das Gesicht.

*Du hast schwer einen an der Waffel,* teilte ich meiner Klinge mit.

Schien ihr egal zu sein. *Rein ins Auto. Ich kann Lincolns Schwert spüren.*

*Erleichterung überkam mich.* »Sie hat ihn!«

Ich rannte zum Wagen. Noah sprang auf der Fahrerseite rein, ich auf der Beifahrerseite. Der Rest unserer Truppe stieg hinten ein. Michael und seine Krieger folgten uns in einem Mannschaftsbus der Engelsarmee. Die Scheiben des Wagens waren so dunkel getönt, dass man nicht hineinsehen konnte.

Hoffentlich würden wir nicht auffallen.

*Nach rechts,* sagte Sera plötzlich.

»Nach rechts!«, brüllte ich. Noah trat auf die Bremse, bevor er das Lenkrad herumriss, um die Kurve zu nehmen.

Ich murmelte ihm eine Entschuldigung zu und forderte Sera auf, den nächsten Richtungswechsel etwas früher anzukündigen.

*Geht nicht. Nach links,* rief sie.

»Hier nach links!« Ich zeigte auf die Querstraße, an der wir schon beinahe vorbeigefahren waren.

Die Reifen quietschten, als wir es gerade noch schafften abzubiegen. Noah warf mir einen finsteren Blick zu.

»Sie kann nicht anders! Fahr langsamer«, fauchte ich ihn an.

»Ja«, stärkte mir Shea den Rücken.

Noah seufzte, trat auf die Bremse und verlangsamte die Fahrt auf Kriechgeschwindigkeit. Träge bahnten wir uns den Weg in die Stadt namens Inferno. Wir fuhren fast bis an den äußeren Stadtrand, den hohe Tore begrenzten, an denen haufenweise Dämonenwächter postiert waren.

»Was ist dahinter?«, flüsterte ich, während ich auf die Tore starrte.

»Wir nennen die Stadt Limbo. Sie ist eine Hochburg der Dämonen«, erklärte Noah.

Oh nein. Wenn Lincoln da drin wäre, würde ich heulen.

*Links und halt. Er ist hier. Das große Backsteingebäude vor uns,* teilte Sera mir mit.

Ich gab ihre Worte an Noah weiter. Wir bogen nach links ab und blieben stehen. Tatsächlich befand sich vor uns ein großes Industriegebäude aus rotem Backstein. Ich fühlte mich zu unserem Spießrutenlauf zurückversetzt.

*Wie kannst du ohne Augen eigentlich sehen?,* fragte ich Sera.

*Ich bin eine Engelsklinge. Ich brauche zum Sehen keine Augen,* gab sie zurück.

*Angeberin.*

Niemand von uns traute sich, den Wagen zu verlassen. Wir fürchteten, der Feind könnte uns bemerken und Lincoln entweder töten oder woandershin bringen.

»Ich habe einen Plan«, meldete sich Michael über Funk. »Unser Lichtmagier sagt, das Gebäude wird schwer bewacht, und ich will niemanden auf uns aufmerksam machen. Brielle, fühlst du dich bereit für eine Mission?«

*Um meinen Freund vor den Pennern der Armee der Verdorbenen zu retten? Scheiße, ja!*

»Ja, Sir«, antwortete ich. Raphael durfte man auch mit »Raph« ansprechen, Michael hingegen immer mit »Sir«.

»Dann lass uns fliegen.« Und damit war die Leitung tot.

Noah drehte sich mir zu. »Bist du sicher, dass du bereit dafür bist? Du kannst auch nein sagen.«

Ich verdrehte die Augen. »Soll das ein Scherz sein? Natürlich werde ich Lincoln helfen.«

Noah zuckte mit den Schultern. »Lincoln würde wollen, dass ich wenigstens versuche, dich davon abzuhalten. Jetzt kann ich sagen, dass ich's getan hab. Viel Glück. Sobald ihr ihn habt, sind wir zur Stelle.« Er klemmte mir ein Walkie-Talkie an den Gürtel und nickte.

Lincoln würde in der Tat wollen, dass Noah mich beschützte, weil sonst immer er selbst auf mich aufpasste. Bei dem Gedanken krampfte sich mein Herz zusammen.

*Ich komme.*

Shea streckte die Hand aus und drückte meinen Oberarm. Ich drückte meinerseits ihre Hand, bevor ich ausstieg. Michael erwartete mich am Bordstein. Er trug einen Kapuzenpullover. Die Flügel hatte er so weit wie möglich angelegt, vermutlich, um wie ein gewöhnlicher Passant zu wirken.

Kaum stand ich neben ihm, marschierte er los.

»Wir landen auf dem Dach. Damit werden sie nicht rechnen. Wenn wir drin sind, schlage ich für dich eine Schneise zu Lincoln. Ich vermute, er ist gefesselt. Du befreist ihn und rufst Verstärkung.«

Ich nickte. Klang nicht allzu schwierig.

Michael packte mich am Arm. »Falls du zu irgendeinem Zeitpunkt das Gefühl hast, in Lebensgefahr zu sein, zerbrichst du ein Fenster und fliegst raus, verstanden?«

*Auf keinen Fall.*

»Ja, Sir.«

Er grinste so verschmitzt, dass ich wusste, er hatte meine Gedanken gelesen.

Dann fuhr er die Flügel aus und schoss vom Straßenpflaster himmelwärts. Ehrfürchtig starrte ich zu ihm hoch und bewunderte seine spektakulären Flugkünste.

*Jetzt schwing dich endlich rauf, du Trantüte!*, rief Sera.

*Oh Mist. Richtig.*

Meine Schwingen fuhren aus, und ich folgte dem Erzengel,

schlug mit den schwarzen Flügeln und schraubte mich hoch über Inferno. Es war eine schaurige Stadt, voll von Dämonen, Armut und Tod. Am liebsten hätte ich die Menschen sofort befreit, die darin festsaßen.

Die Luft war eiskalt, da wir ziemlich hoch flogen. Höher als sonst bei Übungsflügen mit Lincoln.

Plötzlich drehte Michael am Himmel bei und ging in den Sturzflug, dicht gefolgt von mir. Ich hatte nicht vor, mein Leben ohne Lincoln Grey weiterzuführen.

Wir landeten auf dem Dach. Michael zögerte keine Sekunde und streckte den Eisenhut-Dämon nieder, der Wache hielt. Sein Schwert fuhr *buchstäblich* durch den Dämon, als bestünde er aus Butter. Es zog dabei eine Schneise aus blauem Feuer. Ein zugleich beeindruckender und abstoßender Anblick.

Danach benutzte Michael das Schwert, um ähnlich mühelos den Türgriff zu beseitigen. Allmählich fing ich an zu verstehen, wieso Dämonen sein Schwert als so wertvoll betrachteten.

Michael spähte durch die geöffnete Tür hinein und wich gerade noch rechtzeitig zurück, um keine Säure ins Gesicht zu bekommen.

Verdammt, diese Schlangenwurz-Dämonen schienen wie Unkraut zu wuchern! Michael streckte auch diesen Gegner nieder, während ich dumm dastand, Sera in der Hand hielt und wartete, ob er Hilfe brauchen würde.

Brauchte er nicht.

Zu zweit rannten wir die Treppe hinunter, bis wir zu einer geschlossenen Tür gelangten.

*Griff abschneiden, Dämonenwächter töten, Klinge säubern und wiederholen.*

Wir hatten uns drei Ebenen nach unten gekämpft, als ich

ihn hörte. Ein Stockwerk tiefer hatte Lincoln einen erstickten Schrei ausgestoßen.

»Lincoln!«, brüllte ich. Mein gesamter Körper spannte sich an, als mein Kampfinstinkt einsetzte. Ich wirbelte herum, stürmte durch die Tür und überließ es Michael, gegen den Eiben-Dämon in dieser Etage zu kämpfen. Ich rannte in vollem Tempo die Treppe hinunter und erreichte das nächsttiefere Stockwerk gerade rechtzeitig, um zu sehen, wie zwei große Studenten der Tainted Academy Lincoln zur Tür hinausschleppten. Er schien halb bewusstlos zu sein. Dicke Lederriemen fesselten seine Fuß- und Handgelenke und seine Flügel.

*Was fällt denen ein!*

Rasende Wut explodierte in mir, als ich Sera vor mich streckte und einen wilden Schlachtruf ausstieß. Meine Klinge pulsierte mit einem so blendenden weißen Licht, dass die Männer, die Lincoln gepackt hielten, ihn loslassen mussten, um die Augen zu bedecken. Ich griff an, stach auf den mir am nächsten stehenden Kerl ein, traf ihn an der Seite und versenkte meinen Dolch in seinem Brustkorb.

*Wer meinen Mann entführt, kriegt meine Klinge zu spüren.*

Stöhnend ging er zu Boden, und ich nahm mir, ohne zu zögern, den Nächsten vor. Erfreulicherweise war der immer noch vorübergehend geblendet, allerdings schien er ein Dunkelmagier zu sein. Ich ließ Sera auf seinen ausgestreckten Arm niedersausen und schlitzte ihm ein X in die Haut.

Während er abgelenkt war, zog ich mein Walkie-Talkie vom Gürtel. »Ich hab Lincoln. Schickt Verstärkung.«

Kaum hatte ich das Funkgerät zurückgesteckt, sah ich eine zornig-rote magische Kugel auf mein Gesicht zurasen. Ich lehnte mich weit nach hinten, um nicht davon getroffen zu werden, fiel dabei jedoch zu Boden.

Da bemerkte ich, dass Michael meinen kleinen Kampf lässig von der Treppe aus beobachtete. Wie lange stand er schon dort?

»Warum schaffst du nicht Lincoln raus? Und ich bringe das hier zu Ende.« Er zwinkerte.

*Wow.* Sein Zwinkern bewirkte Merkwürdiges in meinem Innersten. Das Zwinkern eines sexy Erzengels war wie ein zweifaches Zwinkern von Lincoln.

Ich nickte vom Boden aus. Michael sprang über mich hinweg, um sich des zweiten Mistkerls von der Tainted Academy anzunehmen.

»Brielle«, krächzte Lincoln.

Sofort sprang ich auf und begann, zuerst die Fesseln an seinen Flügeln, dann an seinen Fußgelenken und schließlich an seinen Händen durchzuschneiden. Dank Seras Hilfe dauerte es insgesamt keine Minute.

Ich schnappte mir Lincolns rechten Arm und hievte ihn mir über die Schultern, damit er sich auf mich stützen konnte. So stiegen wir die Stufen ins Erdgeschoss hinunter.

»Ich kann nicht glauben, dass Noah dich hat herkommen lassen«, raunte Lincoln verärgert.

»Freut mich auch wahnsinnig, dich zu sehen.« Ich verdrehte die Augen. »Bin froh, dass du noch lebst«, fügte ich knapp hinzu. Er hinkte. Diese Typen hatten ihn eindeutig verletzt.

Seufzend blieb Lincoln stehen und drehte sich im dunklen Treppenhaus zu mir um. »Danke fürs Kommen. Ich bin froh, dich zu sehen«, gab er zu.

Schon besser.

Ich hörte Schritte die Treppe heraufkommen und hielt Sera vor mich, bereit, jeden, der uns aufhalten wollte, zu blenden.

Als Noahs Kopf über das Geländer spähte, entspannte ich mich.

»Oben.« Ich deutete dorthin, wo Michael sich befand.

Noah stürmte die Treppe zwei Stufen auf einmal nehmend hinauf und hielt nur kurz inne, um seinem besten Freund auf die Schulter zu klopfen. Als wir es schließlich nach draußen schafften, wartete eine besorgt dreinschauende Shea bei laufendem Motor im Auto auf uns. Sobald wir im Wagen saßen, fragte ich Lincoln, was mir schon die ganze Zeit unter den Nägeln brannte.

»Was wollte die Tainted Academy von dir?«

Lincoln knurrte. »Vielleicht bloß persönliche Rache dafür, dass ich damals auf dem Campus war. Nur hat der Typ alles über mich gewusst, von daher denke ich, es steckt noch mehr dahinter.«

*Drecksäcke.*

Von nun an würde ich genau so ein Auge auf Lincoln haben, wie er ein Auge auf mich hatte. Wie es aussah, schwebte ich nicht als Einzige in Gefahr.

# 15

Zwei Wochen nach seiner Entführung war Lincoln vollständig geheilt und blaffte wie üblich Befehle.

»Der große Kampf ist nächstes Wochenende!«, begann er unser wöchentliches Training und sah Shea und mich eindringlich an. »Deshalb legen wir heute noch eine Schippe drauf. Wir machen etwas Realistischeres«, verkündete er.

Mit hochgezogenen Augenbrauen sah ich Shea an. Wir hatten bei jeder Gelegenheit wie Maschinen trainiert; ich war mir nicht sicher, ob wir durch eine »Schippe drauflegen« noch etwas Neues lernen würden.

Da öffnete sich die Doppeltür, und Tiffany trat mit einem ihrer Schafe ein – Tiffany 2.0.

»Du bist früh dran. Ich hab's ihnen noch nicht gesagt«, raunte Lincoln der blonden Lichtmagierin zu.

»Äh, was gesagt?« Ich durchbohrte ihn mit einem bitterbösen Blick. Wenn er dachte, ich würde gegen Tiffany kämpfen, hatte er sich gründlich getäuscht. Ich würde sie nämlich umbringen und in den Knast wandern, und das wäre übel.

»Nein, nein.« Shea hob die Hände. »Schlechte Idee. Wir werden uns gegenseitig umbringen.«

Lincoln bedeutete den beiden Tiffanys, näher zu kommen. »Ich weiß, dass ihr euch nicht ausstehen könnt, deshalb ist das eine ideale Möglichkeit, euer Können im Kampf zu testen. Die Treffer werden echt sein. Bis zum eigentlichen Kampf habt ihr noch eine Woche zum Heilen. Außerdem hat Mr Claymore einen Trank gebraut, der euch davon abhält, ernsthafte Schäden anzurichten – keine abgetrennten Gliedmaßen, keine Todesstöße. Ich hab's gestern Abend selbst an Noah ausprobiert.«

Noah winkte aus dem hinteren Teil des Raums. Als Shea zu ihm rübersah, zwinkerte er.

»Und warum sollte ich Erzi bei der Vorbereitung für ihren kleinen Todeskampf helfen?«, wollte Tiffany wissen und verschränkte die Arme vor der Brust.

Lincoln lächelte, als hätte er ein Tier in eine Falle gelockt. »Weil du schon seit dem Tag, an dem sie hier angekommen ist, davon träumst, ihr ins Gesicht zu schlagen. Jetzt hast du die Chance.«

Sie grinste. »Stimmt. Na schön, ich bin dabei.«

Ich hob die Hand, und Lincoln nickte mir zu.

»Nur eine Frage: Wird Mr Claymores Zauber verhindern, dass ich ihr die Haare ausreiße?« Ich zückte Sera und nahm geduckte Kampfhaltung ein.

Shea schnaubte und versuchte, damit ein Lachen zu verbergen. Tiffany baute sich vor mir auf. Feuer schimmerte in ihren Augen.

Oh ja. Von dem Tag träumte ich seit fast zwei Jahren. Es würde so was von zur Sache gehen.

»Langsam, langsam. Reden wir über die Regeln«, sagte Lincoln eindringlich.

»Scheiß auf die Regeln. Gib uns den Trank«, spie Tiffany hervor.

Lincoln sah mich an, und ich nickte. Ich würde dieses Gebräu hinunterstürzen und ihr dann den Kopf abreißen.

»Verdammt, das muss ich filmen«, meinte Noah grinsend aus der Ecke der Trainingshalle.

Ich richtete Sera auf ihn, und sie feuerte einen kleinen Lichtimpuls ab. Mit einem spitzen Aufschrei ließ er sein Handy fallen.

»Kannst du knicken«, rief ich aufbrausend.

Er stöhnte und riss die Hände hoch. »Schon gut, schon gut.«

Lincoln reichte mir ein Schnapsglas, randvoll mit einer dunkelvioletten Flüssigkeit. Wortlos setzte ich es an die Lippen und kippte das Zeug hinunter.

*Verdammt, war das eklig*. Wie schwarze Lakritze und körniger Sand.

Tiffany trank ebenfalls, gefolgt von Shea und zuletzt Tiffany 2.0.

»Also gut, in …«

Ich schnitt Lincoln das Wort mit einem Schlachtruf ab. Das Miststück würde Staub schlucken.

Wild griff ich mit dem Dolch an und traf Tiffany am Arm. Blut quoll aus der Wunde.

»*Das* war für Luke«, teilte ich ihr mit.

Verdattert starrte sie auf ihren blutenden Arm hinab. Ich verlor keine Zeit und setzte nach. Das würde episch werden.

Ich holte mit dem Bein aus, trat mit dem Stiefelschaft gegen ihre Brust und stieß sie nach hinten. Ihr blonder Pferdeschwanz wippte dramatisch, als sie zu Boden ging. »*Das* war dafür, dass du mich Erzi nennst!«, rief ich.

Shea trug bereits ihren eigenen Kampf gegen Tiffanys Klon

aus, also konzentrierte ich mich ausschließlich auf die Ober-Bitch höchstpersönlich.

Sie stand ungefähr zwei Sekunden davor, ihre goldene Barbie-Mähne zu verlieren. Als ich mich gerade auf sie werfen wollte, riss sie die Hände hoch, und ein violetter Feuerball schlug in meine Brust ein, schleuderte mich in die Luft. Die Landung fiel hart aus. Ich verstauchte mir den rechten Knöchel und kippte alles andere als elegant auf die Seite.

Trotzdem grinste ich. »Da ist ja die Zickany, die ich kenne.«

Lincoln und Noah beobachteten das Geschehen mit einer Mischung aus Grauen und Faszination, als ich jäh die Flügel ausfuhr und durch den Raum fegte. Tiffany hatte geduckte Haltung eingenommen, wähnte sich bereit für mich, aber auch ihr erhobenes Schwert würde ihr nichts nützen. Sera feuerte blendend grelles weißes Licht ab, und Tiffany ließ das Schwert fallen, um die Augen zu bedecken. Ich warf mich mit der Wucht einer Abrissbirne gegen sie, packte sie an der Kehle und schleifte sie über den Boden, bis sie an die Wand knallte. Ich hielt sie weiter an der Gurgel fest und wusste, dass ich sie hatte. Lincoln würde den Kampf abbrechen und mich zur Siegerin erklären.

Plötzlich klammerte sie beide Hände um meine Armmanschetten aus Stahl, die rasend schnell *richtig* heiß wurden.

»Lincolns Eltern und meine Eltern wollten immer, dass wir zusammenkommen. Wenn er genug von diesem Ausflug in die Gosse hat, wird er mit einer anständigen Frau wie mir eine Familie gründen. Du bist bloß eine vorübergehende Ablenkung, Ghettoschlampe«, spie sie mir entgegen.

Heilige Scheiße, meine Haut qualmte. *Buchstäblich.*

Ich entriss ihr die rechte Hand und rammte ihr die Handfläche gegen die Nase. Warme rote Flüssigkeit spritzte über meine Finger, begleitet von einem Knirschen und Knacken.

Tiffany ließ meine andere Manschette los, ich ihren Hals, und wir fielen beide zu Boden.

»Das reicht!«, brüllte Lincoln.

Meine Manschetten waren immer noch höllisch heiß. Ich krallte an den Rändern, riss sie runter und ließ sie zu Boden fallen.

»Noah!«, kreischte Tiffany hinter mir. »Sie hat mir die Nase gebrochen!«

Langsam schlenderte Noah herüber. »Das sehe ich. So ein Pech aber auch.«

Tiffany funkelte ihn mit Mordlust in den Augen an. »Wäre besser, wenn du sie wieder so hinbekommst, wie sie vorher war.«

Shea und Tiffany 2.0 wirkten lädiert und bluteten, aber nicht allzu schlimm.

Lincoln hatte Mühe, sein Grinsen zu unterdrücken. »Danke, dass du dich für die Übung zur Verfügung gestellt hast, Tiffany.«

Sie bedachte ihn mit einem zuckersüßen Lächeln, das vor Gehässigkeit strotzte. »Ich hoffe, deine kleine Freundin verliert und bleibt in Demon City, wo sie hingehört.« Damit wirbelte sie auf dem Absatz herum und verließ die Halle. Bevor sie verschwand, forderte sie Noah lauthals auf, ihr zu folgen.

Sobald wir allein waren, seufzte ich. »Oh Mann, hat das gutgetan!«

Shea humpelte zu mir herüber. »Bitte sag, dass du ihr wenigstens ein paar Strähnen ausgerissen hast.«

»Okay, okay, genug jetzt mit den Gehässigkeiten. Das war wirklich toll. War 'ne gute Vorschau, was in der Kampfnacht zu erwarten ist, aber …« Lincoln drehte sich mir zu. »Du hast dich zurückgehalten. Sie ist deine Erzfeindin, trotzdem hast du dich zurückgehalten.«

Ich runzelte die Stirn. »Was meinst du damit?« Hatte er von mir erwartet, dass ich die dunkle Energiepeitsche auspacken und ihr den Kopf abschlagen würde? Denn das ließe sich durchaus einrichten.

Er tippte auf meine Halskette. »Deine Lichtmagie. Ich hatte gehofft, du würdest damit eine gute Show liefern. Vielleicht sogar eine Celestial-Kugel.«

*Richtig, meine Lichtmagie. Ups.*

Die hatte ich nicht mehr benutzt, seit ich mit Sera aus der Hölle zurückgekehrt war. Im Grunde war ich mir nicht sicher, ob sie noch funktionierte, und Mr Rincor gab mir recht, dass wir es nach allem, was passiert war, nicht ausreizen sollten. Also hatten wir an anderen Dingen gearbeitet, zum Beispiel daran, wozu Seras Licht sich einsetzen ließ, und an Befehlen, die ich ihr erteilen konnte und die im Kampf hilfreich sein könnten. Seit ich die Halskette abgenommen hatte und an diesem dunklen Ort gewesen war … Na ja, es fühlte sich an, als könnte stimmen, was Noah gesagt hatte. Als hätte die Dunkelheit in mir Angst davor, wieder zurückgedrängt zu werden. Also stieg sie auf und kämpfte darum, sich ihren Platz zu sichern. Oder so ähnlich.

»Oh ja.« Tatsächlich wusste ich nicht, was ich sagen sollte. »Ich wollte keine Kugel machen und die nächsten Tage völlig fertig sein.« Das stimmte, denn es beraubte mich wirklich aller Energie. Das wusste Lincoln noch vom letzten Mal, deshalb versuchte ich, es als Vorwand zu nutzen.

Skeptisch musterte er mich. »Aber du fühlst sie noch, oder? Deine Lichtmagie?«

Für Lincoln mochte das normal sein, für mich nicht. Bestimmt konnte er einfach die Augen schließen und seine Lichtmagie »fühlen«. Bei mir funktionierte das so nicht. In mir steckten Licht *und* Dunkelheit. *Das* war für mich normal. Aber das würde er nicht verstehen.

»Ja.« Ich schenkte ihm ein fröhliches Lächeln.

»Also«, warf Shea ein, »ich kenne meinen ehemaligen Boss. Er wird nicht zögern, sein Wort zu brechen. Ich finde, wir sollten einen Blutvertrag mit den Bedingungen für die Freigabe deiner Mutter aufsetzen. Sonst endet es womöglich damit, dass wir ihm die Million geben und er uns sagt, wir sollen uns verpissen.«

Lincoln nickte. »Das ist mir auch schon durch den Kopf gegangen, und ich habe darüber mit Raph und Mr Claymore geredet. Sie haben zugesagt, einen Vertrag aufzusetzen. Blutverträge sind magisch bindend, deshalb erfordern sie eine Menge Arbeit.«

Verdammt. Ich war froh, dass ich mich auf Shea und Lincoln verlassen konnte. Müsste ich mich allein um alles kümmern, würde ich wahrscheinlich hoffnungslos über den Tisch gezogen werden.

»Okay«, meinte ich zu den beiden. »Sagt einfach Bescheid, falls ihr Blut von mir braucht oder so.«

Lincoln schluckte schwer und nickte. Wenn er das tat, kam es mir wie ein nervöser Tick vor. Das schwere Schlucken, das Hüpfen seines Adamsapfels – alles Anzeichen dafür, dass er etwas verheimlichte.

»Raus damit! Was verheimlichst du vor mir?« Ich stemmte eine Hand in die wunde Hüfte.

Er stöhnte. »Du kennst mich zu gut. Das ist nicht fair.«

Ich hatte Zeit in diese Beziehung investiert und kannte ihn

mittlerweile gut genug, um ihn beim Lügen zu ertappen. Das fand ich absolut fair.

Er seufzte. »Dein Blut wird nicht nötig sein. *Ich* unterschreibe den Vertrag. Falls etwas schiefgeht, will ich, dass ich die Konsequenzen trage, nicht ihr beide.«

Meine Kiefermuskulatur krampfte sich zusammen. »Auf keinen Fall!«

Lincoln nickte. »Oh doch. Ich habe mir gestern Abend die Regeln angesehen. Die Kämpfe enden entweder mit Tod oder mit Kapitulation. Wenn ihr kapituliert, kommt ihr mit dem Leben davon. Aber Grim geht leer aus. Er wird so was wie einen Ausfallsbürgen wollen. Das wollen sie immer. Und der Bürge bin ich.«

Shea starrte ihn mit offenem Mund an, genau wie ich.

»Wenn wir verlieren, geben wir ihm Sera.« Es widerstrebte mir in dem Moment, in dem die Worte meinen Mund verließen. Aber ich konnte es mir nicht leisten, Lincoln zu verlieren, außerdem war ich zuversichtlich, dass ich gewinnen würde.

*Ich versteh das,* kam von Sera in melancholischem Ton. Sie war ein Teil von mir, und auch sie liebte Lincoln.

Er streckte die Hand aus und legte sie mir auf die Schulter. Ich kannte diese Geste – er würde mir gleich eine Enttäuschung mitteilen, und die liebevolle Berührung war so etwas wie ein Trostpreis.

»Das habe ich auch vorgeschlagen. Aber die Erzengel waren sich einig, dass eine Seraph-Klinge unter keinen Umständen in die Hände von Dämonen fallen darf.«

Ich meine, ich liebte Sera, und ich wusste, dass sie mächtig war. Trotzdem war sie … nur eine Waffe.

*Hey!,* beschwerte sie sich.

*Sorry.*

Lincoln beugte sich zu mir und flüsterte mir ins Ohr. »Ich habe Michael sagen gehört, Sera könnte die Himmelspforten öffnen. So viel Macht besitzt sie. Kannst du dir den Schlüssel zum Himmel in den Händen der Dämonen vorstellen?«

Mein gesamter Körper versteifte sich, eine Gänsehaut überzog meine Arme.

»Mit Geheimnissen macht man sich keine Freunde«, meinte Shea schmollend ein paar Schritte neben uns. Mir jedoch wirbelten noch Lincolns Worte durch den Kopf.

*Ist das wahr? Kannst du die Himmelspforten öffnen?*, fragte ich meine Ewigkeitswaffe.

*Woher soll ich das wissen? Ich habe über ein Jahrzehnt in einem Schrank festgesessen und auf dich gewartet. An die Zeit davor kann ich mich kaum erinnern. Fühlt sich aber richtig an*, meinte sie.

Wow. Ich hatte keine Ahnung, was ich sagen sollte.

»Okay, gut, wir gewinnen ja ohnehin, also …« Jetzt *mussten* wir gewinnen. Ich konnte Lincoln auf keinen Fall die Schulden meiner Mutter abarbeiten lassen.

Er beugte sich zu mir herab und küsste mich auf die Stirn. »Ich habe volles Vertrauen in dich.«

Aus irgendeinem Grund fühlte ich mich durch seine Worte nur noch schlimmer. Lincoln legte sein Leben in meine Hände, und ich war mir nicht sicher, ob das eine so gute Idee war.

# 16

»Mir ist schlecht«, sagte Shea, als sie in Lincolns Wohnung auf und ab lief.

»Mir auch«, gestand ich.

Chloe, Luke, Lincoln und Noah saßen um uns herum. Sie warteten mit uns, bis es Zeit wurde, zur Kampfnacht aufzubrechen.

Schließlich stand Lincoln auf. »Ihr habt trainiert, wir haben Grim dazu gebracht, dem Vertrag zuzustimmen, und deine Mutter ist mit dem Plan einverstanden. Ihr schafft das.«

Eigentlich sollte ich mich durch seine logischen Worte besser fühlen. Tat ich aber nicht. Denn wir würden nicht in Angel City kämpfen, sondern in Demon City. Der Heimat der Regelbrecher, der Risikofreudigen, der Hinterhältigen. Sie würden sich nicht an die Regeln halten. Wir mussten für jeden erdenklichen schmutzigen Trick gewappnet sein.

Shea zog einen Plastikbeutel aus der Tasche. »Magie ist erlaubt. Ich habe diese Energiebonbons gemacht. Wenn wir nach einem Kampf schwächer werden, werfen wir welche davon ein und kriegen einen Adrenalinschub. Damit halten wir bis zum Ende durch. Hoffentlich.«

Ich nickte. Die Lutschbonbons würden wir dringend brauchen können, davon war ich überzeugt.

Chloe räusperte sich. »Wie viele Kämpfe gibt es?«

Chloes Vater, Besitzer des Clubs *Third Eye Moon* und im Grunde genommen Oberherrscher der Vampire, würde einige seiner Männer zur Kampfnacht schicken, um sicherzustellen, dass Grim Wort hielt, falls wir gewinnen sollten.

»Sieben.« Noah erhob sich. »Lincoln und ich werden es nicht schaffen, für die Dauer aller Kämpfe zu bleiben, also wechseln wir uns ab. Lincoln übernimmt die ersten vier Kämpfe, ich übernehme die letzten drei. Heilungen sind erlaubt, also werden wir euch beide zwischen den Kämpfen heilen.«

Es war ein guter Plan. Ich hatte Sera, und wir hatten wie verrückt trainiert. Mittlerweile könnten Shea und ich uns einer Elitetruppe übernatürlicher Attentäter anschließen, wenn es so etwas gäbe. Wir waren zu krassen Kampfmaschinen mutiert. Trotzdem spürte ich einen Kloß im Hals.

»Ja«, meinte ich abwesend.

»Und Chloe und Luke können die ganze Zeit dort sein, weil …« Er rieb sich den Nacken.

»Weil wir Dämonengaben besitzen, geboren aus den Lenden von Dämonen.« Chloe grinste Noah an.

Lincoln musterte mich mit seinen meeresblauen Augen.

»Kann ich kurz unter vier Augen mit dir reden?«, fragte er mich und nickte in Richtung seines Zimmers.

Mein Magen krampfte sich nervös zusammen, als ich mich in Bewegung setzte. Sobald er die Tür hinter sich geschlossen hatte, wirbelte er zu mir herum.

»Hör auf damit!«, zischte er.

Meine Augen wurden groß. »Womit?«

Er trug ein so enges Shirt, dass sich seine definierten Muskeln darunter deutlich abzeichneten. Lincoln war ein Krieger durch und durch. Er trat auf mich zu und nahm mein Gesicht in die Hände.

»An dir zu zweifeln. Wieso zum Teufel bist du so nervös? Du schaffst das«, verkündete er voller Überzeugung.

Mein Körper schien bei seiner Berührung zu schmelzen, und seine Worte legten sich wie Balsam über meine angespannten Nerven. »Was glaubst du, wie viele der anderen Kämpfer dort nonstop von einigen der besten Offiziere des Militärs ausgebildet worden sind?«, fragte er.

Ich grinste. »Ist nicht eigentlich Noah der Großspurige?«

Er schmunzelte. »Denk mal darüber nach. Die werden angriffslustig sein und dreckig kämpfen. Aber Shea und du, ihr seid bestens ausgebildet, präzise und beide sehr, sehr mächtig.«

Er hatte recht. Shea und ich waren zwar ebenfalls streitlustig geboren worden, aber wir hatten auch gelernt, Vorsicht bei unseren Angriffen walten zu lassen und gezielt zuzuschlagen. Außerdem hatten wir bei unseren Wochenendeinsätzen mit der Engelsarmee praktische Erfahrungen im Kriegsgebiet gesammelt. Wir waren bereit.

*Ich hole meine Mom raus. Heute Nacht.*

Lincoln strich mit dem Daumen über meine Unterlippe. »Glaubst du echt, ich würde zulassen, dass du dich auf etwas einlässt, wenn ich der Meinung wäre, du könntest es nicht schaffen?«

Ich schüttelte den Kopf. »Nein.«

Seine Lippen verzogen sich zu einem strahlenden Lächeln. »Du musst an dich glauben. Alle großen Sportler sagen, dass die Hälfte eines Spiels im Kopf abläuft und dort gewonnen wird. Keine negativen Gedanken mehr, in Ordnung?«

Ich schmunzelte. »Normalerweise bin ich doch die Optimistin.«

Er beugte sich zu mir und drückte mir einen Kuss auf den Hals. »Tja, immer gern zu Diensten.«

Ich stöhnte. Mir fiel noch etwas ein, das seine Dienste gebrauchen könnte, um zusätzlich Anspannung abzubauen. Ich fand es so schön, dass Lincoln mittlerweile seine eigene, große Wohnung hatte. Kein schaukelnder Wohnwagen mehr.

Auf einmal wurden meine Augen groß, und ich schob ihn von mir, als mich ein Gedanke wie der Blitz traf. »Oh mein Gott! Meine Mom hat keine Bleibe! Wenn ich sie hierherhole, braucht sie einen Platz zum Wohnen, bis sie wieder auf die Beine kommt. Ist dein Wohnwagen noch frei? Meinst du …« Es widerstrebte mir, ihn fragen zu müssen, aber ich sah keine andere Möglichkeit.

Lincoln verstand und sah schmunzelnd auf mich herab. »Überrascht mich, dass du so lang gebraucht hast, um darauf zu kommen.«

Verwirrt zog ich die Augenbrauen hoch. »Ist das ein Ja?«

Er schüttelte den Kopf. »Ich lasse die Mutter der Frau, die ich liebe, nicht in meinem alten, winzigen Wohnwagen leben. Abgesehen davon: Wenn sie so gut kocht, wie du sagst, freue ich mich schon auf ihr Essen.«

Emotionen schnürten mir die Kehle zu. »Was willst du damit sagen?«

Er fuhr mit einem Finger über meine Wange. »Ich will damit sagen, dass Noah mir vor ein paar Tagen geholfen hat, das Gästezimmer einzurichten. Es hat jetzt ein Bett und eine Kommode.«

Ich musste mir auf die Zunge beißen, um nicht zu schluchzen. »Das sollte dein Musikzimmer werden.«

Er zuckte mit den Schultern. »Dann wird es eben später ein Musikzimmer, nachdem sie ausgezogen ist.«

»Lincoln.« Tränen liefen mir die Wangen hinab. Er war ein vierundzwanzigjähriger Mann, der Dämonensklaven hasste. Trotzdem war er bereit, meine Mutter bei sich einziehen zu lassen, die eine Dämonensklavin war. »Du willst mit meiner Mutter zusammenleben? Bist du sicher? Sie kann nervig sein«, warnte ich ihn.

Er lachte kurz. Dann jedoch huschte ein Schatten über sein Gesicht. »Ich würde alles dafür geben, meine Mom nur für einen Tag zurückzubekommen, um mich von ihr nerven zu lassen.«

Ich schluckte schwer. »So habe ich das nicht gemeint. Ich …«

Er winkte ab. »Ich weiß. Ich will damit nur sagen, dass es schön wird. Ich freue mich darauf.«

Oh mein Gott. Lincoln Grey würde meine Mom in seine Wohnung einziehen lassen.

*Heirate mich auf der Stelle.*

»Hat sie schon gepackt?«, erkundigte er sich.

Ich nickte. Meine Mutter war anfangs wegen der Kampfnacht ausgeflippt. Aber dann erzählte ich ihr von meiner dunkelmagischen Peitsche und meiner Würgekrawatte, und sie hatte sich zögerlich für die Idee erwärmt. »Sie wartet nur darauf, dass wir sie danach abholen.« Ich dachte total positiv.

»Bereit?«

Ich nickte. »Diese Bitches werden untergehen.«

* * *

Nachdem wir alle Zeugen einer definitiv nicht jugendfreien

Rummachszene an der Wand vor Lincolns Wohnung werden mussten – Noahs Art, sich von Shea zu verabschieden –, brachen wir auf. Lukes Tante lebte in Demon City und war eine Dämonensklavin. So hatte er zwei Pässe besorgen können, die es Chloe und ihm erlaubten, sie für ein paar Stunden zu besuchen. Shea und ich waren natürlich als Kämpferinnen zugelassen, Lincoln und Noah hatten unsere zwei Gästepässe. Ich bemühte mich, meine Nerven im Griff zu behalten. Vor lauter Adrenalin verspürte ich ein leichtes Schwindelgefühl.

*Du hast ja keine Ahnung, wie irre ich werden kann, wenn es sein muss,* ließ Sera mich wissen.

Unwillkürlich brach ich im Auto in Gelächter aus, womit ich mir schiefe Seitenblicke der anderen einhandelte.

*Ich liebe dich, Sera. Keine Ahnung, wie du zu deiner Persönlichkeit gekommen bist, aber ich würde um nichts in der Welt was daran ändern wollen.*

*Ich nenne bloß Fakten. Ich werde nicht zulassen, dass wir verlieren. Wir holen Mom heute Nacht zu uns nach Hause.*

Mom. Und einfach so wurde Sera meine Schwester.

»Hey, Kumpel, wie geht's dir?«, flüsterte Shea einer ihrer Rundklingen zu. Dann hielt sie die Waffe ans Ohr und kicherte. »Oh Mann, du bist ja so was von witzig!«

Ich stöhnte, fasste nach hinten und klatschte ihr aufs Knie. »Halt die Klappe. Sei nicht so neidisch«, schimpfte ich lachend.

Shea grinste. »Genau. Ich bin unheimlich neidisch darauf, dass du ständig wie eine Verrückte rüberkommst, wenn du mit deinem Messer redest.«

Ich wusste natürlich, dass sie mich bloß veralberte, und es brachte mich zum Lächeln. »Ja, weißt du was? Diese Verrückte wird dich heute Nacht davor bewahren, vernichtet zu werden.« Zur Betonung pulsierte Sera ein paarmal schillernd.

Shea schmunzelte.

»Wir sind da«, verkündete Lincoln, als wir in die Gasse zur Tainted Academy einbogen. Überall parkten Autos, sogar auf dem Bürgersteig, und Leute gingen in großen Trauben auf die Tore zu.

Dämonen, wohin man auch schaute.

Lincoln zuckte zusammen. Sein Atem stockte, als wir zum Tor rollten.

»Alles in Ordnung?« Ich streckte die Hand aus und berührte ihn am Arm.

Er nickte. »So viele Dämonen in einem so kleinen Bereich. Das … tut weh. Aber ich komm schon klar.«

Diesmal bewachten andere Typen das Tor. Sie warfen nur einen Blick auf unsere Kämpferausweise und winkten uns durch.

»Sonderparkplatz vor dem Haus«, blaffte ein Wachmann und klatschte gegen die Autotür.

Lincoln fuhr zum vorderen Parkplatz, wo man tatsächlich eigene Parklücken für die Teilnehmer reserviert hatte. Sogar mit den Namen der Kämpferinnen und Kämpfer. Wenngleich auf unserem Schild stand: »Miststücke von der Fallen Academy«.

»Ich hasse es hier«, verriet Shea mit knurrendem Unterton.

»Ich auch. Aber wir lassen den Ort bald hinter uns. Für immer«, sagte ich entschlossen.

Wir verloren keine Zeit, parkten ein und drängten uns durch die Menschenmenge nach drinnen. Ich wollte noch Gelegenheit haben, mich aufzuwärmen, mich mit den Regeln vertraut zu machen und mir die Konkurrenz anzusehen.

Nachdem wir uns angemeldet hatten, wurden wir aufgefordert, nach hinten in den Wettkämpferbereich zu gehen, und man teilte uns mit, dass unsere Freunde nicht mitkommen könnten.

Die Zuschauerränge waren brechend voll. In der Mitte stand ein runder Käfig mit einem Durchmesser von etwa sechs Metern. Um ihn herum drängten sich Leute, so weit das Auge reichte. Die billigeren Plätze befanden sich auf den Tribünen in einer zweiten Ebene.

Lincoln ergriff meine Hand. »Du schaffst das«, murmelte er und küsste mich. Seine Lippen verweilten jedoch gerade lang genug, um mir zu vermitteln, dass er sich sorgte, ich könnte dem doch nicht gewachsen sein.

»Mir passiert nichts«, versicherte ich ihm.

Er nickte. »Falls es doch brenzlig wird, lässt du Shea ein Portal zurück zur Schule erschaffen, und ihr springt durch. Ich schaffe dann Chloe und Luke raus.«

Und da hatten wir es. Ich wusste, dass er für alle Fälle einen Notfallplan haben würde. Nur wenn es dazu käme, wäre meine Mutter so gut wie erledigt. Grim würde außer sich vor Wut sein, und auf mich würde man es noch mehr als ohnehin schon abgesehen haben.

Ich nickte nur.

Nachdem wir uns mit flüchtigen Umarmungen von Chloe und Luke verabschiedet hatten, traten Shea und ich den Weg zum hinteren Bereich an. Zwei Wachleute standen davor und verlangten unsere Ausweise, dann ließen sie uns hinein.

Kaum hatten wir den überfüllten Raum betreten, hefteten sich alle Blicke auf uns, und die Anwesenden verstummten. Ein paar Gesichter erkannte ich, und das fühlte sich an wie ein

Schlag in die Magengrube. Ich würde gegen einige meiner früheren Freunde kämpfen müssen.

»Shea, meine Liebe, wir haben dich vermisst«, höhnte eine junge Frau mit grünen Haaren.

»Leck mich«, spie Shea ihr entgegen und zog ihre Klingen.

*Oha.* Shea wirkte bereit, sofort loszulegen. Das war grundsätzlich gut, nur konnten wir es nicht gebrauchen, dass man schon vor unserem ersten Wettkampf über uns herfiel.

Ich legte eine Hand auf Sheas Arm und zog sie in die Ecke des Raums, wo ich Ben und Stephanie entdeckte. Sie waren früher in Demon City mit Shea und mir zur Schule gegangen. Obwohl ich sie seit der Erweckung nicht mehr gesehen hatte, hoffte ich, sie nach wie vor als Verbündete betrachten zu können. Wenigstens bis zum Beginn der Kämpfe.

Die beiden schenkten uns ein verhaltenes Lächeln. Mein Blick fiel auf die Insignien an ihren grellweißen Overalls. Steph war Nekromantin wie meine Mutter, Ben ein Nachtblüter.

»Hey«, flüsterte Stephanie, bevor sie sich entfernte und wir ihr in den hinteren Bereich des Raumes folgten, wo sie sich an die Ausgangstür lehnte. »Ich darf hier echt nicht den Eindruck erwecken, dass ich mit euch befreundet bin«, murmelte sie und behielt dabei die Menge im Auge.

*Oh verdammt.*

»Schon klar.« Ich lehnte mich ebenfalls an die Tür und begann, mir einen Überblick über die Anwesenden zu verschaffen.

Ungelogen, alle sahen verdammt furchterregend aus. Tätowiert, bis an die Zähne bewaffnet und mit irren, mordlüsternen Ausdrücken in den Gesichtern.

Stephanies Lippen bewegten sich nicht, trotzdem hörte ich ihre Stimme als leises Flüstern. »Die haben Pläne für euch. Auf keinen Fall werden sie Schüler der Fallen Academy gewinnen lassen.«

Shea zog die Augenbrauen hoch. »Was für Pläne?«

Stephanie zuckte mit den Schultern und beobachtete beiläufig die Schar der Kämpfer, die begannen, sich aufzuwärmen. Das Interesse an uns schienen sie verloren zu haben – vorläufig. »Einfach unfairen Scheiß. Versteckte zusätzliche Waffen, von den Lehrern angefertigte Zauber. So was alles.«

*Na fabelhaft.*

»Tja, wir werden trotzdem gewinnen. Wir tun das, um meine Mom von hier wegzuholen«, erklärte ich ihr.

Zum ersten Mal sah sie mich direkt an. Da erkannte ich, was die Tainted Academy ihr bisher angetan hatte. Ihre einst perfekte Nase sah aus, als sei sie mehrfach gebrochen worden. Die rote Halbmond-Tätowierung auf ihrer Stirn erinnerte daran, was sie war und immer sein würde.

»Habe ich gehört. Mein Cousin wohnt im Gebäude deiner Mutter. Falls wir gegeneinander antreten, lassen wir's echt aussehen, aber wir werden kapitulieren«, sagte sie zu mir.

Ben, der aufrecht neben ihr stand, nickte zustimmend. »Wenn dadurch jemand aus diesem Höllenloch raus kann, bin ich voll dabei. Ihr zwei seid immer in Ordnung gewesen«, erklärte er.

Emotionen schnürten mir die Kehle zu. Damit hatte ich nicht gerechnet. »Danke, Leute.« Am liebsten hätte ich sie umarmt und ihnen gezeigt, wie viel mir ihre Worte bedeuteten. Aber das konnte ich nicht. Nicht hier.

Stephanie schenkte mir ein mattes Lächeln. »Wir sollten uns wieder unters Volk mischen. Bis dann.«

Als sie und Ben außer Sicht verschwanden, starrte ich Shea

an. »Okay, das war jetzt echt extrem cool von ihnen. Ich war …«

Hinter mir öffnete sich die Tür. Finger legten sich mit festem Griff um meinen Arm, und ich wurde rückwärts aus dem Raum in eine dunkle Gasse gezogen.

Ich wollte losschreien, aber eine Hand legte sich über meinen Mund.

Shea stürmte hinter mir her in die Gasse und hielt ihre violette Magie bereit. Doch als sie sah, wer mich gepackt hatte, erstarrte sie. »James?«

Die Hand entfernte sich von meinem Mund. »Geh wieder rein, Shea. Ich muss kurz allein mit Brielle reden, und es darf niemand davon erfahren«, flüsterte er.

Shea sah ihn noch einen Moment lang an, und ich nickte ihr zu. »Passt schon«, versicherte ich ihr.

Zögernd ging meine beste Freundin wieder hinein. Kaum hatte sich die Tür hinter ihr geschlossen, wirbelte ich herum.

Ich hatte schon vorher gewusst, dass James bei seiner Erweckung zum Hellsichtigen erklärt werden würde. Dennoch verblüffte es mich, ihn in der weißen Uniform der Tainted Academy mit dem violetten Emblem des dritten Auges auf der Brust zu sehen. In fast zwei Jahren an der Fallen Academy war ich keinem Hellsichtigen begegnet. Sie belegten Sonderkurse und wurden von den anderen Schülern ferngehalten. Zu viel Energie oder so. Ganz zu schweigen davon, dass sie als extrem seltene und geschätzte Exemplare galten.

»James«, hauchte ich.

Er starrte auf seine Hände. »Meine Gabe ist ein Fluch.«

Stirnrunzelnd trat ich näher. »Was? Geht's dir gut?«

Er schluckte schwer. »Ja. Aber dir nicht. Jedenfalls nicht in der Zukunft.«

Mein Magen krampfte sich zusammen.

»Wie jetzt, verliere ich heute Nacht?« Ich hatte echt geglaubt, ich könnte diesen Wettbewerb gewinnen und mit meiner Mom nach Angel City zurückkehren. Wenn er mir etwas anderes sagte, wäre ich am Boden zerstört.

Er schwenkte die Hand. »Ich rede nicht von heute Nacht. Brielle, Luzifer will dich.«

Seine Worte jagten mir eine kribbelnde Gänsehaut über den Rücken und die Arme.

»Ich weiß.« Ich schob mein Shirt beiseite und zeigte ihm die Tätowierung auf meiner Brust.

Er schüttelte den Kopf. »Nein. Du kennst die Vision, die jeder Hellsichtige an der Fallen Academy hat? Davon, dass du in die Unterwelt hinabsteigst und ihn tötest? Das ist nicht die *einzige* Vision.«

Meine Augen wurden groß. *Er weiß davon?* »Wie meinst du das?«

James seufzte. »Jeder Hellsichtige hier sieht etwas anderes. Ich … ich habe dich mit ihm trainieren gesehen. Dich wie er werden gesehen. Dich dort unten bei ihm leben gesehen.« Er zeigte auf den Boden, in Richtung Hölle.

Galle stieg mir in den Hals.

*Nein.*

»Das würde ich nie tun!«, flüsterte ich eindringlich.

James schaute traurig drein. »Ich habe es gesehen. Er bildet dich aus. Du … erschaffst Dämonen mit ihm. Da unten.«

Ich würde mich übergeben müssen. Das konnte nur gelogen sein. Ich verschränkte die Arme vor der Brust. »James, das ist völlig unmöglich. Deine Vision ist falsch!«

Er zuckte mit den Schultern. »Ich wollte dich nur warnen.

Es gibt noch eine andere Seite, eine andere Vision, und das ist die, an die Luzifer glaubt.«

Mein Ton wurde milder, weil ich wusste, dass er ja bloß helfen wollte. »Danke. Du bist ein guter Freund.«

Sein Blick schweifte in die Ferne. »So oder so wirst du die Welt verändern, Bri. Ich weiß nur noch nicht, ob zum Besseren oder zum Schlechteren.«

Das war *nicht,* was ich hören wollte. Die Übelkeit kehrte zurück.

Dann wandte er sich ab und wollte davongehen.

»Warte! Hole ich meine Mutter heute Nacht hier raus?«

Nachdem er all den Mist auf mich abgeladen hatte, wäre das Mindeste, dass er mir auch ein paar gute Nachrichten steckte.

»Wenn ich es dir sage, verändert das die Zukunft«, rief er zurück. Er drehte sich noch einmal zu mir um und sah meine Halskette an, deren Anhänger die Dunkelheit zurückdrängen sollte, damit ich meine Lichtgaben einsetzen konnte. »Nimm die Halskette für heute Nacht ab. Sie würde dich nur behindern.«

Damit war er verschwunden.

*Verflucht noch mal.*

Ich spürte eine drohende Panikattacke. Ich beim Trainieren mit Luzifer? In der Hölle lebend? Hatte James völlig den Verstand verloren? Das würde ich *nie* tun. Mir fiel keine einzige Situation ein, wie es je dazu kommen könnte. Nicht mal, wenn man mir eine Pistole an die Schläfe hielt.

Dann ging die Tür auf, und Shea drängte mich hinein.

»Wir haben unsere Gegner für den ersten Kampf zugeteilt bekommen«, ließ sie mich wissen, etwas blasser als sonst.

Ich musste James' Vision in den Hintergrund – *weit* in den

Hintergrund – drängen und die Gedanken auf meine Mom und Mikey konzentrieren. Wir hatten nur noch meine Mutter, und heute Nacht würde ich sie nach Angel City holen.

Ich löste meine Halskette und steckte sie in die Tasche. Shea beobachtete mich mit hochgezogenen Augenbrauen.

»Wenn die schmutzig kämpfen, dann tun wir das auch!«, rief ich.

Außerdem war ich mir ziemlich sicher, dass der Anhänger ohnehin nicht funktionierte. Jedenfalls nicht mehr so wie vor meinem Ausflug in die Hölle, um Sera zurückzuholen.

# 17

Natürlich hatte man uns für unseren Kampf den Käfig – die Hauptarena des Kampfgeschehens – zugewiesen, während andere Teilnehmer in verschiedenen abgegrenzten Bereichen draußen auf dem Feld die erste Runde bestritten. Die ersten Kämpfe dienten lediglich dazu, die Zahl der Kämpfer zu verringern, die Spreu vom Weizen zu trennen.

Während wir uns den Weg hinaus zur Hauptarena bahnten, prasselten Buhrufe auf uns ein. Shea zeigte ringsum den Mittelfinger, und die Menge grölte aufgeregt. In Demon City stand man darauf, wenn die Leute stinksauer waren.

Mein Blick schnellte zu den oberen Ecken des Raumes. Zwischen den Deckenbalken waren mehrere Kameras angebracht worden. Die Veranstaltung wurde im Fernsehen ausgestrahlt. Und obwohl ich meiner Mutter verboten hatte, sich die Übertragung anzusehen, wusste ich, dass sie es tun würde.

»Oh, gut. Der Kerl da hat mir am ersten Schultag an den Hintern gefasst, und die Tussi hat mich niedergedrückt, als ich mein Todeszeichen bekommen hab. Die sind beide so gut wie erledigt«, presste Shea zwischen zusammengebissenen Zähnen hervor und zeigte auf unsere Gegner.

Der Typ war ein Berg von einem Mann und deutlich über der Altersgrenze von einundzwanzig Jahren. Er hatte einen Vollbart und roch nach Gestaltwandler. Die Frau war ohne Zweifel eine Dunkelmagierin; schon ein Blick in ihre glasigen schwarzen Augen bescherte mir eine Gänsehaut. Natürlich hatte man uns für unseren ersten Kampf eines der stärksten Teams zugeteilt. Der Plan schien darin zu bestehen, uns gleich am Anfang zu verletzen oder ganz auszuschalten.

Die Menge tobte, als sich die Tore des Käfigs öffneten und die zwei Kämpfer Einzug hielten.

Lincoln, Chloe und Luke saßen zusammengepfercht in der ersten Reihe.

Ich packte Shea am Arm. »Falls es lebensbedrohlich wird, erschaffst du ein Portal zurück zur Academy, okay?«, raunte ich ihr zu.

Sie verdrehte die Augen. »Wir gehen hier nicht ohne Mom weg.«

Sie hatte es wieder gesagt. Nicht »deine Mom«. Nur »*Mom*«. Was *unsere* Mom bedeutete. Eine warme Welle der Zuneigung schwappte angesichts unserer gemeinsamen Liebe für diese Frau über mich hinweg.

»Ich liebe dich, Shea.« Ich bemühte mich, meine Stimme nicht belegt klingen zu lassen.

»Hör auf damit.« Sie klatschte mir leicht gegen den Arm. »Wir kriegen das hin.«

Ein Lachen stieg in mir auf, wurde aber rasch erstickt, als ich Grim entdeckte. Der Dämon stand in der Nähe der offenen Käfigtür und starrte finster zu uns herüber.

Ich hatte zwar vermutet, dass er hier sein würde, aber warum sah er aus, als wollte er mit mir reden? Er hatte den Pakt mit Blut unterschrieben – aussteigen konnte er nicht.

Als wir ihn und seinen Schwefelgeruch erreichten, beugte er sich vor. »Ich habe einen Käufer für deine Mutter und die Klinik gefunden. Fünfhundert Riesen. Wenn ihr heute Nacht nicht gewinnt, verkaufe ich sie.«

Wenn das kein zusätzlicher Ansporn war, dann wusste ich auch nicht.

»Wir werden gewinnen. Du kriegst das Preisgeld, und wir nehmen meine Mutter mit«, spie ich ihm entgegen, bevor ich an ihm vorbei in den Käfig fegte.

»Aaaaaaaa-lles klar, Demon City!«, brüllte ein Ansager. »Wir haben heute Abend einen besonderen Leckerbissen. Zwei Studentinnen der Fallen Academy halten sich für besser als unsere Kämpfer!«

Die Menge buhte, abgesehen von drei deutlichen Jubelrufen. Die Leute würden noch über Lincoln, Chloe und Luke herfallen, wenn sie nicht die Klappe hielten, aber im Augenblick konnte ich mich nicht auf sie konzentrieren.

Als ich schwungvoll die schwarzen Flügel ausfuhr, verstummten die Buhrufe schlagartig. Völliges Schweigen trat ein, nur von vereinzeltem Japsen unterbrochen.

*Nehmt das, ihr voreingenommenen Mistkerle.*

»Wollen wir sehen, was die zwei Prinzessinnen uns zu bieten haben?«, fragte der Ansager, und die Menge tobte wieder.

Ein älterer Kerl, ein Abrus-Dämon mit grauen Strähnen im Haar, betrat den Käfig und sah uns in die Augen, bevor er den Blick kurz auf meine Tätowierung senkte. Er strahlte etwas Bösartiges aus, das über die gelb glühenden Augen und die roten, pelzigen, aus seiner Stirn ragenden Hörner hinausging. Als er mir erneut in die Augen sah, zog sich eine Gänsehaut über meine Arme. »Legt die Waffen auf den Boden in der Mitte des Käfigs«, wies er uns an.

»Was?« Mein Kopf fuhr herum. Was für eine verkorkste Regel war das denn?

Der Abrus-Dämon grinste und ließ dabei seine spitzen Zähne aufblitzen. »Wir haben gehört, du hast eine Seraph-Klinge. Mal sehen, was sie kann. Wer zuerst bei den Waffen ist, kann sich aussuchen, was er will.«

Die Dunkelmagierin grinste und glotzte auf Sera an meinem Oberschenkel.

*Lass es sie ruhig versuchen. Ich brenne ihr die Hand vom Arm und blende sie!,* fauchte Sera.

Ich bemühte mich, nicht zu lächeln, als ich meine Ewigkeitswaffe aus dem Holster zog und sie in der Mitte des Käfigs auf den Boden legte. Zwar fühlte ich mich absolut schrecklich ohne sie, aber ich wusste, dass sie auf sich selbst aufpassen konnte. Wenn sie hier nach ihren eigenen Regeln spielen wollten, würde ich sie eben mit ihren eigenen Regeln schlagen.

Brummend folgte Shea meinem Beispiel und ließ ihre zwei Scheibenklingen auf dem Boden zurück.

Dann wichen wir beide unbewaffnet an die Käfiggitter. Auch die anderen Kämpfer legten ihre Waffen auf den Boden, ein großes Schwert mit Wellenschliff und eine stachelbewehrte Keule am Ende einer Kette.

Der Abrus-Dämon schlang die Finger um die Gitterstäbe des Käfigs, und das Metall leuchtete in einem elektrischen Blau auf.

»Wenn ich gehe, steht dieser Käfig unter Strom. Raus könnt ihr nur, wenn ihr eure Gegner tötet oder sie kapitulieren. Gibt ein Teammitglied auf, wird das ganze Team disqualifiziert. Sonst gibt es keine Regeln«, erklärte er mit einem Grinsen. Seine gelb leuchtenden Augen wanderten lüstern über meine tätowierte Brust und meine schwarzen Flügel.

*Was für ein Widerling.*

»Lasst diese Nacht beginnen! Das letzte Team, das noch steht, bekommt eiiiiiiiiiiiiine Millioooooooooooooooon Dollar!«, rief der Ansager.

Dann war der Abrus-Dämon verschwunden, und ein Summer ertönte. Völlig unvorbereitet auf den Start rannte ich schlitternd auf unsere Waffen zu. Die Dunkelmagierin schleuderte etwas direkt auf mich, einen violett-schwarzen Klecks, der rotierend durch die Luft raste, doch Sheas Zauber fing ihn ab.

Einen halben Meter vor Sera duckte ich mich tief, als der verfluchte Gestaltwandler ein Springmesser zog. Ich bekam aus dem Augenwinkel mit, wie er die versteckte Waffe jäh hinter sich hervorholte. Er warf das Messer, und ich lehnte mich weit nach hinten, um der Klinge auszuweichen, trotzdem schlug sie tief in meinen Bizeps ein. Schmerz raste durch meinen Arm, aber ich achtete nicht darauf. Mit der Hand des unverletzten Arms riss ich die Klinge schnell heraus. Lincoln würde sagen, dass für Schmerz keine Zeit blieb.

Blut quoll aus der Wunde. Rasch zog ich an einem Stoffstreifen, den ich mir eigens zu diesem Zweck um den Oberschenkel gebunden hatte, wickelte ihn um meinen Arm und verknotete ihn mit den Zähnen. Meine beste Freundin beschäftigte die Dunkelmagierin, während ich den Gestaltwandler nicht aus den Augen ließ. Er hatte sich mittlerweile Sera *und* sein Schwert gegriffen und preschte auf mich zu.

*Viel Glück, du Arsch.*

Wie vermutet leuchtete Sera in seiner Hand grell auf, und er ließ sie mit einem spitzen Aufschrei fallen.

Darauf hatte ich gewartet.

Ich stürmte vorwärts, um meine Waffe aufzuheben.

Schmerz durchzuckte mich, als das durchtrennte Muskelgewebe in meinem Oberarm gegen die jähe Bewegung protestierte. Als ich mich dem Gestaltwandler näherte, roch ich verbranntes Fleisch. Sera hatte ihn mehr als versengt. Ich nutzte meinen Vorteil und schlug mit den Flügeln, um nach vorn zu beschleunigen. Die Spannweite meiner Schwingen nahm beinahe den gesamten Käfig ein, als ich mich ihm entgegenschleuderte. Er wollte mich mit seinem Schwert aufhalten, aber ich riss meine Stahlmanschette hoch und blockte den Hieb ab. Gleichzeitig blendete Sera ihn mit einem präzisen Lichtstrahl.

Animalisches Gebrüll drang aus seiner Kehle, und er schlug blind um sich. Ich ging in die Hocke und zog Seras Klinge über seine Fußgelenke – Lincoln hatte mir alles über die Achillessehne und ihre entscheidende Bedeutung für aufrechtes Stehen beigebracht. Der Kerl ging zu Boden, und ich wollte mich gerade rittlings auf ihn kauern, um ihn hoffentlich zur Kapitulation zu bewegen, als ich Lincolns Schrei hörte. Gleich darauf krachte etwas in meinen Rücken. Schlagartig fühlte sich mein gesamter Körper an, als stünde er in Flammen.

Ein panischer Aufschrei entrang sich meiner Kehle. Sofort fing Sera in meiner Hand an, pulsierende Energie abzustrahlen, die meinen Arm hinaufwanderte und sich durch meinen gesamten Körper ausbreitete.

*Ich kann den Feuerzauber aufnehmen, nur musst du mich dann fallen lassen. Ich werde mindestens eine Stunde lang zu heiß zum Halten sein,* teilte sie mir schnell mit.

Ich brannte. Zwar sah ich keine Flammen, aber es fühlte sich eindeutig so an. Schweiß strömte mir übers Gesicht, meine Haut rötete sich, meine Hände begannen zu zittern.

*Tu es, bat ich sie.*

Die Energie, die sie durch meinen Körper gesandt hatte,

zog sich jäh zurück und saugte den fremden Zauber aus mir. Schlagartig wurde der Griff meiner Ewigkeitswaffe kochend heiß. Meine Finger öffneten sich ruckartig, und Sera fiel rot glühend zu Boden.

Ich wirbelte zu der Dunkelmagierin herum. Lincoln hatte mich darauf vorbereitet. Das ganze Jahr lang hatte er mir gepredigt, ich müsste lernen, auch ohne Sera zu kämpfen. Er hatte meinen Körper in eine Waffe verwandelt, die dieses Miststück gleich zu spüren bekäme.

Der Gestaltwandler stöhnte immer noch, wich rückwärts zum Gitter des Käfigs, so weit er konnte, ohne es zu berühren, und hieb mit dem Schwert blind um sich. Ich vermutete, er würde die nächsten paar Stunden blind bleiben, bis seine Heilkräfte einsetzen konnten.

Mein Blick schwenkte zum Boden, wo Shea vor wenigen Sekunden gelandet war. Ihr Ohr blutete und sah aus als wäre es halb abgerissen, davon abgesehen wirkte sie unversehrt. Warum stand sie nicht auf?

»Krawatte!«, rief Shea mit undeutlicher Stimme. Sie musste unter irgendeinem Zauber stehen.

Ein weiterer violetter Ball flog auf mich zu, und ich warf mich nach hinten, um dem magischen Geschoss auszuweichen. Meine Flügel verhinderten, dass ich auf den Boden fiel.

*Krawatte.* Shea hatte *Krawatte* gesagt. Ich wollte meine dunkle Magie nicht einsetzen. Nicht hier und eigentlich überhaupt nie wieder. Lincoln würde enttäuscht von mir sein.

*Lincoln wird nur wütend auf dich, wenn du stirbst,* meinte Sera, die immer noch glimmend am Boden lag.

Sie hatte recht. Außerdem hatte diese Dunkelmagierin meine beste Freundin einst niedergedrückt und gezwungen, das Todeszeichen anzunehmen.

Ich spürte, wie meine dunkle Kraft in mir aufstieg, und es jagte mir Angst ein, wie schnell und mühelos sie mir brennend in die Kehle fuhr und drängte, entfesselt zu werden. Ich stieß einen Schrei aus, und tintenschwarze Magie schoss aus meinem Mund direkt zum Hals der Dunkelmagierin.

Das gesamte Publikum verstummte, schnappte kollektiv nach Luft und stimmte dann tosenden Jubel an.

»Ladies und Gentlemen, wie es aussieht, hat uns die Fallen Academy etwas vorenthalten!«, brüllte der Ansager.

Die Dunkelmagierin fiel auf die Knie und umklammerte ihren Hals. Ihr Gesicht lief blau an.

»Gib auf!«, brüllte ich.

Könnte ich den Zauber überhaupt zurückrufen, wenn sie kapitulierte? Ich glaubte nicht, dass ich viel Kontrolle darüber hätte, doch ich war nicht bereit, in dieser Nacht zur Mörderin zu werden.

Ihre Lippen bewegten sich kaum, trotzdem gelang es ihr, die Worte krächzend herauszubringen. »Ich … kapituliere.«

Über uns ertönte ein Summer, und die Tür des Käfigs schwang unverhofft auf. Die Metallgitter schillerten nicht mehr in elektrischem Blau.

»Die Gewinner dieser Runde sind Brielle und Shea von der Fallen Academy!«, dröhnte die Stimme des Ansagers aus den Lautsprechern. Von der Menge erhob sich eine Mischung aus Jubel und Buhrufen.

Ich streckte die Hand aus und versuchte, die schwarze Krawatte von der Kehle meiner besiegten Gegnerin zurückzurufen, aber die dunkle Magie rührte sich nicht von der Stelle.

*Oh Shit.*

Mittlerweile rollten die Augen meiner Gegnerin nach oben, und in das Gebrüll der Menge schlich sich Panik.

Der Abrus-Dämon von vorhin mit den silbernen Strähnen stürmte in den Käfig und schnippte mit den Fingern. Der pechschwarze Strang fiel vom Hals der jungen Frau ab, und sie schnappte gierig nach Luft. Mein Herz hämmerte wie wild in der Brust. Das durch meine Adern rasende Adrenalin verursachte mir ein Schwindelgefühl.

Der Abrus-Dämon schaute in meine Richtung, lächelte und kam näher. »Gute Arbeit, weiter so. Der Fürst der Finsternis ist sehr zufrieden«, murmelte er, bevor er mich stehen ließ. Erst da wurde mir bewusst, was ich getan hatte.

Ich hatte all meine dunklen Gaben benutzt – Luzifers Gaben. Obwohl ich von gleich vier Erzengeln gesegnet war, verließ ich mich nicht auf meine Lichtmagie. Ich hatte der Dunkelheit zu viel Aufmerksamkeit geschenkt und konnte fühlen, wie sie in mir stärker wurde.

Und noch ein Gedanke schoss mir durch den Kopf: Der Fürst der Finsternis musste mich beobachtet haben.

Eine Gänsehaut breitete sich über meine Arme aus.

»Brielle!«, rief Lincoln. Er stand draußen vor dem Käfig und spähte herein.

Ich zog mir eine Stahlmanschette vom Arm, rannte los und hob Sera damit auf. Dabei achtete ich darauf, die Waffe nicht zu berühren, weil sie immer noch zu heiß war. Eigentlich hatte ich gehofft, sie beim nächsten Kampf wieder einsetzen zu können.

»Alles in Ordnung?« Ich streckte die Hand nach meiner besten Freundin aus, als sie sich keuchend hinsetzte.

Unseren Gegnern hatte man mittlerweile aus dem Käfig geholfen. Lincoln diskutierte gerade mit dem Wächter am Tor. Er wollte hereingelassen werden, um uns zu helfen.

»Die schaffen das ganz allein«, sagte der Wachmann.

»Geh beiseite, oder ich reiß dir den verdammten Kopf ab!«, tobte Lincoln.

Shea machte keine Anstalten, die Hand zu ergreifen, die ich ihr entgegenstreckte. Irgendetwas stimmte nicht.

»Ich … brauche … ein magisches Lutschbonbon«, stieß sie keuchend hervor.

Während Lincoln weiter mit dem Wächter stritt, raste Chloe mit ihrer Vampirgeschwindigkeit durch die offene Tür des Käfigs herein.

»Sie braucht ihre magischen Bonbons«, erklärte ich der Nachtblüterin. Chloe schob einen Arm unter Sheas Beine, den anderen unter ihren Rücken, dann hob sie meine beste Freundin hoch.

»Hey, Mädel. Hast dich gut geschlagen.« Chloe steckte ihr ein Lutschbonbon in den Mund. Ich hatte nicht mal mitbekommen, wie sie es aus der Tasche gezogen hatte.

Kaum hatte Sheas Zunge das Bonbon berührt, wirkte sie frischer. »Hey.«

Rasch verließen wir den Käfig, und ich fand mich prompt in Lincolns Armen wieder. Irgendwie gelang es ihm, mich so an seinen Körper zu ziehen, dass er meinen verwundeten Arm nicht zusätzlich verletzte und gleichzeitig den Wächter am Tor weiter mit vernichtenden Blicken zu durchbohren.

»Seid in zwanzig Minuten für den nächsten Kampf bereit«, rief uns der Wächter barsch hinterher, als wir davongingen.

Man hatte mir in den Arm gestochen, mich beinahe in Brand gesetzt, ich konnte Sera nicht benutzen, und Sheas Ohr hing nur noch halb am Kopf. Ich konnte mir Schöneres vorstellen, als noch sechs weitere Male zum Kämpfen antreten zu müssen.

»Ich habe meine dunkle Magie benutzt«, beichtete ich, während ich an Lincolns Hals atmete.

»Ist schon gut. Tu, was immer du tun musst.« Ungeachtet seiner Worte konnte ich die Enttäuschung in seiner Stimme hören.

Er führte unsere kleine Gruppe in eine Ecke, wo er anfangen wollte, meinen Arm zu heilen.

»Nein, zuerst Shea.« Ich schob seine Hand weg.

Er runzelte die Stirn und öffnete den Mund zu einer Erwiderung.

»*Nein*. Ihr Ohr hängt nur noch halb am Kopf. Zuerst Shea«, wiederholte ich bestimmt. »Ich arbeite in der Zwischenzeit ein bisschen an mir selbst. Noah hat mir letzte Woche beigebracht, wie Selbstheilung funktioniert.«

Lincoln runzelte die Stirn. »Das greift deinen Energievorrat an.«

Ich zeigte auf meine beste Freundin. »Ich werfe eines von ihren Energiebonbons ein.«

Shea schwenkte die Hand vor dem Gesicht meines Freundes. »Hallo? Ohr fällt ab.«

Lincoln seufzte. Seine Hände leuchteten auf und tauchten Shea in den Schein seiner sonnenblumenfarbenen Magie. Er wirkte müde. Seine sonst so aufrechte Haltung kam mir gebückt vor, und auf seiner Stirn glänzte Schweiß, als litte er Schmerzen, die er sich nicht anmerken ließ.

»Irgendwelche Tipps für uns?«, fragte ich, als ich meine eigene Magie in Gang setzte.

Sera hatte ich auf den Boden gelegt, wo sie in meiner Manschette hoffentlich bald abkühlen würde.

Lincoln nickte. »Ja. Ihr müsst beide schneller sein, dreckiger kämpfen, und du hättest dieses Miststück umbringen sollen.

Die hätte dich beinahe in Brand gesteckt«, erwiderte er aufgebracht.

»Meine Güte, ist das schon alles?« Ich hätte wissen müssen, dass mir Lincoln keinen Honig ums Maul schmieren würde. Dafür wollte er mich zu sehr beschützen und mir beibringen, auf mich selbst aufzupassen.

»Ich habe Luke losgeschickt, um sich andere Kämpfe anzusehen. Nebenbei bemerkt, andere Wettstreiter müssen ihre Waffen nicht erst in die Mitte legen«, fügte er hinzu.

»Ja, das dachte ich mir schon.« Meine Stimme zitterte ein wenig, als sich die Schmerzen in meinem Arm in meine Hand verlagerten. Selbstheilung war doppelt schmerzhaft, außerdem war ich dabei ein völliger Neuling, deshalb musste ich es langsam angehen. Mein einziges Ziel bestand darin, die Blutung zu stillen und einen dünnen Schorf zu bilden. Noah hatte gemeint, kleine Heilungsziele wären gut und erreichbar. Deshalb beschloss ich, Bänder, Sehnen und Sonstiges vorerst außen vor zu lassen.

*Blutung stillen, Schorf bilden.*

Sheas Züge entspannten sich endlich – Lincoln hatte ihr bereits einen Großteil der Schmerzen genommen, das merkte ich.

»Oh, ich hab was vergessen«, sagte er.

»Hm?«

Was konnte es denn noch geben?

Lincoln sah mich mit seinen kobaltblauen Augen eindringlich an. »Halt dich um Himmels willen von dem Abrus-Dämon fern. Er stinkt nach Höllenfeuer.«

Kaum hatte er die Worte ausgesprochen, wusste ich ohne jeden Zweifel, dass Luzifer den Abrus-Dämon geschickt hatte, um ein Auge auf mich zu haben. Eine Gänsehaut breitete sich über jeden Quadratzentimeter meiner Haut aus, und ich musste unwillkürlich an James' Prophezeiung denken. Die Prophezeiung, die man sich anscheinend an der Tainted Academy erzählte. Und die sich völlig davon unterschied, woran unser lieber Raphael glaubte.

Ich wandte den Blick nach oben an die Decke und betete zum ersten Mal seit einer gefühlten Ewigkeit.

*Gott, bitte lass mich diese Nacht lebend überstehen und morgen in Angel City sein.*

*Mit meiner Mom. Und allen Gliedmaßen. Amen.*

# 18

Lincoln blieb keine Zeit, mich zu heilen, denn es beanspruchte die gesamte Pause, Sheas Ohr zu fixieren. Ich war erschöpft, nachdem ich mich selbst geheilt hatte, aber eines von Sheas kraftspendenden Bonbons konnte es locker mit mindestens drei Energydrinks aufnehmen. Kaum hatte ich ein paar davon gelutscht, fühlte ich mich hellwach und mehr als bereit für die nächsten zwei Kämpfe.

Die gut verliefen. Mit *gut* meine ich, dass mir der kleine Finger gebrochen wurde, meine linke Augenbraue wahrscheinlich genäht werden musste und mir ein paar Strähnen aus meinem Pferdeschwanz fehlten – aber wir hatten gewonnen. Unsere Gegner waren in echt üblen Vierteln aufgewachsen und mehr als abgehärtet. Sie wussten, wie man sich durchschlug und überlebte – aber wir auch.

Als wir den Käfig nach unserem dritten Kampf verließen, erwarteten uns Chloe und Luke, doch von Lincoln fehlte jede Spur.

»Was ist los?« Ich humpelte zu Chloe, deren Züge verrieten, dass etwas Schlimmes passiert sein musste.

Sofort veränderte sich ihre Miene, und sie setzte ein Lächeln auf. »Ach, nichts weiter. Lincoln ist nur … ohnmächtig geworden. Also hat ihn mein Vater zurück über die Grenze gebracht.«

»Ohnmächtig!« *Oh Gott. Verdammt, wir hatten wohl überschätzt, wie lange sich Celestials in Demon City aufhalten können.* Wie viele Stunden waren inzwischen vergangen? Ich wusste es nicht, aber ich war verdammt erschöpft.

Shea streckte mir mit zittriger Hand eines ihrer magischen Energiebonbons entgegen.

»Danke.« Ich legte es mir auf die Zunge. Prompt schaltete mein Herz einige Gänge höher, als Adrenalin durch meinen Körper schoss.

Ich humpelte in die Ecke, in der wir unseren Heilbereich eingerichtet hatten, und ließ mich auf meinen Stuhl plumpsen. Im Grunde genommen handelte es sich nur um zwei Stühle und einen Schlafsack, die man für uns bereitgestellt hatte. Wir trugen jeden Kampf im großen Käfig aus, während andere, kleinere Kämpfe nach wie vor draußen auf dem Feld stattfanden. Natürlich diente dies dazu, uns auszulaugen.

Außerdem hatte ich erfahren, dass der verdammte grauhaarige Abrus-Dämon bei der Kampfnacht das Sagen hatte. Er war derjenige, der die Million Dollar für die Gewinner stiftete. Bei jedem Kampf war er an vorderster Front dabei und beobachtete mich wie ein Raubtier seine Beute. Mein Bein brachte mich um, mein kleiner Finger schmerzte heftiger, als man es bei einem kleinen Finger für möglich halten würde, und ich konnte mir nicht vorstellen, wie ich vier weitere Kämpfe überstehen sollte.

»Lincoln ruft an«, verkündete Luke und hielt mir sein Handy vors Gesicht.

Ich lehnte mich auf dem klappigen Picknickstuhl zurück

und nahm das Telefon entgegen. »Alles in Ordnung?«, fragte ich.

»Alles in Ordnung. Bei *dir?*« Er klang benommen.

Nein. Ich brauchte fünf Stunden Schlaf, Schoko-Erdnussbutter-Eiscreme und eine Million Dollar.

»Ja, alles gut«, log ich.

»Pass auf, ich habe eine andere Heilerin geschickt. Sie übernimmt die nächsten zwei Kämpfe, danach kommen Noah und ich zu deinem großen Finale zurück. Du schaffst das. Wir holen deine Mutter nach Angel City.«

*Er hat eine neue Heilerin geschickt? Wen?*

Seine aufmunternden Worte brachten mich zum Weinen. Tränen liefen mir über die Wangen, obwohl ich mich bemühte, meine Emotionen im Griff zu behalten. »Mir tut alles weh«, gestand ich.

Er seufzte. »Ich weiß. Du musst den Punkt erreichen, an dem du nicht mehr nur mit dem Körper kämpfst. Dein Geist muss übernehmen. Der Schmerz wird vergehen, du musst dich da nur durchbeißen.«

Ich war mir nicht sicher, ob ich verstand, was er meinte, aber es hörte sich vernünftig an. »Okay.«

»Brielle, ich liebe dich, und ich bin so stolz auf dich.« Er klang müde und niedergeschlagen. Es brachte ihn förmlich um, nicht jede Sekunde bei mir sein zu können, das wusste ich. Umgekehrt würde es mir genauso gehen.

»Ich liebe dich auch«, erwiderte ich und legte auf.

Nach einem ausgiebigen Schluck Wasser sah ich nach meiner besten Freundin.

»Wie geht's dir? Lincoln hat gesagt, er schickt für die nächsten Kämpfe eine andere Heilerin. Er und Noah kommen für die letzten zwei Runden wieder, um uns vollständig zusammenzuflicken.«

Sie sah schrecklich aus, blutig und übersät von blauen Flecken. Wahrscheinlich genau wie ich, würde ich in den Spiegel schauen. Aber ihr Geist war nicht gebrochen, das merkte ich ihr an. Sie hasste die Tainted Academy samt diesen Arschlöchern von Schülern. Sie hatten meine Freundin innerhalb kürzester Zeit gezeichnet, und das hatte sie nicht vergessen.

»Ich könnte 'nen dreiwöchigen Urlaub auf Hawaii vertragen. Davon abgesehen ist alles gut.« Als sie grinste, brach ihre verheilte Lippe wieder auf, und Blut lief ihr auf die Zähne.

»Sieht so aus, als könntet ihr Mädels eine Heilerin gebrauchen«, hörten wir eine vertraute Frauenstimme.

Als ich mich auf dem Sitz herumdrehte, erblickte ich Mrs Greely, die mit ihrer hellbraunen Handtasche dastand und an diesem Ort so fehl am Platz war wie ein Pudel in einem Rudel Pitbulls.

»Mrs Greely! Sie sind gekommen.« Ich stand auf und zog sie in eine Umarmung, obwohl es schmerzte. Schließlich trat sie einen Schritt zurück und strich mein Haar glatt.

»Natürlich, meine Liebe. Raphael musste die Grenzwächter ein bisschen bestechen, aber hier bin ich.«

Raphael hatte die Grenzwächter von Demon City geschmiert? Ich hätte gutes Geld dafür bezahlt, das zu sehen.

Mrs Greely heilte meinen kleinen Finger in Nullkommanichts, danach versorgte sie Sheas Ellbogen. Irgendein Schadenszauber hatte ihn getroffen. Viele der Kämpfer waren Dunkelmagier und warfen mit anspruchsvollen Zaubern um sich, die eindeutig ihre Lehrer für sie vorgefertigt hatten.

Bei unserem letzten Kampf hatte ich es mit einem Zentauren zu tun bekommen, daher die aufgeplatzte Augenbraue. Er hatte mir direkt ins Gesicht getreten. Bisher hatten wir das Glück gehabt, dass sich alle Gegner ergeben hatten und wir niemanden töten mussten. Allerdings bezweifelte ich, dass es die ganze Nacht so weitergehen würde.

Shea lehnte sich an mich. »Die anderen werden auch allmählich müde. Wir müssen von Anfang an richtig Gas geben und die Nächsten sofort erledigen.«

Ein guter Plan, nur schwierig umzusetzen, wenn die Realität nicht mitspielte.

»Was schwebt dir vor?« Ich überlegte. Vermutlich hatte sie irgendeinen Plan, wie wir unsere Waffen nutzen könnten. Der Ansager forderte uns nicht mehr auf, sie in die Mitte des Käfigs zu legen, seit sich gezeigt hatte, dass Sera nur mir gegenüber loyal war.

»Erinnerst du dich an das schwarze Peitschending, das du gegen die Sukkubus-Dämonin ausgepackt hast?«, überlegte Shea.

Ein Schauder durchlief mich. Mir widerstrebte es zutiefst, meine dunkle Magie zum Gewinnen dieser Kämpfe zu nutzen. Abgesehen davon erschöpfte es rasch meine Energie.

»Ja, sofern ich das noch mal hinbekomme«, gab ich zurück.

»Bei den nächsten Kämpfen schlägst du einfach mit der Peitsche zu, sobald der Summer ertönt. Ich erschaffe einen magischen Schild, der uns davor schützt, von irgendwelchen Zaubern getroffen zu werden.«

Wieder ein guter Plan, der jedoch davon abhing, dass es mir gelingen würde, die Peitsche heraufzubeschwören.

*Du brauchst die Peitsche nicht. Lass mich auf sie los, und ich schneide sie in Stücke!*, brüllte Sera.

Ich kicherte in mich hinein. Ich wollte es mir nicht eingestehen, aber insgeheim merkte ich, dass ich mittlerweile unheimlich leicht auf meine dunkle Magie zugreifen konnte. Von daher würde mir die Peitsche bestimmt gelingen. Sera war spitze, nur musste ich sehr nahe an meinen Gegner heran, um mit ihr wirklichen Schaden zu verursachen. Seras Kräfte musste ich für unseren letzten Kampf aufsparen. Sie war für Erschöpfung genauso anfällig wie ich, und sie konnte keine kraftspendenden Bonbons lutschen.

»Ist einen Versuch wert«, meinte ich zu Shea.

»Rufen wir unsere hübschen Engel zurück in den Ring!«, dröhnte der Ansager.

Er hatte uns den Spitznamen »Engel« verpasst, was von der Wahrheit kaum weiter entfernt sein konnte.

Mir kam der Gedanke, wie verkorkst die Welt geworden war. Wir nahmen an einem im Fernsehen ausgestrahlten Kampf auf Leben und Tod teil, um Geld zu gewinnen, damit wir einen Menschen aus einem Sklavenvertrag freikaufen konnten. Als ob Menschen überhaupt versklavt werden dürften.

»Viel Glück, Mädels. Ich versuche zu bleiben, solange ich kann«, versprach Mrs Greely, die jedoch bereits eindeutig blass um die Nase aussah. Zweifellos war es ihr erster Aufenthalt in Demon City.

Was stimmte eigentlich nicht mit mir, dass ich ohne irgendwelche negativen Auswirkungen in Demon City leben konnte? Verdammt, ich war sogar ohne irgendwelche Unannehmlichkeiten *durch die Hölle* gegangen. Was sagte das über mich als Person aus?

*Es sagt aus, dass es dir deine Luzifer-Kräfte ermöglichen. Mehr nicht. Grübelst du über alles so?*, fragte Sera.

Ich stöhnte. *Lauschst du allen meinen zutiefst persönlichen Gedanken oder nur manchen?*, feuerte ich zurück.

*So ziemlich allen. Ist meine einzige Form der Unterhaltung*, erwiderte sie.

Unwillkürlich entwischte mir ein Kichern.

»Komm schon, du Verrückte.« Shea zog mich auf die Beine.

*Ups.* Ich hätte beinahe die bevorstehende Aufgabe vergessen. Sollte ich je auf einer einsamen Insel stranden und könnte nur einen Gegenstand mitnehmen, müsste es auf jeden Fall Sera sein. Sie würde mich bei Laune halten, bis wir beide verdurstet wären.

*Ich trinke kein Wasser*, warf sie ein.

*Still jetzt. Es geht wieder los*, ermahnte ich meine Ewigkeitswaffe.

Als wir den Käfig betraten, entspannte ich mich ein wenig. Steph und Ben waren unsere Gegner. Sie sahen mitgenommen aus. Steph hielt sich eine notdürftig verbundene Hand an die Brust, Ben hinkte. Vermutlich konnten sie sich keinen Heiler-Dämon leisten.

Sie hatten behauptet, sie würden nicht echt gegen uns kämpfen. Aber Vertrauen war eine heikle Sache. Ich wollte nicht zu unvorsichtig sein und dann überrumpelt werden, falls sie doch Vollgas gaben.

Wie bei den anderen Malen wurde das Tor zugeknallt, der Käfig unter Strom gesetzt, und der Summer ertönte, alles innerhalb von Sekunden. Und der Kampf begann.

Shea und ich wechselten einen Blick, und ich beschloss, auf Vertrauen zu setzen. Vielleicht, weil ich auf meine hellere Seite hören wollte. Deshalb ließ ich nicht die schwarze Peitsche hervorschnellen, wie ich es Shea versprochen hatte. Stattdessen zückte ich Sera und ließ sie einen geballten Lichtstrahl auf Stephs Oberschenkel abfeuern, die mit einem Aufschrei zu Boden ging.

Ben stürmte heran und schoss mit einem Pfeil auf Sheas Kopf, verfehlte sie jedoch um wenige Zentimeter.

Absichtlich?

Ich wusste, dass es echt aussehen musste, damit sie nach unserer Abreise das Gesicht wahren konnten, aber ich wollte sie nicht ernsthaft verletzen.

*Tu ihr nicht zu sehr weh,* sagte ich zu Sera, fuhr die Flügel aus und erhob mich in die Luft. Die Spitzen meiner Schwingen streiften die Ränder des Käfigs, und ein leichter Stromschlag zuckte durch meine Schultern.

*Argh! Verfluchte Elektrogitter!*

Ich zog die Flügel ein wenig ein, segelte über Stephs zusammengesackte Gestalt hinweg und landete hinter ihr. Mit einer Hand in ihrem Haar setzte ich Sera an ihrem Hals an.

*Gerade genug, dass es blutet,* wies ich meine Klinge an.

Ich spürte, wie Sera über Stephs Hals glitt und die Haut nur gerade so ritzte, dass sich ein einziger Tropfen Blut löste.

»Ich kapituliere!«, schrie Stephanie.

Die Menge buhte. Es war ein kurzer und einfacher Kampf, was ich sehr zu schätzen wusste. Nur zu gern hätte ich Steph umarmt und ihr mitgeteilt, wie dankbar ich ihr war.

Stattdessen entfernte ich nur das Messer von ihrem Hals, ließ Ben sie aufheben und mit ihr davongehen. Die beiden warfen keinen Blick mehr in meine Richtung.

Während ich beobachtete, wie meine zwei alten Schulfreunde eine Kampfarena verließen, in der ich gerade so getan hatte, als würde ich versuchen, sie zu töten, starb ein Teil meiner Kindheit. Wenn die Nacht vorbei wäre, würde ich nie zurückkommen und Steph und Ben vermutlich nie wiedersehen.

Ich konnte nur hoffen, dass sie wussten, wie dankbar ich ihnen war.

Die nächsten Kämpfe verlangten sowohl meinem Körper als auch meinem Geist alles ab. Als unsere Gegner, eine völlig durchgeknallte Nekromantin und ein Gestaltwandler, endlich kapitulierten, brach ich in Tränen aus. Die ständigen Adrenalinschübe und die Erschöpfung machten mir allmählich zu schaffen, und ich konnte fühlen, dass auch meine mentale Stärke ins Wanken geriet.

»Wir haben eine Kapitulation!«, verkündete der Ansager ohne Begeisterung, als hätte er lieber noch mehr Blut gesehen.

Die Tür zum Käfig schwang auf. Die Nekromantin und der Gestaltwandler eilten hinaus. Ein letztes Mal drehten sie sich nach meiner schwarzen Peitsche um, als wäre ich der Teufel höchstpersönlich.

Sheas Wimmern in der Ecke ließ mich zu meiner besten Freundin herumschnellen. Sie hielt sich die Brust, und ich schleuderte der Nekromantin einen zornigen Blick hinterher.

»Was ist?«, fragte ich Shea. Immer noch liefen mir Tränen übers Gesicht.

»Ich glaube, er hat mir das Schlüsselbein gebrochen«, presste sie unter Schmerzen heraus.

Am liebsten wollte ich aufgeben. Ich wollte meine beste Freundin hochheben, mit ihr davonfliegen und nie wieder ein Wort über den Tag verlieren, an dem wir an diesem dämlichen Wettkampf teilgenommen hatten. Am liebsten wäre ich gestorben.

»Also gut, Wettstreiter! Noch ein letzter Kampf steht aus. Zwischen unseren süßen Engeln aus Angel City und zwei der mächtigsten Schüler, die wir hier haben – Nadia und Gor!«

Alle Farbe entwich aus Sheas Zügen.

»Was ist?«, hauchte ich.

»Das sind die Dunkelmagierin, die deinen Bruder verprügelt hat, und ihr Gestaltwandler-Lover. Er ist ein Panther«, sagte Shea.

Wahrscheinlich brauchte ich eine Therapie, denn ihre Worte erregten mich geradezu. Die Schlampe, die meinen Bruder vermöbelt hatte? Die vom Tag unserer Anmeldung zur Kampfnacht? Oh, ich würde so was von den Boden mit ihr aufwischen. War mir egal, wie schlecht es mir ging.

Verschwommen huschte ein Schopf blonder Haare an mir vorbei, dann zogen Noahs golden leuchtende Hände Shea in seine Arme.

»Hey, Babe.« Er zwinkerte ihr zu.

Gebrochenes Schlüsselbein hin oder her, Shea schmolz bei Noahs Anwesenheit dahin, und wir verließen den Käfig.

»Wo ist Lincoln?«, fragte ich aufgeregt. Da uns Mrs Greely damit überrascht hatte, dass sie zwei Kämpfe lang durchhielt und uns heilen konnte, hatten wir vereinbart, dass Lincoln und Noah erst zur letzten Runde kommen sollten. Sie wollten uns unmittelbar vor dem Kampf noch einmal rundum heilen, danach würden sie noch genug Energie haben, um uns rauszubringen, wenn alles vorbei wäre. In meinem derzeitigen Zustand würde ich unmöglich fahren können.

Noah drängte sich durch die Menge zu Chloe und Luke, die unser kleines Plätzchen zum Heilen freihielten. Einige der Nachtblüter, die Chloes Dad geschickt hatte, bewachten die Ecke, als wären sie Security-Mitarbeiter und dies die Eingangstür zum Nachtclub von Chloes Vater.

Noah sagte kein Wort. Hörte er mich nicht?

»Noah, Lincoln hat gesagt, er würde zum letzten Kampf hier sein. Geht's ihm gut?« Vielleicht hatte ihm die Zeit hier doch zu sehr zu schaffen gemacht.

»Es geht ihm gut. Er kommt, sobald er kann.« Noah sah

mir nicht in die Augen. Irgendetwas stimmte nicht. Lincoln würde auf keinen Fall meinen letzten Kampf verpassen. *Niemals.*

»Noah, was immer du verheimlichst, du rückst jetzt sofort mit allem heraus.« Ich packte ihn am Arm. *Hart.*

*Ich bin sehr gut darin, Informationen aus Leuten herauszuholen,* teilte Sera mir hilfsbereit mit.

Noah legte Shea auf den Schlafsack und hielt seine leuchtenden Hände über ihr Schlüsselbein. Dann schaute er zu den Dämonen rüber, die sich hinter mir herumtrieben, und ließ seinen Blick dann über das Gesocks des Publikums schweifen. Seine Augen wurden groß.

»Könntest du näher herkommen?«, presste er zwischen zusammengebissenen Zähnen hervor.

*Oh. Ein Geheimnis.*

Jeder einzelne Muskel in meinem Körper, darunter solche, von deren Existenz ich vor diesem Tag nichts geahnt hatte, schrie gequält auf, als ich mich neben ihn kniete. Dann lehnte ich mich so nah wie möglich zu ihm.

»Was ist? Ich flippe gleich aus«, flüsterte ich.

Noah begegnete einen Moment lang meinem Blick, und ich konnte nicht umhin zu bemerken, was für wunderschöne grüne Augen er besaß. »Jemand … hat deine Mutter angegriffen. Hat versucht, sie umzubringen. Lincoln …«

Ein erstickter Schrei entrang sich meiner Kehle, und Shea schnappte nach Luft.

»Geht's ihr gut?«, brachte ich irgendwie hervor. Alles im Raum verschwamm, und ich hatte das Gefühl, jeden Moment das Bewusstsein zu verlieren. Dass mir seit dem Vormittag immer wieder Adrenalin durch den Körper schoss, war nicht spurlos an meinem Nervensystem vorbeigegangen.

Noah ergriff meine Hand. »Sie ist erschrocken, aber körperlich *völlig* in Ordnung. Sie hat Mikey angerufen, der hat Lincoln verständigt. Er ist jetzt bei ihr und hat den Dämon erledigt, der ihr was antun wollte. Ihr Mädels müsst nur so schnell wie möglich diesen Kampf gewinnen, damit wir erst zu deiner Mutter können und dann nichts wie weg von hier.«

Mein Blut brodelte. Als Erstes kam mir Grim in den Sinn. Der Drecksack hatte einen Killer auf meine Mutter angesetzt, damit ich auch dann nicht glücklich mit ihr davonspazieren könnte, wenn ich gewonnen und ihm sein Geld überreicht hätte. Ich spürte es in den Knochen. Er steckte dahinter.

Ich war schon oft in meinem Leben wütend gewesen, aber noch nie so außer mir vor Rage. Gegen meinen Willen fuhren meine Flügel aus und ließen Chloe hastig an die Wand zurückweichen.

»Ich bring ihn um«, grollte ich.

Entsetzt starrte Noah auf meine Flügel. »Beruhige dich. Du …«

»Qualmst«, beendete Shea den Satz und zeigte auf meine Schwingen.

Als ich zu den Spitzen meiner Flügel schaute, kräuselte sich tatsächlich Rauch von ihnen.

*Gut.*

Ich stand auf und blickte auf Shea hinab. »Bringen wir es zu Ende.«

*Niemand legt sich mit meiner Familie an.*

# 19

Nadia und Gor waren eindeutig bereit, uns fertigzumachen. Sie hatten Risse in der Kleidung und verkrustetes Blut an den Körpern, ansonsten jedoch wirkten sie unverletzt. Demnach musste ihnen ein Heiler-Dämon zur Verfügung stehen.

»Was ist das überhaupt für ein Name? Gor?«, fragte ich Shea auf dem Weg zum Käfig. Ich hatte mich von Noah ein bisschen heilen lassen, aber die Wut und das Adrenalin wirkten wahre Wunder, ich verspürte keinerlei Schmerzen.

Der große, behaarte Typ zog sich aus, was wohl bedeutete, dass er … Jawohl, er verwandelte sich.

*Na spitze.*

»Abkürzung für Gordon. Er ist ein Arsch. Ich bin so was von bereit, beide abzumurksen, Mom zu holen und nach Hause zu verschwinden.« Shea grunzte, als wir uns durch die Menge bewegten.

Als ich ihre Hand ergriff, drehte sie mir den Kopf zu und sah mich an.

»Danke. Ich könnte mich hierbei auf niemanden sonst verlassen.«

Shea lächelte. Ich ignorierte das Blut an ihren Zähnen. »Wir ziehen das zusammen durch, Schwester. Ich liebe dich.«

Ich lachte, dann zuckte ich zusammen. Offenbar gehörte zu meinen Wehwehchen auch eine gebrochene Rippe.

Mein Blick schnellte zu dem schwarzen Panther, der im Käfig auf und ab lief, während die Menge in blutrünstiges Geschrei ausbrach.

»Ich übernehme den Gestaltwandler, du die Magierin?«, schlug ich vor. Shea war geschickter im Umgang mit Magiebegabten als ich.

»Gern«, antwortete Shea und verstärkte den Griff um die halbkreisförmigen Klingen in ihren Händen. Violette Magie strömte aus ihren Handgelenken und umgab die scharfen Kanten.

Wir waren beide unsagbar müde, verwundet und … erledigt. Es musste ein schneller und gnadenloser Kampf werden, was ich ohnehin wollte. Allerdings nagte etwas an meinem Gewissen. Das waren bloß Teenager. Oder junge Erwachsene. Wie man es sehen wollte. Jedenfalls kämpften sie um das Geld und eine bessere Stellung im Leben. Zugegeben, alle hier waren ziemliche Ärsche und bösartig, was jedoch daran lag, wie sie aufgewachsen waren. Dieses Drecksloch namens Demon City ließ keine Träume von etwas anderem zu. Diese Kids machten einfach nur das Beste aus dem miesen Blatt, welches das Schicksal ihnen ausgeteilt hatte.

*Was zum Teufel ist in mich gefahren? Weichherzig gegenüber diesen Typen zu werden, unmittelbar bevor ich gegen sie …*

Der Summer ertönte.

Ich fühlte mich so hin- und hergerissen, dass ich glaubte, mich übergeben zu müssen. Woher kamen diese neuen Gedanken?

Die Magierin mit den pinken Haaren schleuderte mir sofort einen violetten Zauber entgegen, ich warf mich zu Boden und rollte mich davon weg. Als mich der Panther auf dem Boden sah, beschloss er, mich anzugreifen.

*Du bist ein guter Mensch. Ist völlig in Ordnung, dass du Mitgefühl für sie empfindest. Nur darfst du darüber deinen Selbsterhaltungstrieb nicht vergessen, sonst gehen wir drauf!* Sera stieß einen spitzen Schrei aus, als der Panther durch die Luft sprang und auf mir landete, bevor ich mich auf die Beine rappeln konnte.

Sie hatte recht. Was dachte ich mir dabei, mir ausgerechnet jetzt eine Gewissenskrise zu gestatten? Ich stieß Sera in dem Moment in den Bauch des Tieres, als es die Zähne in meine rechte Schulter schlug.

Stechender Schmerz durchzuckte mich. Der Panther und ich heulten gleichzeitig auf.

Ich musste dieses moralische Dilemma aus dem Kopf bekommen und den Kampf überleben. Mein Selbsterhaltungstrieb setzte ein, und ich holte mit dem Bein aus, so weit ich konnte, keilte den Stiefel unter den Bauch des Panthers, trat mit aller Kraft aus und stieß ihn von mir. Er segelte samt Sera quer durch den Käfig. Ich hatte die Klinge in seinem Bauch stecken gelassen. Als er landete, krallte er sofort an ihr und bekam sie mit einem kräftigen Feger einer Pranke heraus.

*Plan B.*

Obwohl ich darauf eigentlich nicht noch einmal zurückgreifen wollte. Die dunkle Magie einzusetzen machte mir zu schaffen. Jedes Mal, wenn ich sie heraufbeschwor, fühlte ich mich hoffnungsloser und deprimierter. Allerdings sah ich keine andere Möglichkeit. Mit einem tiefen Atemzug rief ich meine schwarzmagische Peitsche herbei. Flimmernd wuchs sie aus meiner Hand wie eine Schlange, und die Menge tobte. Pechschwarze Energie strömte knisternd die Ränder der Peitsche entlang zur Spitze.

Ich holte mit der Hand aus und wollte die Peitsche auf den Panther schnalzen lassen, als ich aus dem Augenwinkel etwas Rotes wahrnahm. Zu spät drehte ich den Kopf, als ein rosafarbener Zauber in meine Brust einschlug. Shea stieß einen frustrierten Schrei aus und stürzte sich auf die Magierin, während mich ein Schwindelanfall überkam.

*Mist. Plan C.*

Der Käfig drehte sich um mich herum. Plötzlich wusste ich nicht mehr, ob sich der Panther vor mir oder zu meiner Rechten befand. Vielleicht auch zu meiner Linken. So oder so, er schlich näher, und ich hatte das Gefühl, umzukippen. Ich stellte mich breitbeinig hin, um das Gleichgewicht wiederzufinden, dann peitschte ich in die Richtung, in der ich das Tier vermutete. Daneben. Der Panther pirschte sich immer noch an.

Da ich nicht riskieren wollte, Shea zu verletzen, wich ich weiter zurück, verschaffte mir einen Atemzug Zeit, um die Gedanken zu ordnen. Meine Flügel stießen gegen das Elektrogitter. Schon wieder. Ein frustrierter Schrei drang aus meiner Kehle, und ich legte die Flügel an den Körper an. Als ich die Peitsche erneut ausfuhr, traf ich etwas und wurde mit dem Winseln des Panthers belohnt.

»Schwindelzauber, Shea!«, rief ich und hoffte, sie würde mich verstehen. Für vollständige Sätze fehlte mir die Energie. Plötzlich flogen zwei violett leuchtende Kugeln durch die Luft und trafen mich. Sheas Magie. Sofort wurde meine Sicht klar. Gerade noch rechtzeitig, um den Panther in hohem Bogen durch die Luft auf mich zukommen zu sehen, die Kiefer weit aufgerissen, die Zähne glitzernd vor Speichel.

Mit einer schnellen Bewegung aus dem Handgelenk schlang ich die Peitsche um seinen Hals. Als ich den Griff verstärkte, jaulte er auf und fiel zu Boden.

*Schneid ihm den Kopf ab!*, rief Sera.

Seine grünen Katzenaugen starrten mich an, und ich zauderte.

»Ich will dich nicht umbringen, aber ich tu's, wenn es sein muss«, brüllte ich und zog die Peitsche enger. Rauchwölkchen stiegen um seinen Hals auf.

Bei meinen Worten fing die Peitsche langsam an, sich weiß zu färben. Ein grelles Celestial-Feuer drang aus meiner Handfläche, breitete sich pulsierend die Peitsche entlang aus und veränderte deren Farbe.

*Was zum Teufel ist das?*, fragte ich Sera in der Hoffnung, sie würde es sehen, obwohl sie keine Augen hatte und in der Ecke auf dem Boden lag.

*Engelsfeuer. Genauso tödlich. Ich habe dir ja gesagt, dass du deine dunkle Magie nicht brauchst.* Stolz schwang in ihrer Stimme mit.

Ich hatte Celestial-Magie heraufbeschworen! Also musste ich nicht dunkle Magie benutzen, um knallhart zu sein!

Das weiße Feuer züngelte die Peitsche entlang, kam dem Gesicht meines Gegners besorgniserregend nah.

»Wir kapitulieren!«, schrie Nadia mit niedergeschlagener Stimme.

Der Summer ertönte, um unseren Sieg zu verkünden, und die Tür des Käfigs öffnete sich.

Wir hatten gewonnen.

Verblüffung erfasste mich, als ich die Peitsche zurückrief und sie vom Hals des Panthers abfallen ließ.

Meine Mutter war frei – und wir hatten gewonnen! Ich

würde nie wieder an diesen elenden Ort zurückkehren müssen. Am liebsten hätte ich geweint, ein Nickerchen gemacht, so viel gleichzeitig.

Stattdessen sackte ich vor Erleichterung gegen das nicht mehr stromgeladene Käfiggitter.

Mein Blick folgte dem Abrus-Dämon mit dem silbrigen Haar, als er mit einem Tablet in den Käfig stieg.

»Glückwunsch, Ladys. Wohin soll das Geld überwiesen werden?« Er strahlte vor Stolz, was mich unheimlich beunruhigte.

*Er freut sich darüber, mir eine Million Dollar zu geben und dabei zuzusehen, wie ich nach Angel City zurückkehre? Warum?*

Sein Blick schnellte zur Ecke des Käfigs, wo Sera lag. Mit dem Trick, den Michael mir beigebracht hatte, rief ich sie zu mir. Die Klinge schwebte quer durch den Käfig und in meine Hand.

Der Dämon zog die linke Augenbraue hoch. Ein Lächeln verzog seine Lippen.

Ich holte die Karte mit Grims Bankverbindung aus der Tasche.

»Du kannst das Geld dahin überweisen«, sagte ich und reichte ihm die Daten.

Er nahm die Karte entgegen, dann sah er mir in die Augen. »Ich gebe jeder von euch zehn Millionen, wenn ihr Angel City verlasst und für mich arbeitet.«

Zehn Millionen *für jede von uns?* Wer hatte so viel Kohle? Womit verdiente dieser Kerl sein Geld? Ich hatte so viele Fragen, gleichzeitig wollte ich die Antworten jedoch *wirklich* nicht wissen.

Shea hatte Dollarzeichen in den Augen. »Wie jetzt, zehn

Millionen im Voraus auf die Hand?«, fragte meine beste Freundin.

Ich warf ihr einen finsteren Blick zu und schüttelte den Kopf. »Nein.«

Kurze, klare Antwort. Ich wollte nur schleunigst weg und zu meiner Mom.

Der Abrus-Dämon wirkte enttäuscht, aber er tippte etwas auf seinem Tablet. Dann trat er näher zu mir und gab mir die Karte zurück. Dabei beugte er sich nach vorn. »Der Fürst der Finsternis ist sehr zufrieden mit deinen Fortschritten. Er hofft, dich schon bald zu sehen«, flüsterte er mir ins Ohr, zog sich zurück und zwinkerte.

*Wie widerlich.* Was fiel ihm ein, mir zuzuzwinkern? Das durften nur Noah und Lincoln, sonst niemand. Na ja, vielleicht noch der Erzengel Michael, aber damit hatte es sich.

Der Dämon ging davon und nahm seinen Schwefelgestank mit, sonst hätte ich ihm ordentlich die Meinung gesagt.

*Der Fürst der Finsternis ist zufrieden mit mir? Er hofft, mich schon bald zu sehen?* So ziemlich alles, was ich *nicht* hören wollte, war aus dem Mund dieses Kerls gekommen.

*Vergiss es. Du bist jetzt in Sicherheit. Holt Lincoln und deine Mom!,* erinnerte Sera mich an meine Prioritäten.

Noah kam aus dem Nichts in den Käfig gestürmt. »Grim hat das Geld. Lasst uns schleunigst verschwinden. Die Leute sind stinksauer, dass die Fallen Academy gewonnen hat. Und ich bezweifle, dass sie ihre Unzufriedenheit noch lange für sich behalten.«

*Oh Mann.*

Ich warf einen Blick auf meine Schulter, die ziemlich übel zerfleischt war und stark blutete. Ich schnitt mit Sera die untere Hälfte meines rechten Hosenbeins ab und reichte den Stoff

Noah für einen schnellen Verband. Er durchwirkte ihn mit seinem orangefarbenen Heillicht, um die Blutung zu stillen, dann humpelten wir los, so schnell wir konnten, dicht gefolgt von Chloe und Luke.

»Sie haben die Leute meines Vaters rausgeworfen«, flüsterte Chloe.

»Was?«, entfuhr es mir. »Wieso?«

»Sie wollen keine Gaffer aus Angel City mehr hierhaben«, antwortete sie. Dabei fiel mir zum ersten Mal auf, dass sie die rote Dämonensklaven-Tätowierung trug. Genau wie Luke.

Mein Mund klappte entsetzt auf, aber sie grinste. »Beruhig dich. Ist nur Lippenstift«, sagte sie mit leiser Stimme.

*Oh, Gott sei Dank.*

Wir gerieten ins Gedränge der Schar von Dämonen und Schülern der Tainted Academy, die zum Parkplatz strömte, als plötzlich jemand einen Ruf ausstieß.

»Das sind die Penner von der Fallen Academy! Die halten sich für was Besseres als uns, und jetzt haben sie uns auch noch unser Geld weggenommen!«, beschwerte sich ein offensichtlich betrunkener alter Kerl.

Als ich aufschaute, stellte ich fest, dass unser Auto umzingelt war. *Mist.*

»Zurück!«, brüllte Noah und zog seine Klinge, die gleißend orange leuchtete.

Niemand rührte sich.

Ich überschlug die Anzahl der Köpfe um unser Auto und gelangte zu dem Schluss, dass uns ungefähr fünfzig Personen den Weg zum Wagen versperrten.

*Irgendwelche Ideen?*, fragte ich Sera.

*Deine Brüste zeigen?*, schlug sie vor.

Wie konnte diese Waffe irgendetwas mit Engeln zu tun haben? Sie hatte versautere Gedanken als ich.

»Zeigen wir ihnen, wie man in Demon City wirklich kämpft!«, brüllte jemand anderes.

Dann setzte der Herdentrieb ein: Sobald der Erste auf uns losstürmte, folgte der Rest ohne zu zögern.

Meine Flügel fuhren im selben Moment aus wie die von Noah. Ein erstickter Schrei entrang sich mir, als die Wunde an meiner Schulter wieder aufbrach.

Wir würden alle auf dem Luftweg aus der Stadt befördern müssen. Bei einer Übung war ich schon mit Shea geflogen. Dabei hatte ich es drei Meter in die Luft geschafft, bevor ich sie fallen gelassen hatte. Einfach war es nicht, trotzdem glaubte ich, dass ich es hinbekommen könnte. Allerdings hatten wir auch Luke und Chloe bei uns, zudem würden wir gleich zerfleischt werden.

Plötzlich flammte ein grelles blaues Licht am Himmel auf. Alle hielten inne und bedeckten die Augen.

Ein dumpfer Aufprall ertönte in der Nähe. Als ich aufschaute, sah ich den Erzengel Michael auf dem Dach unseres SUVs stehen – leuchtend und offenbar bereit für eine Schlacht.

»Lincoln hat gemeint, ihr braucht vielleicht eine Eskorte«, verkündete er. Seine Stimme hallte dröhnend über den Parkplatz. »Jeder, der diese fünf daran hindert, das Gelände zu verlassen, wird Zeit in der Hölle verbringen«, blaffte Michael. Sein Schwert feuerte dazu einen blauen Feuerball ab, der alle schreiend auseinanderspringen ließ.

»Heilige Scheiße«, hauchte Chloe.

»Ich liebe ihn«, entfuhr es Shea.

*Du solltest ihn mal riechen. Er duftet so gut*, warf Sera ein.

»Rein ins Auto!«, brüllte Noah.

Die aufgebrachte Meute hatte sich geteilt wie das Rote Meer, während Michael mit erhobenem Schwert auf unserem SUV stand.

*Mein Freund hat den Erzengel Michael angerufen, um mich hier rauszuholen, damit er bleiben und meine Mutter beschützen kann. Oh mein Gott, ich werde ihn eines Tages so was von heiraten.*

Kaum waren wir alle eingestiegen, legte Noah den Rückwärtsgang ein und bretterte vom Parkplatz. Ich lehnte mich durchs Fenster hinaus und schaute nach oben.

»Michael fliegt über unserem Wagen!«, teilte ich meinen Freunden mit.

»Er ist ja auch der Schutzpatron des sicheren Reisens«, merkte Luke an und versuchte von seinem Platz aus, eingezwängt zwischen Chloe und Shea, einen Blick auf ihn zu erhaschen.

Ich öffnete die Mittelkonsole, wo ich mein Handy verstaut hatte, und wählte Lincolns Nummer.

»Ich habe alles im Fernsehen mitverfolgt. Ich bin so froh, dass dir nichts passiert ist«, sprudelte es aus ihm heraus, kaum dass er rangegangen war.

»Wie geht's meiner Mom?« Ich bemühte mich sehr, nicht in Panik zu geraten, aber meine zittrige Stimme verriet mich.

»Es geht mir gut, Liebes.« In der Stimme meiner Mutter schwang Angst mit, ich hörte es deutlich. Etwas hatte ihr schon vor längerer Zeit einen Mordsschrecken eingejagt, und sie fürchtete sich noch immer.

»Wir sind nur ein paar Blocks entfernt«, sagte ich. »Michael eskortiert uns«, fügte ich hinzu, damit sie sich keine Sorgen machten.

»Alles klar, wir treffen uns draußen. Willst du sonst noch

irgendwas von hier mitnehmen?« In Lincolns Stimme schwang Besorgnis mit. Erst da wurde mir klar, dass wir unsere Wohnung mit allen Habseligkeiten darin für immer verlassen würden. Ich hatte alle Fotos meines Vaters, die ich wollte, meine Klamotten und Bettzeug. Der Rest hatte für mich keine Bedeutung. Nach dem Erlebnis auf dem Parkplatz fand ich nicht, dass wir uns lange aufhalten sollten.

»Nein. Lass uns einfach meine Mom hier wegschaffen«, sagte ich zu Lincoln.

Noah parkte vor meinem alten Wohnblock am Straßenrand. Als ich zu ihm hinüberblickte, stellte ich fest, dass er ziemlich krank aussah. Verschwitzt und blass.

»Alles in Ordnung?«, fragte ich.

Er nickte nur und verzog das Gesicht zu einer Grimasse.

Ich verlor keine Zeit und sprang aus dem Auto, aber als mein Blick auf Bernies Zelt fiel, stockte mein Herz.

*Bernie.*

Ich hörte, wie Shea hinter mir herausstolperte.

»Oh Gott. Wer wird sich jetzt um Bernie kümmern?«, flüsterte sie.

Seit wir nach Demon City gezogen waren, hatten wir Bernie und Max immer versorgt. *Immer.* Ich konnte mich an keinen Abend erinnern, an dem ihm nicht meine Mutter, Shea, mein Bruder oder ich eine Schale Suppe, einen Bagel oder sonst irgendetwas gebracht hatten. Er gehörte zu den Missverstandenen unter den Obdachlosen. Kein Drogenproblem, keine Vorstrafen, nur ein Blinder, der ein gewöhnlicher Mensch war und keinen Job finden konnte.

»Wir«, antwortete ich Shea. Meine Stimme klang entschlossen.

Bernie war kein Dämonensklave. Er lebte nur deshalb hier, weil er nichts anderes kannte. Wir würden ihn mitnehmen.

Ich näherte mich dem Zelt und sah, dass er die Schuhe ausgezogen hatte und seine Füße herausragten.

»Bist du das, Brielle?« Bevor ich ihn erreichte, drang seine freundliche Stimme zu mir. Als Nächstes streckte er den Kopf heraus, und Maximus bellte freudig.

»Ja, Bernie, ich bin's. Lange nicht gesehen.« Ich bückte mich, tätschelte Max den Kopf und spähte ins Zelt hinein. Es würde eine Weile dauern, seine spärliche Einrichtung abzubauen.

»Geht's dir gut? Du riechst nach Blut.« Bernie runzelte die Stirn. Der Mann besaß die Nase eines Spürhundes.

»Ich hatte einen kleinen Kampf, aber mir fehlt nichts. Hey, Bernie? Meine Mom zieht nach Angel City, und ich hätte gern, dass du und Max mitkommt. Im Augenblick kann ich dir nicht viel erklären, jedenfalls haben wir keine Zeit, dein ganzes Zeug zusammenzupacken.«

Überrascht klappte sein Mund auf. »Meinesgleichen mögen sie drüben in der schicken Stadt nicht.«

*Meinesgleichen. Obdachlose.* Bei seinen Worten flammte Zorn in mir auf. Die hochmächtigen gefallenen Engel blickten auf solche »unansehnlichen« Wesen immer herab. Aber was für ein Engelsberührter war man, wenn man Menschen in Not nicht helfen wollte?

In diesem Moment stürmten Lincoln und meine Mom durch die Hintertür heraus. Kaum sah Lincoln, wie ich mich gebückt mit Bernie unterhielt, wusste er auf Anhieb, was ich vorhatte.

»Ich habe immer noch meinen Wohnwagen. Den kann er haben, wenn er will«, bot Lincoln an.

Tränen sickerten mir aus den Augen. *Wann bin ich so eine Heulsuse geworden?*

»Hörst du das, Bernie? Ein silberner Wohnwagen, nur für dich und Max. Was sagst du?« Als ich seinen Rucksack nehmen wollte, streckte er den Arm aus und packte mich leicht am Handgelenk.

»Ich sage danke, Brielle. Danke, dass du an mich denkst. Und ich würde liebend gern mit euch kommen.«

Seine Finger vibrierten an meinem Handgelenk. Es fühlte sich an wie ein hochfrequentes Summen, das beruhigende Schwingungen meinen Arm hinauf in meine verletzte Schulter sandte. Bevor ich darüber nachdenken konnte, ließ er mich los.

Meine Mutter schob sich um Lincoln herum und zog Shea und mich in eine sanfte Umarmung, was trotzdem wehtat, weil sich mein Körper wie kurz vor dem Auseinanderbrechen anfühlte. Lincoln hielt die Tür zum Treppenhaus auf, und wir begannen, die Kartons und Koffer meiner Mutter zum Auto zu tragen.

»Ich habe im Badezimmer einen toten Abrus-Dämon und drei Schlangenwurz-Dämonen eingesperrt, also müssen wir *sofort* weg«, sagte Lincoln, als er Bernie beim Aufstehen half.

Ein toter Abrus-Dämon! Ich wollte gar keine Einzelheiten erfahren. Nicht im Moment.

Wir öffneten den Kofferraum unseres großen, dreireihigen SUVs und verfrachteten Maximus zusammen mit den Sachen meiner Mutter darin.

Michael hatte ich völlig vergessen, bis er herabschwebte und elegant auf dem Autodach landete.

»Kannst du von hier an übernehmen, Lincoln? Mir wird schlecht davon, dieser Energie zu lang ausgesetzt zu sein«, wandte er sich an meinen Freund.

Lincoln nickte. »Ja. Danke, Sir.«

*Interessant. Sogar die Erzengel können sich nicht allzu lang hier aufhalten.*

Michaels Blick schwenkte zu Bernie, und ein wissendes Lächeln trat auf seine Lippen. Bevor ich weiter darüber nachdenken konnte, was das bedeuten mochte, war er verschwunden und zeichnete sich nur noch als weiß leuchtender Punkt am Himmel ab.

Als wir von meinem früheren Zuhause in Demon City wegfuhren, schaute ich ein letztes Mal zurück zu dem Ort, der unser Leben ruiniert hatte. Mein Vater war hier gestorben, meine Mutter und ich waren hier versklavt worden. Es gab an diesem Ort nichts, woran ich mich erinnern wollte.

# 20

»Oh, Lincoln, bist du sicher, dass es nicht zu viele Umstände macht, mich hier zu haben? Ich kann ein paar Tage in einem Hotel bleiben, bis ich einen Job finde.«

Meine Mutter stand in Lincolns Küche. Sie wirkte überwältigt und dankbar, zugleich jedoch verdattert. Kaum waren wir über die Grenze gefahren, war das Sklavenzeichen von ihrer Stirn verschwunden – ein Bestandteil des Vertrags, den Grim unterschrieben hatte. Vermutlich wollte er sie deshalb umbringen lassen, bevor sie über die Grenze entkommen konnte.

Lincoln lächelte. »Es macht überhaupt keine Umstände. Um ehrlich zu sein, hatte ich gehofft, du würdest für mich kochen. Hausgemachtes Essen fehlt mir. Brielle kocht nie etwas«, klagte er.

Meine Mom grinste. »Ja, ich fürchte, meine Kochkünste haben mehr auf Mikey abgefärbt. Brielle ist eher wie ihr Vater – eine gute Esserin.«

*Haha!* Kaum lachte ich, musste ich mir die Rippen halten. Obwohl ich ein paar Stunden in der Heilklinik verbracht hatte, nachdem wir Bernie und Maximus in ihrer neuen Bleibe abgesetzt hatten, plagten mich immer noch elende Schmerzen.

Außerdem hatte ich das Gefühl, ich könnte locker ein Jahr lang durchschlafen.

»Bienchen, warum legst du dich nicht hin? Die nächsten Tage würde ich dich gern im Auge behalten und mich vergewissern, dass du gut heilst«, erklärte meine Mutter.

»Ja«, pflichtete Lincoln ihr bei. »Komm mit.« Er setzte dazu an, mich in sein Schlafzimmer zu führen, dann blieb er stehen.

»Äh …«, murmelte ich und drehte mich um.

*Oh mein Gott, ich sollte mich wohl eher ins Bett meiner Mutter legen, oder?*, fragte ich Sera.

Bevor meine Waffe antworten konnte, hob meine Mutter die Hände. »Bitte. Wir sind doch hier alle erwachsen. Brielle ist mittlerweile zwanzig. Macht mir nichts aus.«

Meine Wangen glühten vor Verlegenheit grellrot. Aber meine Mutter war in der Hinsicht immer entspannt gewesen. Zu meinem fünfzehnten Geburtstag hatte sie mir Kondome geschenkt, obwohl ich damals nicht mal Sex hatte.

»Richtig«, brachte ich mit hoher Stimme heraus und schlurfte in Lincolns Zimmer. Sex kam für mich *auf keinen Fall* infrage, während sich nebenan meine Mutter aufhielt. Trotzdem hatte ich nichts dagegen, neben Lincoln zu schlafen. Als ich ins Bett fiel, achtete ich darauf, nicht auf der verletzten Schulter zu landen, obwohl mir eigentlich ohnehin alles wehtat.

»Du hast es geschafft, Bri. Du hast deine gesamte Familie aus Demon City rausgeholt.« Lincolns Stimme drang leise an mein Ohr, seine Finger wanderten zärtlich über meine Haut.

Hatte ich wirklich. Ich hatte meine Familie gerettet.

Ein wunderbarer Gedanke. Eine gewaltige Erleichterung.

Deshalb überraschte mich, dass ich mit einem solchen

Glücksgefühl einschlief und trotzdem in einen solchen Albtraum gesogen wurde.

*Ich ging durch jene Gasse in der Hölle, und ein Haufen Dämonen umzingelte Sera. Aber Sera war kein Kaktus, sondern ein kleines Kind. Jene alte Dame war da und schrie. Alle drehten sich langsam um und sahen mich an. Sie lächelten und begrüßten mich, als wäre ich zu Hause. Ich schwitzte heftig, während ich Ausschau hielt nach einem Portal oder einem sonstigen Weg zurück.*

*Dann tauchte Luzifer auf und begann, mich auszubilden, wie James gesagt hatte. Wir arbeiteten an meiner dunklen Magie, und ich zeigte mich als wissbegierige Schülerin. Es war grauenhaft. In dem Traum tat ich, was immer er mir sagte, obwohl mein Verstand wusste, dass es falsch war.*

*Ich wollte raus.*

*Aber ich saß in der Hölle fest.*

»BRIELLE!«

Lincolns Stimme riss mich aus dem Schlaf, und ich schlug die Augen auf. Er hatte mich in dieser Nacht nun schon zum vierten Mal geweckt.

Ein Blick zum Wecker verriet mir, dass es sieben Uhr morgens war. Obwohl ich mich immer noch erschöpft fühlte, wollte ich nicht mehr einschlafen. Ich durfte nicht riskieren, zurück in die Albträume katapultiert zu werden.

»Du bist klatschnass.« Behutsam berührte er meinen Rücken.

»Albträume«, brachte ich krächzend heraus.

Lincoln zog die dunklen Augenbrauen besorgt zusammen. »Worüber?«

Ich wollte es nicht zur Gewohnheit werden lassen, meinen Freund zu belügen, und ich hatte ihm noch nichts von James'

Worten erzählt. Also setzte ich mich auf und schlang die Arme um die Knie. »Die Hölle. Luzifer. Allgemein übles Zeug.«

Lincoln seufzte. »Okay. Na ja, du hast eine Menge deiner dunklen Magie eingesetzt. Du hast die Halskette abgenommen. Das alles war vermutlich zu viel für dich.«

Mir fiel ein, dass die Halskette noch in meiner Jeanstasche steckte, und ich nickte. Ich fasste nach unten neben das Bett und holte die Kette heraus. Sie lag schwer in meiner Hand. »Wärst du so nett?«, fragte ich Lincoln und hob die langen blonden Haare an.

Er nahm die Halskette, legte sie mir um und als sie an meiner Brust zum Liegen kam … knackte sie.

Das Geräusch war unverkennbar. Ich schnappte nach Luft, als ich hinabblickte und sah, dass sich durch die Mitte des Kristalls ein Sprung zog.

»Was bedeutet das?« Ich drehte mich zu Lincoln um.

Für den Bruchteil einer Sekunde wirkte er verängstigt, bevor der Ausdruck verschwand. »Nichts. Wir lassen Mr Claymore einfach einen neuen Anhänger anfertigen.«

Ich nickte und griff nach seiner Hand. »Ich muss dir was sagen, aber du darfst nicht ausflippen.«

Seine Finger versteiften sich, seine Augen weiteten sich. »Okay.«

Er würde total ausflippen.

*Sollte er auch,* meldete sich Sera von ihrem Platz auf dem Boden zu Wort.

*Das ist nicht hilfreich.*

»Also … mein alter Freund aus Demon City ist hellsichtig.« Ich ließ den Satz wirken. Hellsichtige waren verdammt selten. Einen zu kennen war beinahe so, als hätte man einen der gefallenen Erzengel zum besten Freund.

»Und?« Seine Hand fing in meiner zu schwitzen an.

Ich lachte nervös. »Und ich habe ihn bei der Kampfnacht gesehen. Er hat mir gesagt, dass er eine andere Prophezeiung für mich sieht.«

Lincoln atmete tief ein und aus. »Was für eine?«

Kurz kaute ich auf der Unterlippe, dann beschloss ich, einfach damit herauszurücken. »Ich gehe in die Unterwelt und lasse mich von Luzifer in dunkler Magie ausbilden.«

Lincolns Augen wurden so groß, dass ich fürchtete, sie könnten aus den Höhlen fallen. »*Was?* Das ist doch lächerlich!«

»Ich weiß!«, pflichtete ich ihm bei. »Genauso lächerlich wie Raphaels Prophezeiung, ich würde da runtergehen und Luzifer töten.«

Lincoln schwieg.

Unbehaglich verlagerte ich das Gewicht. »Du glaubst doch nicht, dass ich das wirklich tun werde, oder?«

Doch, tat er. Ich konnte es ihm ansehen.

»Ich will nicht, dass du es tust. Das ist zu gefährlich. Aber …«

Ich schluckte schwer, und mein Herzschlag beschleunigte sich. »Aber?«

Lincoln streichelte mit dem Daumen meinen Oberschenkel. »Aber du besitzt diese unglaublichen Kräfte und schwarzen Flügel, und als du in die Hölle gegangen bist, um Sera zu holen, schien es dir nichts auszumachen. Wenn es jemand schaffen und diesen Krieg beenden könnte … dann du.«

Oh mein Gott, er glaubte diesen Unfug. »Lincoln, das werde ich nicht tun.« Ich stand auf. »Ich will normal sein. Ich hab endlich meine Familie wieder. Jetzt will ich mich auf meine Heilstudien konzentrieren und auf diese Weise beim Krieg helfen«, erklärte ich.

Er nickte und ließ das Thema fallen. »Okay.« Aber sein knappes Nicken und seine steife Körperhaltung passten nicht zu seinen Worten.

*Erwartet er wirklich von mir, dass ich Luzifer töte?*

Wir bemerkten den Geruch gleichzeitig.

»Was ist das?« Verwirrt zog Lincoln die Augenbrauen zusammen.

Ich grinste. »*Das* sind die Zimt-Bananen-Walnuss-Waffeln meiner Mutter.«

Lincoln wischte sich den Mund ab. »Ich glaub, ich hab gerade ein bisschen gesabbert.«

Gelächter brach aus mir heraus, und ich beschloss, die Sache mit dem Töten Luzifers auf sich beruhen zu lassen. Vorläufig.

»Wie fühlst du dich?«, fragte er, als ich durchs Zimmer ins Bad humpelte, um mir die Zähne zu putzen.

»Als hätte mich ein Bus überfahren«, erwiderte ich.

Wie es aussah, würde ich wohl noch wochenlang hinken.

* * *

Als wir schließlich in die Küche traten, grinste ich unwillkürlich beim Anblick von Shea, Mikey und Noah, die am Tisch saßen. Sie schaufelten Waffeln mit reichlich Butter und Ahornsirup in sich hinein.

»Hey, Bro. Ich wusste nicht, dass du hier sein würdest.« Einarmig umarmte ich meinen kleinen Bruder. Die meisten Wochenenden verbrachte er mit seinem Rudel auf Clarks Grundstück. Er war zwar noch dabei zu lernen, das Tier in ihm zu kontrollieren, aber flüchtige Umarmungen waren in Ordnung.

»Soll das ein Scherz sein? Mom ist zu Hause, also musste ich kommen.« Er hatte ein albernes, schiefes Grinsen aufgesetzt.

*Mom. Zu Hause.* Die Worte ließen mich so richtig begreifen, was geschehen war. Ich hatte meine Mutter rausgeholt.

»Ich werde mehr Teig brauchen. Vor allem, wenn wir auch Bernie was bringen wollen«, verkündete meine Mom.

»Oh, für Bernie ist gesorgt«, sagte Lincoln, der gebannt auf die heiße Köstlichkeit starrte, die aus dem angeschlagenen roten Waffeleisen kam, das meine Mutter von zu Hause mitgebracht hatte.

Ich sah ihn fragend an. »Ach, wirklich?«

Er schmunzelte. »Ich habe Raph die Lage erklärt. Er hat gesagt, es ist kein Problem, wenn Bernie in die Cafeteria geht und dort isst, nachdem die Schüler fertig sind und bevor alles weggeräumt wird.«

Meine Mom und ich sahen uns an, und ich konnte ihr an den Augen ablesen, dass sie in Gedanken bereits unsere Hochzeit plante.

»Das war sehr lieb von dir, Lincoln. Danke«, sagte sie zu ihm.

Ich lächelte und richtete mich auf die Zehenspitzen auf, um ihn auf die Wange zu küssen. »Danke.«

Lincolns Züge röteten sich, und er murmelte: »Gern geschehen.«

Meine Mutter griff gerade nach einem Geschirrtuch, um das heiße Waffeleisen anzufassen, als sie mitten in der Bewegung innehielt. »Warte, du nennst ihn Raph? Den Erzengel der Heilkunst?«

Lincoln schmunzelte erneut. »Ja. Hat sich anfangs komisch angefühlt, aber er hat uns darum gebeten. Er will nicht rüberkommen, als würde er über irgendjemandem stehen. Er ist ein Freund.«

*Ja, das ist er. Ein sehr guter Freund.*

Meiner Mom kamen die Tränen, und sie schaute zu Boden.

»Mom, was ist denn?« Ich eilte durch die Küche an ihre Seite.

Sie wischte sich die Tränen ab und tätschelte meine Hand. »Nichts. Ich bin bloß … glücklich. Und das bin ich lange nicht mehr gewesen.«

Schweigen senkte sich über die Küche. Sie hatte es in Demon City schwer gehabt, nachdem ich ausgezogen war, das wusste ich – und dann doppelt schwer, als Mikey seine Probleme hatte. Nun sah ich ihr an, unter welchem Stress sie gestanden haben musste. Aus der Nähe wirkte sie müde, hatte Tränensäcke unter den Augen und schlaffes, stumpfes Haar.

»Wir haben noch viele glückliche Tage vor uns, Mom«, versicherte ich ihr.

Lincoln trat vor uns. »Auf jeden Fall, aber nur, wenn ich jetzt eine dieser Waffeln kriege.«

Das Lachen meiner Mutter füllte die Küche aus, und mir wurde leichter und leichter ums Herz, als die anderen nacheinander darin einstimmten.

*Genau das, dieser unbeschwerte Familienaugenblick, machte den Tag zu einem der glücklichsten meines Lebens.*

# 21

Die Albträume hörten nicht auf. Sechs Wochen lang quälten sie mich nun schon. Die Hölle. Dämonen. Luzifer.

Es war schrecklich, und ich litt deshalb an Schlafmangel. Mittlerweile tat ich alles, um Schlaf zu vermeiden – Kaffee, Energydrinks, spätnächtliche Spaziergänge. Ich wollte einfach nicht zurück an diesen grauenhaften Ort gesaugt werden. Die Augen zu schließen jagte mir Angst ein. Es fühlte sich alles so real an.

Und zur Krönung kam hinzu, dass meine Mutter keine Arbeit fand. Offenbar hatte man in Angel City keine Verwendung für Nekromanten. Man ließ sie höchstens abgestorbene Blumen pflegen und Kuchen dekorieren. Aber diese Jobs gab man Nekros, die in der Stadt aufgewachsen waren und die Schule hier besucht hatten. Dass meine Mutter in Demon City Tote auferweckt hatte, kam in Angel City einer Vorstrafe gleich.

Der einzige Lichtblick in meinem Leben war derzeit Bernie. Er blühte richtig auf. Der Gute hatte ein wenig zugenommen, und da er täglich duschen und sich rasieren konnte, sah er stets sauber und glücklich aus. Raphael hatte ihm sogar einen kleinen Job gegeben, bei dem er Bettlaken und Handtücher faltete. Die Hausangestellten der Schule brachten sie nach dem Waschen zu Bernies Wohnwagen, und er legte sie zusammen. Er meinte, das gäbe ihm eine Perspektive, und schwierig sei nur, Maximus von den sauber gefalteten Laken fernzuhalten.

Nun war ich zwischen der Mittagspause und dem Kampfunterricht in Raphaels Büro gerufen worden. Ich hatte keine Ahnung, worum es ging, und hoffte, dass ich nicht in Schwierigkeiten steckte.

Nachdem ich angeklopft hatte, rief Raphael mich hinein. Ich zog die große schwere Tür auf, trat ein und sah ihn an seinem Schreibtisch stehen.

Ich lächelte. »Hey.«

*Bitte lass mich nicht wegen irgendwas in Schwierigkeiten stecken.*

»Hallo, Brielle. Wie geht es mit der Heilung voran?«, erkundigte sich Raphael freundlich.

*Okay, das würde man wohl eher nicht jemanden fragen, der in Schwierigkeiten steckt.*

Ich rollte die Schulter, die vor Wochen verheilt war. »Wunderbar, Sir. Danke.«

Er schmunzelte. »Ach, komm schon. Wir sind jetzt schon fast zwei Jahre befreundet. Gewöhn dir an, mich Raph oder Raphael zu nennen und zu duzen. Das machen alle Schüler.«

Erleichtert seufzte ich. »Also stecke ich nicht in Schwierigkeiten?«

Er runzelte die Stirn. »Natürlich nicht. Wieso denkst du … Ach ja, richtig.«

Erst da schien ihm bewusst zu werden, dass er mich mitten am Tag in sein Büro gerufen hatte.

»Ich wollte, dass du vorbeikommst, weil die Engelsarmee

Lincoln demnächst befördert und es eine Überraschung sein soll. Ich bin mir sicher, er würde dich dabeihaben wollen, wenn es bekanntgegeben wird. Es ist diesen Samstag. Er glaubt, er würde eine Auszeichnung an einen Kameraden verleihen. In Wirklichkeit wird er zum Hauptmann befördert.«

Mein Herz platzte beinahe vor Stolz. Lincoln gehörte zu den verdienstvollsten Menschen, die ich kannte. Er nahm seine Aufgabe ernst, widmete sich voll und ganz dem Krieg außerhalb der Stadtmauern.

»Natürlich werde ich da sein.« Ich lächelte so breit, dass ich fürchtete, mein Gesicht könnte in zwei Hälften zerfallen.

Raphael strahlte, und seine Flügel leuchteten honigfarben, als sich seine Stimmung zu heben schien.

»Perfekt! Du musst um Punkt sechs Uhr zur Stelle sein. Ich habe einen Tisch für dich und seine Freunde Noah, Darren und Blake. Lincoln hat ein paar schwierige Jahre hinter sich. Euch alle dabeizuhaben, um ihn zu feiern, wird ihm alles bedeuten.«

Er hatte *wirklich* schwierige Jahre hinter sich, und dass Raphael mich einlud, an seinem Tisch zu sitzen, bedeutete mir unheimlich viel.

»Das wird spitze«, meinte ich und spähte zur Tür. Ich musste zum Kampfunterricht.

»Bevor du gehst …« Raphael holte tief Luft und durchquerte den Raum mit eleganten Schritten. Ein Gepard hätte neben ihm linkisch ausgesehen. »Lincoln hat mir von den Albträumen erzählt.«

*Na toll. Zeit für einen Vortrag.*

Die Albträume waren absolut schrecklich. Mittlerweile fürchtete ich mich so sehr vor ihnen, dass ich jedes Mal nur Sekunden nach dem Eindösen ruckartig mit wild pochendem

Herzen wieder aufwachte. Vielleicht hatte Lincoln recht damit gehabt, Raphael davon zu erzählen.

»Setz dich. Ich gebe dir eine Entschuldigung für den Unterricht mit«, bot Raphael mir an.

Seufzend stellte ich meine Tasche ab und ließ mich auf die Couch plumpsen.

»Was glaubst du, warum du diese Albträume hast?«, fragte er mich, hockte sich im Schneidersitz vor mir auf den Boden und streckte die Flügel hinter sich aus. Er wirkte dabei so entspannt, dass es sich anfühlte, als wären wir bloß zwei alte Freunde, die ein wenig plauderten.

Ich enthielt Raphael nicht viel vor. Er wusste den Großteil über meine dunkelmagische Peitsche und alles, was sich mit Sera in der Hölle zugetragen hatte. Es fiel mir leicht, mit ihm zu reden, da er nie voreingenommen war.

Ich betastete den Anhänger um meinen Hals. Mr Claymore hatte einen neuen als Ersatz für den gesprungenen angefertigt, allerdings funktionierte er nicht so gut wie der erste Anhänger. Seither war es mir nicht mehr gelungen, etwas hervorzubringen, das einer Celestial-Kugel auch nur ähnelte.

»Ich denke, als ich die Halskette abgenommen habe, um Sera zu holen … hat sich meine dunkle Magie festgesetzt. Und … keine Ahnung, ich schätze, jetzt hat sie wohl die Kontrolle.« Ich musste mit jemandem darüber reden, und Raphael schien ich meine wahren Gefühle anvertrauen zu können.

»Falsch«, widersprach er. »Die Kontrolle hast immer du allein. Du musst nur an ein paar Dingen arbeiten.«

Ich stöhnte. »Woran zum Beispiel?«

Raphael bedachte mich mit einem seiner liebevollen Blicke, die normalerweise einem Ratschlag vorausgingen, den man nicht hören wollte.

»Die dunkle Magie, die du in dir trägst, stirbt in der Gegenwart von Celestial-Licht, und davon hast du jede Menge.«

Ich biss mir auf die Unterlippe. Mein Herz pochte wie wild. Das erinnerte mich daran, was Michael gesagt hatte, nämlich dass ich das hellste Licht besäße, das er je bei einem Menschen gesehen hatte, aber dass die Dunkelheit einer Motte glich, die von einer Flamme angezogen wurde. »Warum ist meine dunkle Magie dann immer noch … so lebendig?«

Wenn sie angeblich in der Gegenwart von Celestial-Licht nicht bestehen konnte, warum dann?

Traurig schaute Raphael zu mir auf. »Weil du sie ständig mit Groll und Zorn nährst. Mit so viel Wut, dass du krank davon wirst. Damit fütterst du die Kräfte, die du vom Fürsten der Finsternis geerbt hast«, erklärte Raphael und starrte auf meine Brust, als könnte jeden Moment ein Alien daraus hervorkommen.

Ich runzelte die Stirn. »Wut auf …«

»Mich. Weil ich deinen Vater nicht geheilt habe. Die Welt. Angel City. Gott. Jeden, der dich im Stich gelassen und deinen Vater nicht gerettet hat.«

Raphaels Worte rissen mir die Brust auf, krampften mir wie ein physischer Schmerz das Herz zusammen, und ich schnappte nach Luft. Tränen kullerten mir über die Wangen, als jede unterdrückte Emotion an die Oberfläche blubberte.

»Warum hast du es nicht getan?«, brüllte ich plötzlich. »Du bist der Erzengel der verdammten Heilkunst, und du hast ihn nicht mal berührt!«

Meine Worte gingen in stoßartiges Schluchzen über, und mir wurde klar, wie sehr und wie lange ich ihn das schon fragen wollte. Raphael war damals im Krankenhaus gewesen, als sich mein Vater den ersten Tests unterzogen hatte. Er war immer in den Krankenhäusern, betete für die Menschen und versuchte, sie zu trösten. Aber ich hatte nicht ein einziges Mal gehört, dass er jemanden geheilt hatte.

Raphael schaute zu Boden. »Aus rein egoistischen Gründen. Wenn ich für irgendjemanden eine Wunderheilung wirke, kann ich nicht zurück nach Hause.« Wie er es aussprach, war herzzerreißend, als sehnte er sich danach, dorthin zurückzukehren, von wo er gekommen war. Mr Claymore hatte etwas Ähnliches angedeutet, doch es aus Raphaels Mund zu hören, fühlte sich verrückt an.

Ich sank weiter auf die Couch zurück.

»Was?« Das fand ich idiotisch. Wieder wollte ich ihn daran erinnern, dass er der Erzengel der Heilkunst war. Wie konnte er den Titel rechtfertigen, wenn er nie wirklich jemanden *heilte?*

Raphs Flügel zuckten ein wenig, als wollte er alte Erinnerungen abschütteln. »Das ist meine Buße dafür, dass ich den Krieg der Gefallenen begonnen habe.« Seine Stimme war so leise, dass ich mir nicht sicher war, ob ich ihn richtig verstanden hatte.

»Warte … D-du hast den Krieg begonnen?« Mittlerweile hatte ich mich so weit nach vorn gelehnt, dass ich fürchtete, ich könnte von der Couch fallen. »Im Geschichtsunterricht habe ich gehört, dass Luzifer mit seinen Dämonen in den Himmel einbrechen wollte und du und die anderen Engel ihm auf halbem Weg entgegengekommen seid, um ihn aufzuhalten.«

Raphael nickte. »Das stimmt zum Teil. Luzifer ist zuerst mit seinen Dämonen auf die Erde gekommen und hat begonnen, die Menschen zu terrorisieren. Ich … habe mein Zuhause ohne Erlaubnis verlassen und eingegriffen. Gegen den freien Willen.«

Mein Mund klappte auf. Freier Wille war den vier Erzengeln superwichtig. Aus Raphaels Mund klang es, als hätte er ein abscheuliches Schwerverbrechen begangen.

Ich lauschte ihm gebannt. »Was ist dann passiert?«

Raphael fuhr sich mit der Hand durchs Haar. »Meine besten Freunde sind mir hier herunter gefolgt und haben an meiner Seite gekämpft. So hat der Krieg der gefallenen Engel begonnen.«

*Oha.* »Aber wenn du nicht hergekommen wärst, dann hätte Luzifer die Menschheit restlos versklavt!«

Raphael zog leicht die Augenbrauen hoch, als stimmte das vielleicht nicht. »Luzifer war einst mein Freund. Hast du das gewusst?«, fragte er mich.

Also, das schockierte mich. »Ich habe gewusst, dass er auch mal ein Engel war.«

Raph nickte, starrte aus dem Fenster und schien sich in Erinnerungen an alte Zeiten zu verlieren. »Ich hätte die Menschen nicht der spirituellen Entwicklung berauben dürfen, die sie erlangt hätten, wenn sie allein gegen Luzifer gekämpft hätten, denn dazu wären sie mehr als fähig gewesen.«

Seine Worte bescherten mir eine Gänsehaut. *Menschen? Die schwächste Rasse überhaupt?*

»Nein. Sie sind nicht schwach.«

*Verfluchtes Gedankenlesen.*

»Aber du hast doch geholfen!«, verteidigte ich ihn.

Er seufzte. »Ein Teil von mir wollte helfen, ein anderer Teil wollte es meinem ehemaligen Freund heimzahlen, dass er gegangen war. Ihm zeigen, wie mächtig ich war, wie fähig, die Menschen zu beschützen. Ich habe aus Zorn und Groll gekämpft.«

»Oh.« Ich lehnte mich zurück. Herrje, das klang nicht gut. Tatsächlich klang es recht vertraut.

Er schüttelte den Kopf. »Und so hat Luzifer, um seine Macht zu demonstrieren, statt des Dutzends Dämonen, die er in jener Nacht auf die Erde gebracht hatte, Tausende entfesselt, und wir haben gekämpft. Wir haben die Menschheit infiziert, und das war allein meine Schuld.«

Ich rutschte von der Couch und kniete mich vor den gefallenen Engel. Sein gesamter Körper wirkte geschrumpft, sein Gesichtsausdruck niedergeschlagen.

Ich ergriff seine Hände und blickte in seine tiefblauen Augen. »Ich vergebe dir.« Die Worte schienen irgendetwas in meiner Brust zu lösen, und ein Schluchzen erschütterte mich von Kopf bis Fuß. »Die Sache mit meinem Dad, den Krieg, einfach alles. Ich vergebe dir.«

Sein Gesicht verzog sich, als er anscheinend Tränen zurückhielt. Dann umarmte der Erzengel mich fest. Ich fühlte mich plötzlich leichter, als wäre ein tonnenschweres Gewicht, das ich die ganze Zeit mit mir herumgeschleppt hatte, endlich von mir abgefallen.

Als wir uns voneinander lösten, stellte ich fest, dass wir beide weinten. Da lachte ich und wischte mir die Tränen aus dem Gesicht. »Ich habe noch so viele Fragen, so viele Dinge, die ich nicht verstehe.«

*Zum Beispiel: Wenn es auf der anderen Seite, also im Himmel, so toll ist, warum sind dann alle hierhergekommen?*

Raphael schmunzelte. »Es gibt keine Worte, um diese Fragen so zu beantworten, dass es dein irdischer Verstand vollständig erfassen könnte. Auf dieser Seite des Schleiers ist es schwer vorstellbar.«

*Der Schleier.* Das war in meinem Unterricht über die Geschichte der gefallenen Engel schon erwähnt worden. Es bedeutete, dass ich es nicht begreifen würde, solange ich lebte. Wenn ich nach meinem Tod durch den Schleier auf die andere Seite wechselte, würde sich mir alles offenbaren – oder so ungefähr, irgendein philosophischer Mumpitz.

»Na schön, noch eine weitere Frage.« Ich hob einen Finger.

Raphael lächelte. »Okay.«

»Gibt es Reinkarnation wirklich? Denn als ich klein war, hatten wir einen Hund, Pepper, der ist ertrunken. Kein Jahr später haben wir einen neuen Welpen bekommen, und er hatte genau die gleichen Eigenheiten, die gleiche Persönlichkeit. Ich hätte schwören können, es war derselbe Hund, deshalb haben wir ihn Salt getauft.«

Raphael schmunzelte gutmütig. »Ja, natürlich gibt es Reinkarnation wirklich. Denkst du etwa, ihr könntet in einer kurzen menschlichen Lebenszeit alles durchschauen, alle Lektionen der Seele lernen?«

*Wow.* Mir schwirrte der Kopf.

*Das ist krass. Frag ihn, ob Michael eine menschliche Frau hat,* meldete sich Sera zu Wort.

Vor Schreck zuckte ich beinahe zusammen. Ich hatte vergessen, dass ich sie bei mir hatte.

»Hat Michael eine menschliche Frau?«, sprudelte ich das Gerücht über den populärsten Erzengel heraus.

Raphs Augen funkelten. »Behandelst du meine Antwort vertraulich?«

Mein Mund klappte auf. »Echt jetzt?«

Der Erzengel nickte. »Und eine Tochter.«

*Was?* »Wie alt ist sie? Wo wohnen sie? Wie lange sind sie schon verheiratet? Ist seine Tochter ein Mensch oder …«

Raphaels ausgelassenes Lachen ließ mich jäh verstummen.

»Ich denke, es ist an der Zeit, dass du wieder zum Unterricht gehst.« Rasch stand er auf und zog mich dabei an den Händen hoch.

Verdammt, dabei war ich so knapp davor, all die Antworten auf die interessantesten Fragen des Lebens zu erfahren.

Raphael klopfte mir auf die Schulter. »Die befriedigendsten Antworten des Lebens erhält man aus Dingen, die man selbst lernt.«

*Oh Mann. Langweilig.*

Plötzlich drohten mir die Augen aus dem Kopf zu fallen, als mir ein neuer Gedanke kam. »Ist mein Vater wiedergeboren worden? Läuft er gerade irgendwo auf der Erde als Kind herum?«

Raphael lächelte erneut und zuckte mit den Schultern. »Wahrscheinlich nicht. Er würde mit der Wiedergeburt auf deine Mutter warten wollen, weil sie Seelenverwandte sind.«

Die simple und doch so ergreifende Erklärung verschlug mir den Atem. *Sind.* Er hatte gesagt, dass sie Seelenverwandte »sind«, nicht »waren«. Als wäre mein Vater gar nicht wirklich tot.

»Natürlich«, murmelte ich und versuchte mich zusammenzureißen. Für einen Besuch hatte ich mehr als genug geweint.

Ich schnappte mir meine Tasche, während Raphael eine Entschuldigung für mich auf einen Zettel kritzelte. Dann reichte er mir das Blatt mit strahlender Miene. »Brielle, mögest du heute Nacht ruhig schlafen.«

Und das tat ich tatsächlich. Ich schlief ganz ohne Träume, genoss tiefen, erholsamen Schlaf und das Wissen, dass die Dunkelheit in mir nicht länger genährt wurde.

Sie hatte sich tatsächlich zurückgezogen.

# 22

Es war Freitagmorgen, der Tag vor Lincolns großer Feier. Als ich aufwachte, schwebte Sheas Gesicht unmittelbar über mir. Aufgeregt schwenkte sie einen Umschlag.

»Mann, Shea, du hast mich erschreckt.« Ich sank tiefer ins Kissen zurück, als ihr irres Grinsen noch breiter wurde.

»Das da hat jemand unter der Tür durchgeschoben, als wir noch geschlafen haben«, quiekte sie.

Ich setzte mich gähnend auf und schnappte den Umschlag aus Sheas Hand. Er enthielt eine auf dickem, edlem Papier gedruckte Karte, und als ich sie herauszog, erkannte ich die Handschrift auf Anhieb.

*Was: Das epischste Date deines Lebens.*
*Wann: Heute Abend. Sieben Uhr.*
*Grund: Weil ich dich liebe.*

»Grinse ich gerade total bescheuert?«, fragte ich Shea, die über meine Schulter linste.

Sie nickte. »Total.«

Ich seufzte. »Warum ist er so perfekt?«

Shea zuckte mit den Schultern. »Keine Ahnung, aber in Sachen Romantik könnte sich Noah ein paar Scheiben von ihm abschneiden. Seine Vorstellung von einer Verabredung besteht darin, sich alte *Predator*-Filme reinzuziehen und mir zuzuzwinkern, während wir abgestandenes Popcorn essen.«

Ich kicherte. »Aber ihr habt endlich Sex gehabt.«

Mit einem schmachtenden Seufzer ließ sie sich auf ihr Bett fallen. »Endlich. Und es ist irre. Ich glaube, wir werden tatsächlich die Sex-Olympiade gewinnen.«

Ich lachte so ausgelassen, dass mir der Bauch wehtat. »Wie soll ich es heute durch den Unterricht schaffen, wenn ich weiß, dass Lincoln mich zu einem besonderen Date ausführt?« Ich stand auf und begann, meinen Schrank nach dem perfekten Outfit für den Abend zu durchwühlen.

»Ich würde ja vorschlagen zu schwänzen, aber heute lernen wir im Waffenunterricht den Umgang mit Schusswaffen, und das will ich auf keinen Fall verpassen«, erklärte Shea.

»Du hast recht«, pflichtete ich ihr bei.

»Und wenn ich Zickany versehentlich in den Fuß schieße, tja – *ups*«, fügte Shea hinzu.

Unsere Fehde mit Tiffany war wieder voll im Gange. Bei jeder Gelegenheit hatte sie einen Schimpfnamen für uns parat und versuchte ständig, unsere Erfolge zu vereiteln. Zuletzt hatte sie daran mitgewirkt, dass Shea bei einer wichtigen Magieprüfung durchgerasselt war. Die Frau war ein regelrechter Teufel.

»Na schön, ich geh duschen. Wir sehen uns beim Frühstück«, sagte ich zu meiner besten Freundin.

Sie nickte und schnappte sich Lincolns Karte. »Ihr zwei habt echt Glück, dass ihr euch gefunden habt.«

Hatten wir wirklich. Darauf konzentrierte ich mich den ganzen Tag lang.

* * *

Lincoln hatte eine Limousine gemietet! Außerdem hatte er eine persönliche Leibgarde engagiert, die uns zum nobelsten Restaurant in Angel City begleitete.

Während wir auf die Rechnung warteten, sah er mich mit seinen kristallblauen Augen eindringlich an. »Noch ein Zwischenstopp, bevor wir nach Hause fahren, okay?«

Meinetwegen konnten wir noch zehn Zwischenstopps einlegen, bevor wir nach Hause fuhren. Störte mich nicht. Ich hatte den besten Abend meines Lebens. Nachdem Lincoln bezahlt hatte, stiegen wir wieder in die Limousine. Der Wagen verließ den mir bekannten Teil der Stadt. Unser SUV mit dem Sicherheitspersonal folgte unmittelbar hinter uns.

»Wohin fahren wir?«, fragte ich.

Mittlerweile war es vollständig dunkel. Ich konnte die Straßen kaum erkennen, zumal ich bisher nicht wirklich viel in Angel City herumgekommen war.

Lincoln grinste verschmitzt. »Wirst du schon sehen.«

*Oh Mann.* Ich rutschte auf dem Sitz hin und her. Geduld gehörte so gar nicht zu meinen Stärken.

Als die Limousine langsamer wurde und vor ein mir bestens bekanntes Tor rollte, fühlte sich meine Kehle wie zugeschnürt an.

Lincoln ergriff meine Hand und drückte sie. Wir befanden uns vor dem Friedhof, auf dem mein Vater lag. Ich war seit Jahren nicht mehr hier gewesen, nicht mehr, seit wir ihn zur letzten Ruhe gebettet hatten. Der Fahrer schien den Weg haargenau zu kennen.

»Wie ich sehe, hast du mit meiner Mom geredet.«

Er schmunzelte. »Abgesehen vom Essen gehört zu den Vorteilen des Zusammenlebens mit deiner Mutter, dass sie mir alles über dich erzählt, was ich wissen will.«

Mein Herz flatterte wie verrückt in meiner Brust.

Die Limousine fuhr direkt zu dem Bereich, wo mein Vater ruhte, und ich erblickte einen Pfad aus Teelichtern, der zu seiner Grabstelle führte. Lincoln musste den ganzen Tag damit verbracht haben, das alles zu planen.

Er drehte sich mir zu. »Also, ich habe inzwischen deine Mutter, deinen Bruder und deine beste Freundin kennengelernt. Ich wollte es komplett machen und auch deinen Vater kennenlernen.«

*Nicht heulen. Bleib cool. Reiß dich zusammen.*

Obwohl ich mich bemühte, nicht in hemmungsloses Schluchzen auszubrechen, lösten sich Tränen von meinen Augen.

*Ich heule gerade auch total,* verriet mir Sera.

*Was? Das ist gar nicht möglich,* gab ich zurück.

»Ich möchte deine Familie auch kennenlernen«, sagte ich zu Lincoln.

Er strich mir das Haar von der Schulter. »Nächstes Wochenende?«, fragte er, und ich nickte.

Lincoln half mir beim Aussteigen aus der Limousine. Dann gingen wir Hand in Hand die Teelichter entlang zum Grab meines Vaters, das frische Blumen und eine Laterne schmückten.

»Hallo, Dad«, murmelte ich und sank vor seinem Grabstein auf die Knie.

Ich besaß so viele wundervolle Erinnerungen an diesen Mann. Er war der Gutmütige gewesen, meine Mutter eher die Strenge. Mein Dad hatte gern herumgealbert, ständig Streiche ausgeheckt und die Stimmung meiner Mom aufgehellt, wenn sie sich einmal wieder zu sehr um alles sorgte. Mein Vater war ein Träumer gewesen, jemand, der gern Risiken einging, eine einzigartige Seele. Obwohl uns nur ein Bruchteil der gemeinsamen Zeit vergönnt war, die wir verdient hätten, hatte ich diese kostbaren Erinnerungen, an denen ich festhalten konnte.

Als mein Blick über den Grabstein meines Vaters wanderte, bemerkte ich darauf etwas Glänzendes. Ein Glanz, der verdächtig an einen Diamanten erinnerte.

Mir stockte der Atem. Als ich mich umdrehte, war Lincoln vor mir auf ein Knie gegangen.

»Brielle, ich weiß, du bist jung, du gehst noch zur Schule und hast noch viel zu erleben, bevor du sesshaft werden möchtest. Aber du und ich, wir sind im selben Alter wie meine Eltern, als mein Vater meiner Mutter einen Verlobungsring geschenkt hat. Von daher dachte ich mir …« Nervös schaute er zu dem Ring auf dem Grabstein. »Das ist mein Versprechen an dich: Wenn du mit der Schule fertig bist, wenn du bereit bist, will ich dich heiraten, eine Familie mit dir gründen und versuchen, dich für den Rest deines Lebens glücklich zu machen, … wenn du mich haben willst.«

Da brach ich endgültig in hemmungsloses Schluchzen aus, warf mich ihm entgegen, schlang die Arme um seinen Nacken und übersäte sein Gesicht mit Küssen.

»Ist das ein Ja?«, hakte er nach, als ich nach Luft schnappte.

Gelächter quoll aus mir hervor. »Ja. Verdammt noch mal, ja!«, rief ich.

*Lincoln eines Tages heiraten und eine Familie mit ihm gründen? Wo soll ich unterschreiben?*

Er nahm den Ring vom Grabstein und schob ihn mir an den Finger. Es war ein schmaler, erlesener Baguette-Ring mit blauen und weißen Steinen. Der Ring war perfekt, Lincoln war perfekt, und auch wenn manch einer eine Verlobung auf einem Friedhof vermutlich als gruselig betrachtet hätte, empfand ich auch das als perfekt.

Meine Finger strichen durch sein Haar, während ich den Augenblick genoss. Nichts könnte ihn mir verderben. Nicht mein dämliches Teufelszeichen, nicht die zwei Prophezeiungen, gar nichts.

»Hach, ist das nicht süß?« Luzifers Stimme strotzte vor Sarkasmus. Der Teufel höchstpersönlich stand hinter mir, und ich schnappte erschrocken nach Luft.

Angst durchzuckte meinen Körper, meine Knie wurden schwach. Noch bevor ich verarbeiten konnte, wessen Stimme da gerade ertönt war, hatte Lincoln mich schon hinter sich geschoben und sein Schwert gezogen. Ich stolperte und fiel ins Gras. Als ich aufschaute, ragte der Fürst der Finsternis über mir. Er trug einen dreiteiligen Anzug und beide Ärmel des Jacketts waren vollständig ausgefüllt.

*Sein verfluchter Arm ist nachgewachsen!* Bei unserer letzten Begegnung hatte Lincoln ihn abgehackt.

Unsere vierköpfige Sicherheitsmannschaft aus Kriegern der Engelsarmee erschien mir plötzlich jämmerlich klein. Sie hatten offensichtlich gerade erst begriffen, was vor sich ging, und stürmten mit gezogenen Waffen auf uns zu.

Luzifer zog ein orangenfarbenes Flammenschwert. Mit einem Funkeln in den Augen griff er die Liebe meines Lebens an. Lincoln wich aus und ließ das eigene leuchtende Schwert auf das des Fürsten der Finsternis niedersausen. *Luzifer kämpft gegen Lincoln, Schwert gegen feuriges Schwert.* Das gefiel mir nicht. Kein Stück. Eine falsche Bewegung, und Lincoln könnte sterben.

Ich trat mir die High Heels von den Füßen, rappelte mich auf und bündelte die Magie in mir, beschwor die kribbelnde Lichtenergie herauf und ließ sie an die Oberfläche sprudeln. Mit einem Schrei stieß ich die Hände nach vorn, ballte so viel Lichtmagie, wie ich konnte, und presste sie dann nach außen, so angestrengt, dass mir schwindlig wurde. Eine riesige Celestial-Kugel flog von meinen Händen, allerdings war sie nicht reinweiß wie jene, die ich in Mr Rincors Klassenzimmer erschaffen hatte. Diese Kugel war halb golden, halb pechschwarz.

*Mist.* In mir steckten wohl immer noch Zorn und Groll, die ich verarbeiten musste, und sie richteten sich ausschließlich gegen die Person vor mir. Sofern man Luzifer überhaupt als Person bezeichnen konnte.

Die ersten Schüsse unserer feuernden Sicherheitsmannschaft pfiffen durch die Luft, und ich zog Sera aus dem Holster an meinem Oberschenkel.

*Tauch mich in die Lichtmagie,* forderte sie mich auf.

Ich trat zwei Schritte vor und stieß Sera in die Kugel, die in der Luft schwebte. Dabei achtete ich darauf, ihre Klinge nur mit dem honigfarbenen Licht in Berührung kommen zu lassen.

Plötzlich verstummten die Schüsse. Als ich über die Schulter spähte, sah ich, dass eine Handvoll hochrangiger Dämonen aufgekreuzt war und sich unserer Sicherheitsmannschaft annahm.

*Nein.*

*Das ist mein zukünftiger Ehemann,* sagte ich zu Sera. *Beschütz ihn.*

In dem Moment sprossen schwarze Tentakel aus Luzifers Rücken und wickelten sich um Lincolns Körper. Ich hörte das Geräusch brechender Knochen, als Lincolns Flügel von den dunklen Ranken brutal nach hinten gebogen wurden. Gequält schrie er auf.

»Nein!«, brüllte ich und zielte mit Sera auf Lincoln. Identische Tentakel, allerdings aus weißem Licht schossen aus meiner Klinge und hefteten sich an die schwarzen Ranken, die Lincoln festhielten. Die weißen Stränge zerrten an den schwarzen und lockerten ihren Griff um meinen Geliebten.

*Lass mich los. Ich beschütze ihn. Schnapp du dir Lincolns Schwert und kämpfe,* wies Sera mich an.

Sie hatte mich noch nie in die Irre geführt, also ließ ich sie los und stellte überrascht fest, dass sie allein in der Luft schweben konnte. Die goldenen Lichtbänder lösten die schwarzen auf, die Lincoln fixierten.

Als Luzifer mitbekam, was ich tat, ließ er plötzlich von seinen schwarzen Tentakeln ab und kam im Laufschritt auf mich zu.

Ich bückte mich, hob Lincolns Schwert auf und preschte los, um es in die von mir erschaffene Celestial-Kugel zu tauchen. Als ich es herauszog, züngelten hohe, bläulich-goldene Flammen die Klinge entlang.

Luzifer lachte hinter mir. »Glaubst du, ein wenig Celestial-Feuer bringt mich um?«

Ich wirbelte herum und hielt das Schwert vor mich. Luzifers schwarze Augen bohrten sich in meine, und ich spürte, wie eine Welle der Übelkeit über mich hinwegschwappte.

»Lass ihn los!«, brüllte ich.

Vor Schmerz schreiend zerrte Lincoln an den Strängen.

Luzifer lächelte teuflisch. »Wird gemacht.« Er schnippte

mit den Fingern, und Lincoln fiel zu Boden. Die Ranken waren einfach verschwunden.

»Komm mit mir. Das ist dein Schicksal«, säuselte der Fürst der Finsternis, und aus dem Nichts öffnete sich hinter ihm ein Portal.

*Nicht in tausend verfluchten Jahren.*

Meine Flügel fuhren aus, und ich bewegte mich langsam rückwärts in Lincolns Richtung. Dabei öffnete ich die freie rechte Hand und griff auf den Trick zurück, den Michael mir beigebracht hatte, um Sera zu mir zu rufen. Als ich den kalten Stahl in meiner Handfläche spürte, schloss ich die Finger fest um sie.

»Ich gehe nirgendwo mit dir hin. *Niemals*«, erklärte ich diesem epischen Arsch, der gerade meine Verlobung versaut hatte.

Mittlerweile kam – oder humpelte – Lincoln an meine Seite, und ich reichte ihm sein Schwert.

Luzifer grinste. »Ist ja wirklich rührend, dass ihr glaubt, ihr könntet mich davon abhalten zu bekommen, was ich will.«

Hinter mir knackte ein Zweig. Als ich über die Schulter schaute, tauchten ein halbes Dutzend Castor-Dämonen und ein paar Höllenhunde aus der Dunkelheit auf. Unsere Leibwächter sahen entweder bewusstlos oder tot aus, und einer schien sogar die Flucht ergriffen zu haben.

Mein Magen sackte mir in die Knie.

*Nein.* Niemand würde Lincoln oder mich irgendwohin entführen. Die Aussichtslosigkeit unserer Lage legte in mir irgendeinen Schalter um. Ich stieß Sera vorwärts, und sie feuerte blendend grelles Licht direkt ins Gesicht des Fürsten der Finsternis ab. Ein überraschter Laut rutschte ihm heraus, und er bedeckte die Augen. Dann schnellte eine weißglühende Peitsche aus Celestial-Licht von meiner Handfläche und wickelte sich um den Hals des Teufels. Ich zerrte daran, und er stolperte nach vorn. Allerdings nur einen Herzschlag lang, bevor er jäh die Flügel ausfuhr und sich in den Himmel erhob. Ruckartig wurde ich mitgerissen und baumelte von der Peitsche in meiner Hand, die er immer noch um den Hals hatte.

*Mist.*

Ich schlug mit den eigenen Schwingen und versuchte mit aller Kraft, Luzifer zurück nach unten auf die Erde zu ziehen.

»Brielle!«, brüllte Lincoln hilflos vom Boden.

Die Höllenhunde heulten. Panik überkam mich. Mein Flügelschlagen war vollkommen nutzlos. Ich wurde höher und höher gezogen. Als ich nach oben schaute, sah ich, dass der Fürst der Finsternis meine Peitsche wie ein Seil benutzte und mich näher zu sich zog, obwohl er sich dabei die Hände zu verbrennen schien.

*Lass los. Flieg zur Fallen Academy,* wies Sera mich an.

Wie von ihr geraten löste ich die Peitsche auf. Durch den plötzlichen Wegfall der Spannung wurden wir auseinander geschleudert.

Ich nutzte meinen Schwung und raste auf den Boden zu, wo Lincoln einen Höllenhund in die Celestial-Kugel schleuderte.

Mit dem Auto würden wir nicht lebend von hier wegkommen. Und ich würde Lincoln auf keinen Fall mit gebrochenen Flügeln zurücklassen, während ich in Sicherheit flöge.

*Oh nein. Mach das nicht.* Offensichtlich hatte Sera meine Gedanken mitbekommen.

Aber sobald ich in Reichweite meines Verlobten war, hakte ich die Hände unter seine Achseln und zog ihn in die Luft. Das Fliegen erwies sich als schwierig, während er unter mir baumelte.

»Nicht, Brielle. Ich bin zu schwer!«, brüllte Lincoln, als ich über die Bäume schrammte und den Friedhof verließ.

Er *war* schwer, es fühlte sich an, als trüge ich ein Auto – aber ich wurde von »Mamapower« befeuert, der Superkraft, die Mütter entwickelten, wenn sie ihr Kind oder einen geliebten Menschen beschützten. In dem Moment besaß ich diese Kraft, sie schoss durch meine Adern. Ich hätte einen verdammten Sattelschlepper von einem Baby heben können, wenn es nötig gewesen wäre.

»Ist nur eine Willensfrage«, presste ich zwischen zusammengebissenen Zähnen hervor.

Ich war mir ziemlich sicher, dass ich mir einen Bruch gehoben hatte, denn etwas in meiner Leistengegend fühlte sich gerissen an, aber damit würde ich mich später beschäftigen.

»Du schaffst es nicht bis zur Fallen Academy. Flieg ins Kriegsgebiet. Michael ist heute Abend auf Patrouille«, rief Lincoln über das Rauschen des Windes hinweg.

Ich konnte die Mauer sehen. Sie war wesentlich näher als die Fallen Academy, doch unmittelbar dahinter tobte der Krieg. Ich flog darauf zu und konnte nur beten, dass Michael zur Stelle sein würde, um uns zu retten. Mir war eben erst bewusst geworden, dass ich gerade eine Celestial-Kugel erzeugt hatte. Ich würde mit Sicherheit *sehr* bald abstürzen.

Dann wickelte sich unverhofft etwas um mein Fußgelenk und zog mich mit einem Ruck zurück. Durch die plötzliche Bewegung rutschte Lincoln aus meinen Armen, und ich … ich ließ ihn fallen.

Direkt über dem Kriegsgebiet.

*Oh Gott.*

»Lincoln!«, schrie ich, bis ich heiser wurde.

Zwar ging es nur etwa sechs Meter in die Tiefe, aber er hatte seine Flügel nicht ausgebreitet. *Wird er sich aus dieser Höhe die Beine brechen? Oh, Lincoln!*

»Wie ich schon sagte, du kommst mit«, rief Luzifer hinter mir.

*Kastrier ihn schon endlich!,* brüllte Sera und erwachte flammend zum Leben.

Ich wirbelte herum. Rasende Wut kochte in mir hoch, und ich fühlte, wie die Dunkelheit in mir loderte. Raphael hatte recht. Ich nährte meine innere Finsternis. Ich war wütend, aber nicht auf die Welt, Raphael oder Gott. Nur auf den Arsch direkt vor mir.

»Ahhhh!«, schrie ich. Mein Gesicht bebte vor Zorn. Heiße schwarze Magie schoss aus meiner Kehle und wickelte sich um Luzifers Kopf. Kaum berührte sie sein Gesicht, löste sie sich auf, als könnte sie ihm nichts anhaben.

*Verflucht.*

»Ja!«, rief Luzifer voll Stolz und zog an dem schwarzen Seil um mein Fußgelenk. »Du wirst eine großartige Erzdämonin«, meinte er.

*Erzdämonin.*

*Ist es wahr? Ist es die ganze Zeit … wahr gewesen?*

Tiffanys dämliche blonde Visage tauchte vor meinem geistigen Auge auf, und ich hätte am liebsten geweint.

»Nein, wird sie nicht«, rief eine vertraute Stimme, bevor ein blauer Lichtblitz den schwarzen Strang um mein Bein durchtrennte.

»Hallo, alter Freund.« Luzifer grinste dem Erzengel Michael entgegen.

Michael verschwendete keine Worte, sondern raste im Sturzflug auf den Teufel zu, bis die beiden wie zwei am Himmel explodierende Meteore aufeinanderprallten.

In dem Moment übermannte mich die Erschöpfung. Die Celestial-Kugel, der Flug mit Lincoln – mein letztes Quäntchen Energie war verbraucht, und plötzlich fiel ich.

Das Letzte, was ich mitbekam, war, dass ich in Lincolns Armen landete.

# 23

Als ich zu mir kam, hörte ich gedämpfte Stimmen. Mein Mund fühlte sich trocken an, und ich war vor Erschöpfung praktisch mit dem Bett verschmolzen. Mühsam öffnete ich die Lider und stellte fest, dass es sich nicht um ein Bett handelte, sondern um einen Schlafsack in einem Zelt.

»Ich glaube, er ist zurück in die Unterwelt geflohen.« Lincolns Stimme klang kräftig, und sie zu hören trieb mir fast die Tränen in die Augen. Es ging ihm gut.

»Ich gehe kein Risiko ein. Die anderen Erzengel kommen, um Brielle zurück zur Schule zu eskortieren. Dort wird sie bleiben müssen.« Michaels Stimme klang zugleich müde und entschlossen.

»Ja. Danke, Sir«, gab Lincoln zurück.

»Linc«, murmelte ich laut und fragte mich, wie viele Stunden ich weggetreten gewesen war. Ich brauchte Wasser und zehn Stunden Schlaf.

Da stürmte Lincoln ins Zelt herein. Überrascht stellte ich fest, dass er relativ unversehrt aussah.

»Es geht dir gut«, hauchte er.

Ich nickte. Wenn er damit meinte, dass mich der Teufel gejagt hatte und ich mich fühlte, als hätte mich ein Lastwagen gestreift, dann ja, es ging mir gut.

Er kniete sich neben mich.

»Was ist passiert? Luzifer? Deine Flügel?«, fragte ich und setzte mich langsam auf. Ich griff nach unten zu meinem Oberschenkel, um mich zu vergewissern, dass ich Sera noch bei mir hatte. Dann fiel mein Blick auf den kleinen Diamantring an meiner linken Hand, und ich lächelte.

*Ich bin verlobt.*

Lincoln rollte die Schulter. »Die Flügel sind gebrochen, aber Noah sagt, mit der Zeit werden sie heilen. Ich kann sie nur nicht benutzen.« Er war ein Soldat. Ohne seine Flügel konnte er verletzt werden.

»Luzifer?«, fragte ich erneut.

Zorn trat in Lincolns Züge. »Vorläufig weg. Aber Brielle …« Er hatte Mühe, die Fassung nicht zu verlieren.

Ich nickte. »Ich hab's gehört. Ich muss eine Zeit lang in der Fallen Academy bleiben.«

Seine Augen verdunkelten sich. »Für immer.«

Ich zuckte zusammen. »*Wie bitte?*«

Lincoln ergriff meine Hände. »Brielle, das ist der einzige Ort, an dem du in Sicherheit bist.«

Ich stieß die Luft zwischen den Zähnen hindurch aus. »Ich bin Soldatin der Engelsarmee. Wie soll ich beim Krieg helfen, wenn ich mich auf dem Campus verstecke?«

Lincoln seufzte und schaute durch die offene Zeltplane hinaus. »Du kannst die Heilklinik leiten oder beraten.«

Beraten? Was zum Teufel sollte das heißen? Ich wusste, dass er zu helfen versuchte, und ich wollte mich ohnehin auf meine Heilstudien konzentrieren. Aber ich wollte auch raus in die Kriegsgebiete und Menschen nach Angel City holen.

»Also soll ich mich für den Rest meines Lebens verstecken?« Meine Stimme fühlte sich hohl an, und in dem Moment fielen mir die Worte des Fürsten der Finsternis wieder ein.

*Erzdämonin. Ich bin eine Erzdämonin.*

*Ach Quatsch, was weiß der Vollpfosten schon?*, meinte Sera.

Trotzdem bekam ich den düsteren Gedanken nicht aus dem Kopf. Er hatte sich festgesetzt und fühlte sich an, als würde er mich verzehren.

Lincoln fuhr sich mit der Hand durchs Haar. »Nein, du kannst dich nicht für den Rest deines Lebens verstecken. Pass auf, wir finden eine Lösung, ja? Die nächsten zwei Jahre bleibst du auf dem Campus, und … wir finden eine Lösung.«

Zwei Jahre.

»Kann ich an den Wochenenden trotzdem bei dir übernachten?« Streng genommen lag seine Wohnung knapp außerhalb des Campus.

Er schluckte schwer. »Der Dämonenalarm reicht nicht bis zu meiner Wohnung, also …«

Meine Züge fielen in sich zusammen. Im nächsten Jahr würden alle anderen eigene Wohnungen bekommen, und ich würde im Studentenwohnheim festsitzen.

»Aber ich kümmere mich darum, dass dir ein eigenes Zimmer zugeteilt wird, oder ich kauf dir einen Wohnwagen«, fuhr Lincoln fort.

Er versuchte alles, damit ich entscheiden würde, auf dem Campus zu bleiben. Ich kannte ihn zu gut. Aber ich wollte auch nicht vom Teufel in die Hölle entführt werden, um dort Gott weiß was zu tun und zu einer Erzdämonin zu werden.

Also nickte ich einfach. Ich würde tun, was das Beste für Lincoln und mich wäre.

*Braves Mädchen,* lobte Sera.

An der Zeltöffnung erschien ein helles Licht, dann streckte Raphael den Kopf herein. Ein goldener Brustpanzer schützte seinen Oberkörper, das Haar trug er zu einem Pferdeschwanz zurückgebunden. Ich hatte ihn noch nie in Kampfaufmachung gesehen. Er wirkte durchaus bedrohlich.

»Hallo, Brielle. Bringen wir dich nach Hause.«

Wieder nickte ich, stand mit Lincolns Hilfe auf und verließ das Zelt. Draußen wurde ich von den vier Erzengeln begrüßt.

Als Erstes fielen mir das schwarze Öl und der Ruß in Michaels Gesicht und Haar auf. Als er auf mich zutrat, verneigte er sich leicht. »Tapfere Brielle. Ich bin sehr stolz auf dich.«

Meine Augen weiteten sich, und ich konnte kaum dem Drang widerstehen, über die Schulter zu schauen, um zu sehen, ob er jemand anderes meinte. Ich hatte eine halb gute, halb böse Kugel erschaffen, dann hatte ich gekniffen und war davongeflogen. Worauf also konnte er stolz sein?

Michael schien meine Gedanken zu lesen. »Luzifer ruft Angst in Menschen hervor, aber du hast dich nicht einschüchtern lassen. Du hast gekämpft, und als du erkannt hast, dass es sinnlos war, hast du dich zurückgezogen.«

Alle Erzengel nickten zustimmend. »Lincoln so hoch und so weit zu tragen muss gewaltige Kraft erfordert haben«, fügte Raphael hinzu.

*Mamapower.*

»Schon möglich.« Zum Diskutieren war ich zu müde.

Ich sah mich um, hielt Ausschau nach einem Auto, das darauf wartete, mich nach Hause zu bringen. Wir befanden uns auf dem Parkplatz eines ehemaligen Supermarkts, der nun als vorübergehende Militärbasis zu dienen schien. Die einzigen

Autos, die ich sichtete, waren militärische SUVs, aber alle weit vom Parkplatz entfernt.

»Ich bin mir nicht sicher, ob ich so weit laufen kann. Ich bin so müde«, gestand ich der Schar mächtiger Erzengel und schämte mich dabei ein wenig.

Michael trat mit vollständig ausgebreiteten Schwingen vor. »Wir fliegen zurück zur Schule. Sämtliche Straßen sind gesperrt, nachdem Luzifer einen Haufen Dämonen in Angel City zurückgelassen hat. Die Armee ist noch damit beschäftigt, sie einzusammeln. Fliegen ist sicherer.«

Ich war mir auch nicht sicher, ob ich zurück zur Schule fliegen könnte.

Als ob Lincoln den Gedanken gehört hätte, wandte er sich an Michael. »Sie ist zu schwach zum Fliegen. Sir, können Sie Brielle tragen?«, fragte er den großen, blonden und zum Niederknien attraktiven Erzengel.

»Natürlich.« Michael nickte verständnisvoll.

Ich schluckte nervös. Das Mädchen in Not zu geben war grundsätzlich nicht mein Ding, aber ich stand wirklich kurz davor, umzukippen.

Lincoln drückte mir einen kurzen zärtlichen Kuss auf die Lippen. »Ich schaue später bei dir vorbei«, versprach er.

Michael nickte Lincoln zu. »Halt hier die Stellung, bis ich zurück bin.«

Lincoln hob die Hand und salutierte. »Selbstverständlich, Sir.«

Dann hob Michael mich in seine Arme, stieß sich vom Boden ab, und wir waren in der Luft. Um uns herum gruppierten sich Raphael, Gabriel und der zurückhaltende Uriel, und wir flogen in Schutzformation.

Ich liebte Lincoln, das tat ich wirklich, und ich wusste, dass

Michael verheiratet war. Aber verdammt, ein bisschen ins Schmachten geriet ich in dieser Situation trotzdem. In den starken Armen eines Erzengels über den Himmel getragen zu werden – das konnte ich auf meiner Wunschliste abhaken.

Nach einem kurzen Flug landeten wir auf dem Hof der Academy, wo es von Studenten wimmelte. Unter ihnen befand sich auch Shea. Lincoln musste sie angerufen haben. Ihre geröteten Augen verrieten mir, dass sie sich Sorgen gemacht und geweint haben musste.

Als Michael mich absetzte, sah ich jeden der Erzengel nacheinander an und dankte ihnen einzeln. Michael hatte als Einziger gehört, dass Luzifer mich als Erzdämonin bezeichnet hatte. Ihm sah ich etwas länger als den anderen in die Augen, und ein unausgesprochenes Einverständnis stellte sich zwischen uns ein. Sein Blick teilte mir mit, dass er niemandem etwas von den Worten des Fürsten der Finsternis verraten würde.

Als sie davonflogen – alle außer Raph, der in sein Büro zurückkehrte –, zog mich Shea in eine so innige Umarmung, dass ich fürchtete, sie könnte mir die Knochen brechen.

»Was zum Henker war da los, Bri? Erst verrät mir Lincoln, dass er dir heute Abend einen Antrag machen will, dann ruft er mich an und erzählt mir, dass der verfluchte Teufel in eure Verlobung geplatzt ist.«

Tränen traten mir in die Augen, als ich den besorgten Blick meiner besten Freundin sah. Dann hob ich die Hand, um ihr den Ring zu zeigen und lächelte. »Ich hab ja gesagt.«

Wir stießen beide ein halbherziges Lachen aus, danach zog sie mich in Richtung der offenen Türen der Bright Hall. »Mom ist krank vor Sorge«, teilte Shea mir mit, als wir durch die Gänge marschierten.

Etliche starrende Blicke verrieten mir, dass es in der Gerüchteküche brodelte. Allerdings drang Tiffanys Blick als einziger zu mir durch. *Wenn sie mich jetzt Erzi nennt, bring ich sie auf der Stelle um.* Ich hob die linke Hand in ihre Richtung, damit sie den Ring sah. Der Blick, mit dem sie mich bedachte, bestätigte mir, dass auch sie eindeutig zu Mord fähig wäre.

»Habt ihr gewusst, dass Lincoln mir einen Antrag machen würde?«, wollte ich von meiner besten Freundin wissen.

Shea schnaubte abfällig. »Na, logisch! Er hat deine Mutter, Mikey und mich zusammengetrommelt und uns alle gefragt.«

Bei ihren Worten schmolz mein Herz beinahe. Er war der Beste.

Als Shea die Tür zu unserem gemeinsamen Zimmer aufriss, flatterten mir weiße Luftballons und Toilettenpapier-Schlangen entgegen. Über meinem Bett schwebte in violetter, magischer Schrift: »Herzlichen Glückwunsch!«

Aber die angespannten Gesichter von Luke, Chloe, meiner Mutter und Mikey erzählten eine andere Geschichte.

»Hey …« Ich wusste nicht recht, was ich sagen sollte.

Meine Mom stürmte auf mich zu und zog mich in eine Umarmung. »Was ist passiert? Geht's dir gut? Hat er dich verletzt?«

In dem Moment wollte ich wirklich, *wirklich* nicht darüber reden.

»Alles in Ordnung«, sagte ich, und sie wich zwei Schritte zurück, schien den Wink mit dem Zaunpfahl zu verstehen.

Ich hob verlegen die Hand und lächelte. »Also … Lincoln hat mir einen Antrag gemacht. Oder so ähnlich. Jedenfalls sind wir verlobt. Gewissermaßen. Wir werden in drei bis fünf Jahren heiraten«, verkündete ich der Gruppe.

Das schien die allgemeine Stimmung etwas aufzulockern.

Chloe stürmte in Vampirgeschwindigkeit auf mich zu und nahm den Ring in Augenschein. »Oh mein Gott, ich schmelze dahin. Verlobungsringe sind einfach der Hammer.«

Ich kicherte.

Als Nächster kam Luke. »Ich freue mich wahnsinnig für dich. Und ich weiß, hier geht's allein um dich, aber es hat sich was getan, und ich kann's kaum erwarten, es euch allen zu erzählen.«

*Ja. Bitte übernimm du das Rampenlicht.* »Raus damit.« Ich setzte mich auf die Bettkante, weil ich sonst umgekippt wäre.

Luke sah Chloe ein wenig verlegen an und biss sich auf die Unterlippe. »Donnie hat mich eingeladen, mit ihm und ein paar seiner Freunde ins Kino zu gehen, und ich bin total am Ausflippen!« Er hopste auf und ab wie ein Irrer.

Ich grinste. »Das ist spitze! Wird das so was wie ein freundschaftliches Abhängen in der Gruppe oder …«

Luke spähte geradezu verzweifelt zu Chloe. »Weiß ich nicht. Wörtlich hat er gesagt: ›Lust, dir mit mir und meinen Kumpels Tommy und Bam einen Film anzusehen?‹«

Chloe nickte und wirkte beeindruckt. »Tommy und Bam gehen miteinander, also ist das voll das Doppeldate.«

Der Freudenschrei, der sich Lukes Kehle entrang, erinnerte an einen nach seiner Mutter rufenden Delfin.

»Ich glaub, ich kipp gleich um«, hauchte er danach.

Ich lachte wie alle anderen. Sogar meine Mutter stimmte darin ein.

»Danke, dass ihr hier seid, Leute. Ich hab euch alle lieb«, sagte ich zu meinen Freunden und meiner Mutter, als mich die Erschöpfung wie eine Dampflok erfasste.

Ich sank auf mein Kissen zurück, bemühte mich redlich, die Augen offen zu halten, und versagte kläglich. Als Letztes bekam ich mit, dass meine Mom mich zudeckte und zu den anderen sagte, ich müsste mich dringend ausruhen.

*Auch mit zwanzig Jahren braucht ein Mädchen noch seine Mom.*

# 24

Am nächsten Morgen erwachte ich durch eine starke Hand, die mir sanft den Rücken massierte. Als ich einatmete, roch ich Speck und Kaffee. Jäh schlug ich die Lider auf und wurde vom Anblick meines Verlobten begrüßt. Lincoln saß bei mir in meinem Zimmer im Wohnheim auf dem Bett und massierte mir mit langsamen, beruhigenden Kreisbewegungen den Rücken.

»Hi. Es ist schon Nachmittag. Wollte mich nur vergewissern, dass es dir gut geht«, flüsterte er.

Ich warf einen Blick auf den Milchkaffee und den Teller mit Eiern und Speck auf meiner Kommode, dann nickte ich. »Jetzt geht's mir wieder gut«, verkündete ich und steckte mir zwei ganze Speckstreifen auf einmal in den Mund. Wenn einem ein Mann Kaffee und Frühstück ans Bett brachte, dann heiratete man ihn besser.

Lincoln schmunzelte. »Freut mich zu hören.« Er ergriff meine linke Hand und drehte den Ring an meinem Finger. »Ich hatte mir das Ende des Abends anders vorgestellt.«

*Ja, kannst du laut sagen.*

Er ließ den Blick durchs Zimmer wandern, betrachtete die

Ballons und das Toilettenpapier. »Anscheinend hast du wenigstens eine kleine Feier gehabt.«

Ich schlürfte den Kaffee und spürte, wie sich meine Seele endlich wieder mit meinem Körper vereinte – das konnte nur Kaffee bewirken. »So sieht mein Leben aus. Schwarze Flügel, Teufelszeichen und … das, was letzte Nacht passiert ist.« Ich wollte sicherstellen, dass er wusste, worauf er sich einließ.

Lincoln runzelte die Stirn. »Aber so wird es nicht immer sein. Dieser Krieg wird enden, und wir werden … na ja, praktisch ewig leben.«

*Ewig. Wow.*

Die Sache mit der Unsterblichkeit hatte ich geflissentlich vergessen. Ewiges Leben, es sei denn, man wurde getötet.

Ich nickte. »Aber falls der Krieg nicht endet, wird … er mich ewig jagen.«

*Er.* Mittlerweile konnte ich nicht einmal mehr seinen Namen aussprechen.

Lincoln zuckte mit den Schultern. »Dann lassen wir uns etwas einfallen. Zusammen.«

Seufzend schmiegte ich den Kopf an seinen Hals. Er wusste immer das Richtige zu sagen.

An diesem Abend würde Lincolns Überraschungsbeförderung zum Hauptmann stattfinden.

Als ich auf den Wecker sah, stellte ich fest, dass es bereits drei Uhr war. Ich hatte den ganzen Tag verschlafen.

*Keine Celestial-Kugeln mehr. Schlechte Idee, die sind den Aufwand nicht wert,* fand Sera.

*Sehe ich auch so.*

»Ich sollte duschen«, meinte ich zu Lincoln und schälte mich aus den Laken. Als er meine nackten Beine sah, senkten sich seine Lider auf halbmast.

»Ich könnte auch eine Dusche vertragen.« Er legte die Arme um mich und hob mich aus dem Bett.

Gelächter brach aus mir hervor, als er mich ins Badezimmer trug. Ich fuhr ihm mit den Fingern durchs Haar, und es raubte mir fast den Atem, wie perfekt Lincoln Grey in diesem Moment aussah.

Am liebsten hätte ich den Moment für die Ewigkeit eingefroren.

* * *

Am selben Abend schmuggelte Noah mich in die Empfangshalle, und ich saß mit Lincolns engsten Freunden an einem großen, mit einem weißen Tuch bedeckten Tisch. Lincoln stand unter dem Vorwand auf der Bühne, dass er Raphael bei der Ehrung einiger anderer Soldaten der Engelsarmee helfen sollte, was sie auch taten. Aber als Raphael Lincolns überraschende Beförderung verkündete, fing ich an zu weinen. Er zählte die Leistungen meines Verlobten auf, erwähnte die zahlreichen Leben, die er gerettet hatte, und die Familien, die Lincoln in die Sicherheit von Angel City geholt hatte. Es war eine wunderschöne Zeremonie, und als Lincoln sah, dass ich anwesend war, strahlte er vor Stolz.

Mittlerweile war die Veranstaltung in eine zwanglose Party übergegangen. Die Erzengel waren nach Hause verschwunden, die Musik war laut, und Shea, Luke und Chloe hatten sich selbst zu der Party eingeladen.

Ich tanzte gerade mit Lincoln, als er sich zu mir beugte und mir ins Ohr murmelte: »Ich hab Durst. Willst du auch was zu trinken?«

Ich nickte.

Als er sich von der Tanzfläche entfernte, twerkte Shea zu mir herüber, sehr zum Missfallen von Noah, der sich gerade sinnlich an ihr gerieben hatte.

»Du, ich hab nachgedacht«, brüllte Shea, um die Musik zu übertönen. »Wenn du die nächsten Jahre auf dem Campus festsitzt, können wir Raph bestimmt überreden, uns nächstes Jahr Einzelzimmer nebeneinander im Wohnheim zu geben.«

Ich lächelte. »Im Ernst? Du würdest im lahmen Wohnheim bei mir bleiben, obwohl alle anderen richtige Wohnungen kriegen?«

Shea nickte. »Was soll ich sagen? Ich bin einfach so 'ne gute Freundin.«

Ich lachte. War sie wirklich, und das sagte ich ihr auch.

Nach einem Nicken lehnte sie sich näher zu mir. »Hast du gehört, dass es die Fallen Academy nur noch ein paar Jahre geben soll? Danach werden alle verbliebenen Kinder menschlich sein.«

Ihre Neuigkeit verblüffte mich völlig. Rasch rechnete ich nach und stellte fest, dass sie recht hatte. Ich war fünf Jahre alt gewesen, als der Krieg begonnen hatte. Demnach musste fünf Jahre nach meinem Eintritt in die Academy der letzte Teenager mit Engelssegen oder Dämonenbürden seine Erweckungszeremonie haben, und dann …

»Was haben sie mit der Schule vor?« Mittlerweile hatte ich aufgehört zu tanzen, weil unser Gespräch mich völlig in seinen Bann zog.

Shea schaute nach links und rechts, als wäre sie im Begriff, ein großes Geheimnis zu lüften. »Ich hab gehört, dass Raphael eine Dämonenjäger-Akademie ins Leben rufen will. In der Menschen ausgebildet werden sollen.«

*Wow.*

Menschen? Nichts gegen Menschen an sich, aber sie waren nun mal … schwach. Andererseits wäre es eine Verschwendung, die Schule ungenutzt zu lassen, und ich war überzeugt davon, dass wir weiterhin Soldaten für die Armee brauchen würden.

Ich nickte. »Ja, klingt sinnvoll.«

Shea wollte gerade etwas erwidern, als der schrille Dämonenalarm losging.

Die Musik verstummte abrupt, und mein gesamter Körper erstarrte.

Die Augen meiner besten Freundin wurden groß. »Ist das …«, setzte sie mit zittriger Stimme zu einer Frage an.

»Brielle!«, schrie Lincoln quer durch den Saal.

Er sah nicht mich an, sondern starrte mit blankem Entsetzen in das Gesicht hinter mich. Da wusste ich ohne jeden Zweifel, dass der Fürst der Finsternis hinter mir stand, wahrscheinlich mit einer Horde Dämonen. Er würde nicht aufhören, mich zu jagen, das wurde mir in dem Moment klar.

Ich drehte mich zu ihm um. In einem makellosen Anzug und mit genauso makelloser Frisur stand Luzifer in all seiner bösartigen Herrlichkeit vor mir. Die pechschwarzen Flügel hatte er hinter sich ausgebreitet. Und wie vermutet hatte er eine Ansammlung von Höllenhunden, Eiben-Dämonen, einen Abrus-Dämon, einen Schwefel-Dämon und drei oder vier ekelerregende Rittersporn-Dämonen dabei. Hinter ihm rotierte ein strudelndes Portal direkt in die Hölle – ich konnte den davon ausgehenden Schwefelgestank riechen.

»Brielle, mein Liebling.« Luzifer trat vor, und ich entfernte mich von Shea, breitete die Flügel aus, um sie und alle, die ich liebte, hinter mir abzuschirmen. Lincoln, Shea, Noah, Chloe,

Luke – fast alle, die mir auf der Welt etwas bedeuteten, hielten sich in diesem Raum auf.

Sera erwachte an meiner Hüfte zum Leben und verbrannte mir beinahe das Bein.

*Du hast keine Ahnung, wozu ich fähig bin*, teilte sie mir bedrohlich mit.

*Tja, Sera, jetzt wäre ein guter Zeitpunkt, es mir zu zeigen. All diese Leute könnten meinetwegen verletzt werden.*

Meine Ewigkeitswaffe pulsierte, als ich sie in die Hand nahm. *Die größte Macht auf Erden ist die Liebe*, sagte sie.

Dann streckte ich den erhobenen Arm vor mich, als die Horde der Dämonen anrückte. Aus Seras Klinge schoss ein Schutzwall aus Licht, der sich wie eine Welle auf dem Meer ausbreitete.

Ich musste die Füße gegen den Holzboden stemmen, um nicht durch den kraftvollen Stoß, der von Seras Klinge ausging, nach hinten zu rutschen. Das Celestial-Licht stieg auf wie eine Flut und schwappte über den Fürsten der Finsternis und seine Dämonen. Zischende Laute und Geschrei ertönten, als das Licht über sie hinwegspülte. Als die Welle vorbeigezogen war, stand Luzifer in einer schützenden schwarzen Blase, während der Rest seiner Dämonen verkohlt war.

*Heilige … verdammte … Scheiße.*

Sera hatte mir einiges verheimlicht, was sie draufhatte. Leider hatte es trotzdem nicht gereicht, denn Luzifer stand noch immer.

Plötzlich trat Lincoln mit erhobenem Schwert vor mich. »Zurück in die Hölle mit dir!«, brüllte er und stürmte dem Fürsten der Finsternis entgegen. Noah, Blake und Darren befanden sich direkt hinter ihm.

*Idioten!*

»Lincoln, nicht!« Kaum hatten die Worte meinen Mund verlassen, brach im Saal ein heilloses Chaos aus.

Luzifer klatschte in die Hände, bevor er sie nach vorn schnellen ließ. Unzählige winzige Scherben schwarzer Magie schossen in jeden der Anwesenden, auch in mich.

Es fühlte sich an, als schlüge ein Dutzend kleiner Pfeile in meinen Körper ein.

Ich ließ mich nach hinten fallen, um den scherbenartigen Geschossen auszuweichen. Dann packte Luzifer die schweren Geschütze aus. Er streckte sein Schwert in die Luft, und rotes Feuer flammte entlang der Klinge auf. Der Fürst der Finsternis hieb es in den Hartholzboden und erschuf ein Erdbeben, das den Raum in vier Teile spaltete. Shea musste zurückspringen, um nicht in den Abgrund zu stürzen. Ich sah, dass Lincoln und Noah auf die Bodenscholle hechten wollten, auf der Luzifer stand. Es gelang ihnen jedoch nicht, da Ranken dunkler Magie sich eng um ihre Körper gewickelt hatten.

*Oh Gott.*

*Keine Panik,* versuchte Sera, mich zu beruhigen.

Als das Beben endete, befanden Luzifer und ich uns auf demselben Stück des zerklüfteten Bodens, nur wenige Meter voneinander entfernt. Hinter ihm rotierte nach wie vor das Portal. Er schnipste mit den Fingern, und ich wurde gegen meinen Willen in seine Richtung gezogen.

*Okay, jetzt ist Panik angesagt,* stimmte Sera mir zu.

»Nein!«, brüllte Lincoln. Seine Flügel fuhren aus und versuchten, die schwarzen Bänder zu durchbrechen, die seine Arme an den Körper fesselten. Dabei entrang sich seiner Kehle ein Laut, der von Höllenqualen zeugte.

*Sie sind gebrochen! Er versucht, die gebrochenen Flügel auszubreiten!*

Ich wollte die Arme heben, um Sera auf den Teufel zu richten, doch ich konnte mich nicht rühren, war vollständig gelähmt. In dem Moment wurde mir klar, dass Luzifer zuvor nur mit mir gespielt, mich verhöhnt hatte. Er hatte abgewartet, hatte mich ausbilden lassen, um mich dann zu sich zu holen, wann er wollte. Er hätte mich ohne Weiteres schon bei unserer ersten Begegnung beim Spießrutenlauf entführen können, doch damals ließ er mich noch bleiben. Er hatte zugelassen, dass mir all diese Leute ans Herz wuchsen und dass ich zu einer knallharten Killerin ausgebildet wurde. Und wofür?

Ich schlug mit den Flügeln und versuchte, gegen den starken Sog seines Banns anzukämpfen. Shea schleuderte einen violetten Zauber nach dem anderen, aber sie zerschellten alle an seinem dunklen Schild, lösten sich auf und verursachten keinerlei Schaden.

»Eine junge Frau mit schwarzen Flügeln wird in die Unterwelt hinabsteigen, Luzifer töten und so den Krieg beenden«, zitierte der Fürst der Finsternis spöttisch, und mir sackte der Magen in die Knie.

*Die Prophezeiung.*

Glaubte er daran?

»Das kann ich ja schlecht zulassen, oder?«, fragte Luzifer.

Er würde mich umbringen.

»Brielle!«, rief Lincoln ein letztes Mal. Mein Kopf schnellte zu ihm herum.

Er sprang.

Mein Herz setzte aus – mein Mann sprang die sechs Meter mit gebrochenen Flügeln und schwarzen Fesseln um die Oberarme. Wenn ich mit ansehen müsste, wie er in den Tod stürzte, würde ich es selbst nicht überleben.

Er segelte durch die Luft, aber er würde es nicht schaffen. Ganz knapp nicht.

*Oh Gott.*

Mit einem Aufschrei wand er den Arm aus dem Band, das ihn behinderte, und fand in letzter Sekunde mit den Fingerspitzen Halt am Rand der bodenlosen Spalte.

Mittlerweile hatte der Teufel mich bis direkt vor sich gezogen, dieser übernatürliche Arsch, der mein Leben ruiniert hatte.

»Lincoln!«, brüllte ich zurück. Tränen strömten mir übers Gesicht. Ich konnte ihn nicht mehr sehen, wusste nicht, ob er sich noch festklammerte oder abgerutscht war.

Luzifer wirbelte mich herum, zog mich fest an seinen Körper und setzte mir die Spitze seines Schwerts an den Hals. Meine Arme, meine Beine – alles fühlte sich wie Beton an. Ich konnte mich nicht bewegen, konnte kaum atmen.

»Sag Lebewohl, Brielle«, verhöhnte Luzifer mich, während wir uns rückwärts bewegten. Meine Füße schleiften über den Holzboden, während ich gegen meine unsichtbaren Fesseln ankämpfte. Sera pulsierte vor Energie, konnte den Fürsten der Finsternis aber dennoch nicht verletzen.

Er war unbesiegbar.

*Das war's jetzt. Er wird mich umbringen.* Ich wollte nicht, dass es so endete und man sich so an mich erinnerte.

Ich sah Lincoln direkt in die Augen, als er sich mühsam über den Rand der Spalte nach oben kämpfte.

»Ich liebe dich«, rief ich ihm zu. Dann richtete ich den Blick auf Shea, Luke und Chloe. »Ich liebe euch alle.«

In dem Moment hievte sich Lincoln mit Gebrüll aus der Spalte im Boden und stürmte uns in vollem Lauf entgegen. Da er nur einen Arm befreit hatte, konnte er nichts tun, nicht einmal eine Klinge halten.

»Das lass mal lieber bleiben, Loverboy«, spottete Luzifer und drückte die Klinge hart gegen meinen Hals.

Schmerz raste über meine Haut, als warmes Blut über mein Shirt hinablief.

Lincolns entsetzter Gesichtsausdruck war das Letzte, was ich sah, bevor sich das Portal schloss und alles schwarz wurde.

* * *

Plötzlich umklammerte eine kühle Hand mein Genick, und in der dunklen Höllenhöhle flammte Licht auf.

Meine Beine fühlten sich schwach an. Durch den Blutverlust war meine Sicht verschwommen …

Ich würde so was von sterben.

Die Hand um meinen Hals wurde stetig kälter und kälter. Und als ich Zimt und Öl wahrnahm, den unverkennbaren Geruch der Magie von Heiler-Dämonen, schnappte ich nach Luft. Der Fürst der Finsternis geriet verschwommen in Sicht, riss mir Sera aus der Hand und deponierte sie in einer kohlschwarzen Kassette mit Symbolen darauf.

*Brielle!*, brüllte sie.

Ich konnte ihr nicht antworten, denn ich versuchte gerade mir zu erklären, warum ich nicht tot war.

»Ach, jetzt beruhig dich. Ich habe nicht tief genug geschnitten, um dich zu töten«, raunte Luzifer.

Kühle, kräftige Hände senkten mich auf den Boden, und ich sah mich einem Heiler-Dämon mit stummeligen Hörnern gegenüber. Diese Dämonen waren komplett reinweiß – Haut,

Haare, Augen – und sehr, sehr selten. Anscheinend wollte Luzifer nicht zu viele davon erschaffen.

Als der Zimtgeruch um mich herumwirbelte und die Magie in meinen Hals drang, fragte ich mich nach dem Warum. Wieso sollte er das tun – meinen Tod vortäuschen?

»Wieso?«, krächzte ich.

Luzifer grinste. Er war geradezu umwerfend gut aussehend, was mir Übelkeit verursachte.

Mit einem scharfen Fingernagel stupste er meine Nase. »Es war besser, ihnen einen Abschluss zu geben, meine kleine Erzdämonin. Du wirst sie nämlich nie wiedersehen.«

*Oh Gott.*

*Brielle! Was passiert gerade?*, fragte Sera flehentlich.

Die Schatulle, in die der Teufel sie gesteckt hatte, dämpfte irgendwie ihre Kräfte. Sie konnte nichts sehen oder fühlen.

*Wir sitzen in der Hölle fest. Für immer. Und alle meine Freunde halten mich für tot.*

# DANK

Ich entschuldige mich für das Ende – ganz ehrlich, ich wollte euch nicht absichtlich auf die Folter spannen, es hat sich einfach so ergeben. Ein großer Dank geht an meine Beta-Leser Steven Smithen, Lela Eder und Megan Mayes (vor allem für die Hilfe beim Ende, LOL). Ein RIESIGER Dank geht an meine allzeit liebevolle und mich unterstützende Familie. Die Zeit, die ich mit meinen Figuren verbringe, ist Zeit abseits von euch, und ich bin so dankbar, dass ihr solches Verständnis für meine Leidenschaft fürs Schreiben habt. Und zu guter Letzt danke ich meinem ARC-Team, dem Leia Stone Wolf Pack und allen meinen Leserinnen und Lesern für ihre Loyalität und Begeisterung für meine Bücher.

Fühlt euch alle ganz fest gedrückt. <3